O FIO DO BISTURI

TESS GERRITSEN

Tradução
Alexandre Raposo

O FIO DO BISTURI

Rio de Janeiro, 2022

Título original: *Under the Knife*
Copyright © 1990 by Tess Gerritsen

Direitos de edição da obra em língua portuguesa no Brasil adquiridos pela Casa dos Livros Editora LTDA. Todos os direitos reservados. Nenhuma parte desta obra pode ser apropriada e estocada em sistema de banco de dados ou processo similar, em qualquer forma ou meio, seja eletrônico, de fotocópia, gravação etc., sem a permissão do detentor do copyright.

Rua da Quitanda, 86, sala 218 — Centro — 20091-005
Rio de Janeiro — RJ
Tel.: (21) 3175-1030

Diretora editorial: *Raquel Cozer*
Editora: *Julia Barreto*
Copidesque: *Mariana Moura*
Revisão: *Flavia de Lavor e Aline Canejo*
Capa: *Miriam Lerner*
Diagramação: *Abreu's System*

CIP-BRASIL. CATALOGAÇÃO NA PUBLICAÇÃO
SINDICATO NACIONAL DOS EDITORES DE LIVROS, RJ

G326f

Gerritsen, Tess
    O fio do bisturi / Tess Gerritsen ; tradução Alexandre Raposo. - 1. ed. - Rio de Janeiro : HarperCollins Brasil, 2016.
    240 p. ; 23 cm

    Tradução de: Under the Knife
    ISBN 978.85.6980.954-8

    1. Ficção americana. I. Raposo, Alexandre. II. Título.

16-29587   CDD: 813
                               CDU: 821.111(73)-3

Para minha mãe e meu pai.

Anos atrás, quando eu estava começando a carreira médica, uma das minhas pacientes me entregou um saco de papel e disse: "Já li esses. Talvez você goste." Dentro do saco havia mais de dez romances, um gênero que eu jamais havia lido nem tinha a intenção de ler. Eu era uma leitora de mistério e de ficção científica. Estava trabalhando oitenta horas por semana em um hospital e mal tinha tempo para comer e dormir. Mas não resisti e dei uma olhadinha em um dos romances. Poucas páginas depois, já estava fisgada. Em uma semana, havia devorado todos os livros.

Desde então, sou uma fã do gênero.

Portanto, não é de se surpreender que os primeiros livros de suspense que escrevi foram histórias românticas, nas quais o perigo cruza com o desejo enquanto corações e vidas correm riscos. Mas neles você terá os mesmos sustos e arrepios, as mesmas viradas que me tornaram uma autora de suspense famosa.

É uma grande felicidade saber que meus *thrillers* estão sendo reeditados, e espero que você goste das histórias!

Tess Gerritsen

LISTA DE PERSONAGENS

Dra. Kate Chesne — Sua paciente teria morrido por imperícia... Ou assassinada?
David Ransom — O advogado que jurou destruí-la no tribunal.
Dr. Henry Tanaka — O primeiro a morrer.
Charlie Decker — Um poeta gentil ou um assassino brutal?
Dr. Guy Santini — Um perito com um bisturi.
Anne Richter — A enfermeira da sala de operações que sabia demais.
Dra. Susan Santini — Poderia uma psiquiatra desvendar a mente de um assassino?
Dr. Clarence Avery — Sua carreira acabou.
George Bettencourt — O lucro era seu objetivo.

PRÓLOGO

Meu Deus, como o passado volta para nos assombrar!
Da janela do escritório, o dr. Henry Tanaka olhou a chuva que castigava o estacionamento e se perguntou por que, após tantos anos, a morte de uma pobre alma voltava para destruí-lo.

Lá fora, com o uniforme salpicado de chuva, uma enfermeira corria até o carro. *Outra que se esqueceu de trazer o guarda-chuva*, pensou ele. Aquela manhã, como a maioria das manhãs em Honolulu, nascera clara e ensolarada. Mas, por volta das três horas, as nuvens cobriram a serra de Koolau e, quando os últimos funcionários da clínica voltavam para casa, a chuva se tornou um temporal que inundou as ruas com um rio de água suja.

Tanaka voltou-se e olhou para a carta na escrivaninha. Fora enviada havia uma semana, mas, assim como a maior parte de sua correspondência, se perdera em meio às pilhas de revistas de obstetrícia e catálogos de artigos hospitalares que sempre lotavam o escritório. Quando a recepcionista por fim chamou-lhe a atenção para a carta naquela manhã, ele estremeceu ao ler o nome do remetente: Joseph Kahanu, advogado.

Ele a abriu na mesma hora.

Agora, afundado na cadeira, releu a carta.

Prezado dr. Tanaka,
Como advogado representando o sr. Charles Decker, requisito todo e qualquer relatório médico pertinente ao tratamento obstetrício da sra. Jennifer Brook, que era sua paciente quando morreu...

Jennifer Brook. Um nome que ele esperava esquecer.

Um profundo cansaço tomou conta dele — a exaustão de um homem que descobriu não ser capaz de deixar para trás a própria sombra. Ele tentava reunir energias a fim de ir para casa, sair à chuva e entrar no carro, mas só conseguia ficar sentado encarando as quatro paredes do consultório. Seu santuário. Seu olhar vagou pelos diplomas emoldurados, os certificados médicos, as fotografias. Em toda parte, havia fotografias de recém-nascidos enrugados, de mães e pais exultantes. Quantos bebês ele trouxera ao mundo? Perdera a conta havia anos...

Um som no escritório anexo enfim o tirou da cadeira: o clique de uma porta se fechando. Ele se levantou e foi espiar a recepção.

— Peggy? Ainda está aí?

A sala de espera estava deserta. Lentamente, seu olhar vagou pelo sofá e pelas cadeiras estampadas, pelas revistas empilhadas com capricho na mesa de centro, e por fim parou na porta da rua. Estava destrancada.

Em meio ao silêncio, ele ouviu um abafado ruído metálico. Vinha de uma das salas de exame.

— Peggy?

Tanaka desceu o corredor e foi examinar a primeira sala. Ao acender a luz, viu o brilho metálico de pias de aço inoxidável, a mesa ginecológica, o armário de suprimentos. Desligou a luz e foi até a sala seguinte. Outra vez, tudo estava como devia: os instrumentos, alinhados com cuidado na bancada; a pia, seca; os estribos das mesas, recolhidos.

Atravessando o corredor, foi até a terceira e última sala de exames. Mas, assim que estendeu a mão para o interruptor de luz, algum instinto o deixou paralisado: a súbita noção de uma presença — algo malévolo — esperando por ele na escuridão.

Aterrorizado, deu alguns passos para trás e saiu da sala. Somente ao se voltar para fugir percebeu que o intruso estava bem ao seu lado.

Uma lâmina rasgou-lhe o pescoço.

Tanaka cambaleou para trás na sala de exame e derrubou a bancada de instrumentos. Ao cair no chão, descobriu que o linóleo já estava escorregadio por causa de seu sangue. Mesmo sentindo a vida se esvaindo, um reduto friamente racional de seu cérebro forçou-o a avaliar o próprio ferimento, a analisar suas chances. *Artéria cortada. Morte por hemorragia em alguns minutos. Tenho de deter o sangramento...* A dormência já subia por suas pernas.

Tão pouco tempo. Ele engatinhou em direção ao gabinete onde guardava a gaze. Para sua mente, que estava no limiar da insensibilidade, a luz tênue daquelas portas de vidro representava um farol de orientação, sua única esperança de sobrevivência.

Uma sombra obstruiu a luz que vinha do corredor. Ele sabia que o intruso estava à porta, observando-o. Ainda assim, continuou a se mover.

Em seus últimos segundos de consciência, Tanaka conseguiu se erguer e abrir a porta do armário. Pacotes esterilizados caíram das prateleiras. Às cegas, ele abriu um deles, tirou um chumaço de gazes e levou-o ao pescoço.

Ele não viu a lâmina do agressor traçar o arco final.

Ao senti-la cravar-se de maneira profunda em suas costas, Tanaka tentou gritar, mas o único som que saiu de sua garganta foi um suspiro. Foi a última golfada de ar que inalou antes de escorregar silenciosamente para o chão.

Charles (ou Charlie) Decker estava nu, deitado em uma cama pequena e dura. E sentia medo.

Através da janela, viu o brilho vermelho-sangue de um letreiro de neon: *Victory Hotel*. Só que o "t" de "hotel" estava faltando. E o que sobrava o fazia pensar em "Hole", ou "Buraco", em inglês, o que descrevia bem aquele lugar: o *Victory Hole*, onde cada triunfo, cada alegria, naufragava em um abismo escuro e sem retorno.

Ele fechou os olhos, mas o neon parecia abrir caminho através de suas pálpebras. Virou-se de costas para a janela e colocou o travesseiro sobre a cabeça. O cheiro do tecido imundo era sufocante. Jogando o travesseiro de lado, ele se levantou e foi até a janela. Ali, olhou a rua. Na calçada, uma loura de cabelo oleoso e minissaia negociava com um homem em um Chevy. Em algum lugar da noite, pessoas riam e uma *jukebox* tocava "It Don't Matter Anymore". Um fedor erguia-se do beco, uma mistura peculiar de lixo podre e jasmins-mangas: o cheiro dos becos do paraíso. Aquilo o deixou nauseado. Mas estava quente demais para fechar a janela, quente demais para dormir, quente demais até para respirar.

Ele foi à mesa de cabeceira, acendeu a lâmpada e viu a mesma manchete de jornal.

"Médico de Honolulu encontrado assassinado."

Ele sentiu o suor escorrer pelo peito e jogou o jornal no chão. Então, sentou-se e amparou a cabeça entre as mãos.

A música da distante *jukebox* terminou; e começou a seguinte — um rock pesado com guitarras e baterias. Um cantor rosnava: "*I want it bad, oh, yeah, baby... So bad, so bad...*"

Lentamente, ele ergueu a cabeça e seu olhar deteve-se sobre o retrato de Jenny. Ela sorria. Como sempre, estava sorrindo. Ele tocou a imagem, tentando lembrar como era o toque de seu rosto, porém o tempo havia apagado aquela lembrança.

Enfim, ele abriu a agenda, procurou uma página em branco e começou a escrever:

Foi o que me disseram:
"É preciso tempo…
Tempo para curar, tempo para esquecer."
E eu disse a eles:
A cura não está no esquecimento
Mas na lembrança
De você.
O cheiro do mar em sua pele;
As pegadas pequenas e perfeitas que você deixa na areia.
Na lembrança, não há fim.
Portanto, você repousa, agora e sempre, junto ao mar.
Você abre os olhos. Você toca em mim.
Sinto o sol na ponta de seus dedos.
E estou curado.
Eu estou curado.

1

Com mãos firmes, a dra. Kate Chesne injetou duzentos miligramas de sódio pentotal em sua paciente por via intravenosa. À medida que a coluna de líquido amarelo-claro avançava devagar através do tubo de plástico, Kate murmurou:

— Logo você vai começar a se sentir sonolenta, Ellen. Feche os olhos. Relaxe...

— Ainda não sinto nada.

— Vai demorar cerca de um minuto.

Kate apertou o ombro de Ellen em um gesto silencioso de apoio. Eram as pequenas coisas que faziam um paciente se sentir seguro. Um toque. Uma voz tranquila.

— Permita-se flutuar... — murmurou Kate. — Pense no céu... Em nuvens...

Ellen lançou-lhe um sorriso calmo e sonolento. Sob as luzes ofuscantes da sala de cirurgia, cada sarda, cada mancha de seu rosto ficavam cruelmente evidentes. Ninguém, nem mesmo Ellen O'Brien, ficava bonita deitada em uma mesa de cirurgia.

— Engraçado... — murmurou ela. — Não estou com medo. Nem um pouco...

— E não precisa. Vou cuidar de tudo.

— Eu sei que sim.

Ellen estendeu a mão para Kate. Foi apenas um toque, um breve entrelaçar de dedos. O calor da pele de Ellen junto à dela era mais uma lembrança de que, naquela mesa, não estava apenas um corpo e, sim, uma mulher, uma amiga.

A porta se abriu e o cirurgião entrou. O dr. Guy Santini era grande como um urso e parecia um tanto ridículo com sua touca florida.

— Como estamos indo, Kate?

— Pentotal administrado agora.

Guy foi até a mesa e apertou a mão da paciente.

— Ainda conosco, Ellen?

Ela sorriu.

— Para o bem ou para o mal. Mas, para ser sincera, preferia estar na Filadélfia.

Guy riu.

— Estará. Mas sem a vesícula.

— Não sei... Estava começando a... Gostar dela... — As pálpebras de Ellen pesaram. — Lembre-se, Guy... — murmurou. — Você prometeu. Sem cicatriz...

— Prometi?

— Sim... Prometeu...

Guy piscou para Kate.

— Eu não disse? Enfermeiras são péssimas pacientes. Como são exigentes!

— Cuidado, doutor! — rebateu uma das enfermeiras da sala de cirurgia. — Um dia desses eu pego você em cima dessa mesa.

— Eis aí um pensamento aterrorizante — observou Guy.

Kate observou quando a mandíbula da paciente enfim relaxou e se abriu. Ela chamou em voz baixa:

— Ellen?

Ela roçou o dedo sobre as pálpebras de Ellen. Nenhuma resposta. Kate meneou a cabeça para Guy e disse:

— A anestesia já fez efeito.

— Ah, Katie, minha querida! — disse o cirurgião. — Você trabalha tão bem para uma...

— Para uma *mulher*. Sim, está bem. Eu sei.

— Bem, vamos começar — decidiu ele, enquanto saía para se lavar. — Tudo certo nos exames dela?

— Sangue perfeito.

— Eletrocardiograma?

— Fiz ontem à noite. Normal.

À porta, Guy lançou-lhe uma saudação admirada.

— Com você por perto, Kate, não é preciso nem mesmo pensar. Ah, e... Senhoras? — disse ele, dirigindo-se às duas enfermeiras da sala de cirurgia que dispunham os instrumentos na bancada. — Um aviso: nosso residente é canhoto.

A instrumentadora ergueu a cabeça com súbito interesse.

— É bonito?

Guy piscou.

— Um gato, Cindy. Vou contar para ele que você perguntou.

Rindo, ele saiu porta afora.

Cindy suspirou.

— Como é que a esposa aguenta esse cara?

Nos dez minutos seguintes, tudo funcionou como um relógio. Kate cumpriu suas tarefas com a eficiência de sempre. Inseriu o tubo intratraqueal e conectou o respirador. Ajustou o fluxo de oxigênio e acrescentou as proporções adequadas de isoflurano e óxido nitroso. A vida de Ellen dependia dela. Cada passo, embora automático, pedia atenção redobrada. E, quando o paciente era alguém que ela conhecia e admirava, certificar-se de todos os seus movimentos exigia atenção ainda maior. Com frequência, o trabalho de um anestesista consistia em 99% de tédio e 1% de puro terror; era esse 1% que Kate sempre antecipava, contra o qual sempre se prevenia. As complicações podiam ocorrer em um piscar de olhos.

Mas hoje ela esperava que as coisas acontecessem tranquilamente. Ellen O'Brien tinha apenas 41 anos. Exceto pela pedra na vesícula, estava em perfeita saúde.

Guy voltou à sala de cirurgia; os braços recém-escovados ainda pingando. Foi seguido pelo residente canhoto, um "gato" que parecia ter surpreendentes 1,67m em cima de sapatos de plataforma. Prosseguiram com o ritual de vestir gorros e luvas esterilizadas, uma cerimônia pontuada pelo estalar enérgico do látex.

Quando os membros da equipe ocuparam os devidos lugares ao redor da mesa de cirurgia, o olhar de Kate percorreu o círculo de rostos mascarados. Com exceção do residente, todos lhe pareciam confortavelmente familiares. Havia uma enfermeira perioperatória, Ann Richter, com o cabelo louro-claro cuidadosamente preso por um gorro cirúrgico azul. Era uma profissional fria que nunca misturava trabalho com prazer. Se você fizesse uma piada na sala de cirurgia, ela provavelmente lhe lançaria um olhar de reprovação.

A seguir estava Guy, um homem sem graça embora afável, olhos castanhos distorcidos por grossas lentes "fundo de garrafa". Era difícil crer que alguém tão desajeitado pudesse ser cirurgião. Contudo, com um bisturi em mãos, ele operava milagres.

Em frente a Guy estava o residente, com a lamentável desvantagem de ter nascido canhoto.

E, por fim, havia Cindy, a instrumentadora, uma ninfa de olhos castanho-escuros e riso solto. Naquele dia, usava sobre os olhos uma nova sombra chamada Malaquita Oriental, que lhe fazia parecer um peixe tropical.

— Bela sombra, Cindy — comentou Guy, ao estender a mão para pegar o bisturi.

— Obrigada, dr. Santini — respondeu ela, entregando-lhe o instrumento.

— Gosto mais do que aquela outra, Gosma Espanhola.

— *Musgo* Espanhol.

— Essa de hoje é muito, muito impressionante, não acha? — perguntou ele ao residente, que, espertamente, não respondeu. — É… — prosseguiu Guy. — Lembra minha cor predileta. Acho que se chama Limpador de Cometa.

O residente riu e Cindy olhou feio para ele. As chances do "gato" foram definitivamente por água abaixo.

Guy fez a primeira incisão. Quando uma linha escarlate aflorou à superfície da parede abdominal, o residente automaticamente enxugou o sangue com uma esponja. As mãos dos dois trabalhavam de maneira automática e em uníssono, como pianistas tocando um dueto.

De sua posição junto à cabeça da paciente, Kate acompanhou o progresso da cirurgia, ouvindo com atenção o ritmo cardíaco de Ellen. Tudo ia bem, sem problemas. Era nessa hora que mais gostava de seu trabalho — quando sabia que tudo estava sob controle. Em meio a todo aquele aço inoxidável, ela se sentia em casa. Para ela, o sibilar do ventilador e os bipes do monitor cardíaco eram uma agradável música de fundo para o que se desenrolava na mesa.

Guy fez uma incisão mais profunda, expondo uma brilhante camada de gordura.

— Os músculos parecem um pouco contraídos, Kate — observou ele. — Teremos problemas na retração.

— Verei o que posso fazer.

Voltando-se para o carrinho de medicamentos, ela abriu a pequena gaveta com o rótulo "suxametônio". Aplicada na corrente sanguínea, a substância relaxaria os músculos, facilitando o acesso à cavidade abdominal. Olhando para a gaveta, ela franziu as sobrancelhas.

— Ann? Só temos uma ampola de suxametônio. Poderia buscar mais?

— Curioso… — disse Cindy. — Estou certa de que abasteci o carrinho ontem à tarde.

— Bem, só temos uma ampola. — Kate extraiu 5ml da solução cristalina e injetou em Ellen por via intravenosa. Demoraria um minuto para fazer efeito. Ela se recostou e esperou.

O bisturi de Guy atravessou a camada de gordura e começou a expor a camada de músculo abdominal.

— Ainda muito tenso, Kate — observou.

Ela olhou o relógio de parede.

— Já faz três minutos. Você devia estar notando algum efeito.

— Nada.

— Muito bem. Vou aplicar mais um pouco. — Kate extraiu mais 3ml e injetou por via intravenosa. — Vou precisar de outra ampola, Ann — advertiu. — Essa está quase…

Um alarme disparou no monitor cardíaco. Kate ergueu a cabeça de uma vez. E o que viu na tela a fez se aprumar, aterrorizada.

O coração de Ellen O'Brien havia parado.

No instante seguinte, a sala se tornou um pandemônio. Ordens gritadas, bandejas de instrumentos afastadas. O residente subiu em um apoio de pés e pressionou o peito de Ellen diversas vezes usando todo o peso do corpo.

Esse era o 1% proverbial, o momento de terror que todo anestesista temia.

Foi também o pior momento da vida de Kate Chesne.

Conforme o pânico se instalava ao redor, ela lutou para manter o controle. Injetou ampola após ampola de epinefrina, primeiro por via intravenosa, depois diretamente no coração de Ellen. *Eu estou perdendo a paciente,* pensou. *Meu Deus, eu estou perdendo Ellen.* Então, percebeu um leve estremecer do osciloscópio. Era o único indício de que ainda havia algum vestígio de vida.

— Vamos fazer uma cardioversão! — gritou ela, olhando para Ann, que estava junto ao desfibrilador. — Duzentos watts por segundo!

Ann permaneceu imóvel, o rosto branco como mármore.

— Ann? — gritou Kate. — *Duzentos watts por segundo!*

Foi Cindy quem foi até a máquina e apertou o botão de carga. A agulha disparou até duzentos. Guy agarrou os eletrodos, colocou-os no peito de Ellen e liberou a descarga elétrica.

O corpo de Ellen se revolveu como uma marionete cujas cordas tivessem sido puxadas ao mesmo tempo.

O oscilar reduziu-se a uma leve ondulação. Era o padrão de um coração moribundo.

Kate tentou outra substância, então outra, numa tentativa desesperada de devolver um lampejo de vida àquele coração. Nada funcionou. Por trás de um véu de lágrimas, observou o tracejado do osciloscópio se transformar em uma linha reta.

— Acabou… — murmurou Guy.

E deu um sinal para que interrompessem a massagem cardíaca. O residente, com o rosto encharcado de suor, afastou-se da mesa.

— Não — insistiu Kate, plantando as mãos sobre o peito de Ellen. — Não acabou. — Então começou a bombear, furiosa, desesperada. — Não acabou.

Ela se jogou sobre Ellen, forçando todo o peso do corpo junto ao escudo de costelas e músculos. O coração precisava ser massageado; o cérebro, alimentado. Ela precisava manter Ellen viva. Kate continuou a bombear até sentir os braços fracos e trêmulos. *Viva, Ellen,* ordenou em silêncio. *Você tem de viver…*

— Kate. — Guy tocou-lhe o braço.

— Não vamos desistir. Ainda não…

— Kate. — Com gentileza, Guy afastou-a da mesa. — Acabou… — murmurou.

Alguém desligou o monitor cardíaco. O barulho do alarme cedeu lugar a um silêncio macabro. Lentamente, Kate voltou-se e viu que todos a observavam. Ela olhou o osciloscópio.

A linha estava plana.

Kate fez uma careta de dor quando um funcionário fechou o zíper da mortalha que envolvia o corpo de Ellen O'Brien. Aquele som tinha um caráter cruel e definitivo. O conveniente embalar daquilo que outrora fora um ser vivo e ativo pareceu-lhe obsceno. Quando o corpo foi levado ao necrotério, Kate desviou o olhar. Muito tempo após a maca desaparecer corredor abaixo, ela continuou na sala de cirurgia.

Lutando contra as lágrimas, olhou as gazes ensanguentadas e as ampolas vazias espalhadas pelo chão. Os mesmos tristes detritos remanescentes de uma morte em um hospital. Logo seriam varridos e incinerados, e não restaria sinal algum da tragédia que acabara de ocorrer. Nada, afora um corpo no necrotério.

E perguntas. Ah, sim, haveria perguntas. Dos pais de Ellen. Do hospital. Perguntas que Kate não saberia como responder.

Exausta, retirou o gorro cirúrgico e sentiu uma vaga sensação de alívio quando o cabelo castanho caiu-lhe sobre os ombros. Ela precisava de algum tempo sozinha — para pensar, para compreender. Kate se preparou para ir embora.

Guy estava em pé junto à porta. No instante em que viu o rosto do cirurgião, Kate percebeu que havia algo errado.

Em silêncio, Guy entregou-lhe o arquivo médico de Ellen O'Brien.

— O eletrocardiograma — disse ele. — Você me disse que estava normal.

— Estava.

— É melhor ver de novo.

Curiosa, ela abriu o arquivo e procurou o ECG, o traçado elétrico do coração de Ellen. O primeiro detalhe que percebeu foram suas iniciais, escritas no topo, significando que ela lera aquela página. A seguir, conferiu o traçado. Durante um minuto inteiro, analisou a série de 12 curvas pequenas e irregulares, incapaz de crer no que estava vendo. O padrão era inconfundível. Mesmo um estudante de medicina do terceiro ano poderia ter feito o diagnóstico.

— Foi por isso que ela morreu, Kate — disse Guy.

— Mas… É impossível! — exclamou. — Eu não poderia ter cometido um erro desses!

Guy não respondeu. Apenas desviou o olhar, um gesto mais revelador do que qualquer coisa que pudesse ter dito.

— Guy, você me *conhece* — protestou Kate. — Você sabe que eu não deixaria passar algo…

— Está bem aí, preto no branco. Pelo amor de Deus, suas iniciais estão nessa porcaria!

Os dois se entreolharam, ambos chocados com a rudeza das palavras dele.

— Perdão — desculpou-se por fim. Subitamente agitado, ele se voltou e passou os dedos pelo cabelo. — Meu Deus! Ela teve um ataque cardíaco. *Um ataque cardíaco.* E nós a levamos para a cirurgia. — Ele olhou para Kate com uma expressão de absoluta aflição. — Acho que isso quer dizer que nós a matamos.

— É um caso óbvio de imperícia.

O advogado David Ransom fechou o arquivo denominado O'Brien, Ellen, e olhou para os clientes através da ampla escrivaninha de teca. Se tivesse de escolher uma palavra para descrever Patrick e Mary O'Brien, seria *cinzentos*. Cabelos grisalhos, rostos acinzentados, roupas cinzentas. Patrick vestia um terno surrado que perdera o corte faz tempo. Mary trajava um vestido estampado em preto e branco, com motivos que pareciam se misturar em uma única mancha monocromática.

Patrick balançava a cabeça todo o tempo.

— Ela era nossa filha única, sr. Ransom. Nossa filha única. Ela sempre foi boa, sabia? Nunca se queixava. Mesmo quando era bebê. Apenas ficava deitada no berço, sorrindo. Como um anjo. Como uma pequena e adorável… — De repente, ele parou de falar, contendo o choro.

— Sr. O'Brien, sei que não é um grande conforto para vocês agora, mas prometo que farei tudo o que puder — disse David.

Patrick balançou a cabeça.

— Não estamos atrás do dinheiro. Tudo bem, não posso trabalhar. Minhas costas, você sabe. Mas Ellie tinha uma apólice de seguro de vida e…

— De quanto era a apólice?

— Cinquenta mil — respondeu Mary. — Ela era assim. Sempre pensando em nós.

Seu perfil, iluminado pela luz da janela, parecia ter bordas de ferro. Ao contrário do marido, Mary O'Brien não chorava mais. Estava sentada ereta, o corpo todo uma rígida evidência de seu pesar. David sabia exatamente o que ela estava sentindo. A dor. A raiva. Em especial, a raiva, que via queimando friamente em seus olhos.

Patrick fungava.

David abriu a gaveta, pegou uma caixa de lenços de papel e colocou-a em silêncio diante do cliente.

— Talvez devamos discutir o assunto alguma outra hora — sugeriu. — Quando vocês dois se sentirem prontos...

De repente, Mary ergueu o queixo.

— Estamos prontos, sr. Ransom. Faça suas perguntas.

David olhou para Patrick, que assentiu de leve.

— Receio que as coisas que devo perguntar pareçam... desumanas. Desculpem.

— Prossiga — disse Mary.

— Abrirei imediatamente a ação judicial. Mas precisarei de mais informações, antes de poder fazer uma estimativa de danos. Uma parte será calculada a partir de salários perdidos: o que sua filha teria ganhado caso vivesse. Disseram que era enfermeira?

— Enfermeira obstetra, trabalhava em partos.

— Sabe quanto era o salário dela?

— Terei de verificar os contracheques.

— E quanto a dependentes? Ellen tinha algum?

— Nenhum.

— Ela nunca se casou?

Mary balançou a cabeça e suspirou.

— Ela era a filha perfeita em quase tudo, sr. Ransom. Linda. E brilhante. Mas, no que dizia respeito a homens, ela cometeu... erros.

Ele franziu as sobrancelhas.

— Erros?

Mary deu de ombros.

— Ah, acho que as coisas são assim mesmo nos dias de hoje. E quando uma mulher chega a... certa idade, ela se sente, bem, *feliz* em ter qualquer homem...

Ela olhou para as mãos com dedos fortemente entrelaçados e se calou.

David sentiu que navegava em águas perigosas. De qualquer modo, não estava interessado na vida amorosa de Ellen O'Brien. Aquilo era irrelevante para o caso.

— Vamos voltar ao histórico médico de sua filha — disse ele, abrindo o arquivo. — Segundo este relatório, tinha 41 anos e estava em excelente estado de saúde. Sabe se Ellen tinha algum problema cardíaco?

— Nunca teve.

— Ela nunca reclamou de dor no peito? Falta de ar?

— Ellie era nadadora fundista, sr. Ransom. Podia nadar o dia inteiro sem perder o fôlego. É por isso que não acredito nessa história de... ataque cardíaco.

— Mas o eletrocardiograma foi diagnosticado erroneamente, sra. O'Brien. Se tivesse havido uma necropsia, poderíamos tê-lo provado. Agora, porém, acho que é um pouco tarde para isso.

Mary olhou o marido.

— Foi o Patrick. Ele não suportava a ideia...

— Já não a cortaram o bastante?! — exclamou Patrick.

Houve um longo silêncio. Mary murmurou:

— Vamos jogar as cinzas no mar. Ela adorava o mar. Desde que era bebê...

Foi uma despedida solene. Algumas últimas palavras de condolência, então apertos de mãos, selando um pacto. Os O'Brien fizeram menção de ir embora. À porta, porém, Mary parou.

— Gostaria que você soubesse que não é pelo dinheiro! — Exclamou. — A verdade é que não me importo se não receber um centavo. Mas eles arruinaram nossas vidas, sr. Ransom. Levaram nosso bebê. E peço a Deus que nunca se esqueçam disso.

David assentiu.

— Farei de tudo para que jamais esqueçam.

Após a saída dos clientes, David voltou-se para a janela. Inspirou fundo e soltou a respiração aos poucos, desejando que as emoções se esvaíssem de seu corpo. Mas ainda sentia um nó no estômago. Toda aquela tristeza, todo aquele ódio, obscurecia seus pensamentos.

Havia seis dias, uma médica cometera um erro terrível. Agora, aos 41 anos, Ellen O'Brien estava morta.

Ela só tinha três anos a mais do que eu.

Ele se sentou à escrivaninha e abriu o arquivo O'Brien. Pulando os registros hospitalares, foi até o currículo de dois médicos. O do dr. Guy Santini era notável. Cirurgião formado em Harvard, aos 48 anos estava no auge da carreira. Sua lista de publicações ocupava cinco páginas. A maior parte de sua pesquisa lidava com fisiologia hepática. Ele foi processado oito anos antes; e ganhou a causa. Bom para ele. De qualquer forma, Santini não era o alvo. O objetivo de David era a anestesista.

Ele folheou o currículo de três páginas da dra. Katharine Chesne.

Seus antecedentes eram impressionantes. Bacharel em química pela Universidade da Califórnia em Berkeley, doutorado em Johns Hopkins, residência como anestesista e cuidados intensivos pela UC de São Francisco. Com apenas trinta anos, ela já possuía uma respeitável lista de artigos publicados. Entrou para o Hospital Mid Pac como anestesista havia menos de um ano. Não havia fotografia, mas ele não teve dificuldade em formar um retrato mental do estereótipo de médica: cabelo fora de moda, corpo sem curvas, cara de cavalo, embora um cavalo extremamente inteligente.

David recostou-se, franzindo as sobrancelhas. Aquele currículo era bom demais; não combinava com o perfil de uma médica incompetente. Como ela pôde ter cometido um erro tão primário?

Ele fechou o arquivo. Fossem quais fossem as desculpas, os fatos eram incontestáveis: a dra. Katharine Chesne condenara sua paciente a morrer sob o bisturi do cirurgião. E teria de enfrentar as consequências.

E ele se certificaria disso.

George Bettencourt desprezava médicos, opinião pessoal que tornava seu trabalho como diretor do Hospital Mid Pac mais difícil, uma vez que tinha de trabalhar tão perto da equipe médica. Ele tinha um MBA e um mestrado em saúde pública. Em seus dez anos como diretor, fez o que a administração anterior, realizada por médicos, jamais conseguiu: transformar o Mid Pac de uma instituição no vermelho em um negócio rentável. Porém, tudo o que ouvia daqueles idiotas de branco metidos a deuses eram críticas. Eles erguiam os narizes superiores à ideia de que seu santo trabalho pudesse ser ditado por gráficos de lucros e perdas. A fria realidade era que salvar vidas era um negócio, assim como vender revestimentos de pisos. Bettencourt sabia disso. Os médicos, não. Eram idiotas, e idiotas lhe davam dor de cabeça.

E os dois médicos sentados à sua frente estavam lhe causando uma enxaqueca do tipo que ele não sentia havia anos.

O dr. Clarence Avery, o grisalho anestesista-chefe, não era problema. O velho era tímido demais para enfrentar a própria sombra, quanto mais um assunto controvertido. Desde o derrame da mulher, Avery vinha cumprindo suas tarefas como um sonâmbulo. Sim, ele podia ser persuadido a cooperar. Especialmente quando a reputação do hospital estava em jogo.

Era o outro médico que preocupava Bettencourt: a mulher. Era nova na equipe e ele não a conhecia muito bem. Mas, no momento em que ela entrou em sua sala, farejou problemas. Kate tinha aquela expressão no olhar, o queixo proeminente de uma pessoa determinada. Era uma mulher bem bonita, embora o cabelo castanho estivesse despenteado e ela provavelmente não colocasse um batom há meses. Mas aqueles olhos verdes e intensos eram suficientes para fazer um homem ignorar todos os defeitos de seu rosto. Na verdade, ela era bem atraente.

Que pena que estragou tudo. Ela se tornou um problema. E Bettencourt esperava que ela não piorasse as coisas tornando-se uma megera.

Kate assustou-se quando Bettencourt jogou os papéis na mesa à sua frente.

— A carta chegou ao departamento jurídico esta manhã, dra. Chesne — disse ele. — Entregue por um despachante pessoal. Acho melhor ler.

Ela deu uma olhada no cabeçalho e sentiu um frio no estômago: *Uehara e Ransom, Advogados.*

— Uma das melhores firmas da cidade — explicou Bettencourt. Ao ver a expressão atônita da médica, ele prosseguiu com impaciência: — Você e o hospital estão sendo processados, dra. Chesne. Por imperícia. E o próprio David Ransom está cuidando do caso.

A garganta de Kate secou. Devagar, ela ergueu a cabeça.

— Mas como... Como eles podem...

— Basta um advogado. E um paciente morto.

— Mas eu expliquei o que houve! — Ela se voltou para Avery. — Lembra-se da semana passada... Eu lhe disse...

— Clarence já me falou — interrompeu Bettencourt. — Não é isso que estamos discutindo aqui.

— Então, o que é?

Aparentemente surpreso com a assertividade da médica, o diretor deu um longo suspiro.

— A questão é: temos aqui o que parece ser um processo milionário. Como seu empregador, sou responsável pelos danos. Mas não é apenas o dinheiro que nos preocupa. — Ele fez uma pausa. — Há também nossa reputação.

O tom de voz de Bettencourt pareceu-lhe sinistro. Ela sabia o que viria a seguir e viu-se sem voz. Só conseguia ficar ali sentada, com o estômago embrulhado, os dedos entrelaçados sobre o colo, esperando o golpe.

— O processo refletirá de forma negativa sobre todo o hospital — disse ele. — Se o caso for a julgamento, haverá repercussão. As pessoas, os pacientes, lerão os jornais e ficarão assustados. — Ele olhou para a escrivaninha. — Vejo que seu currículo até agora foi aceitável...

Ela ergueu o queixo.

— Aceitável? — repetiu Kate, incrédula. Ela olhou para Avery. O anestesista-chefe conhecia seu currículo. Era impecável.

Avery remexeu-se na cadeira, os olhos de um azul aguado evitando os dela.

— Bem... — murmurou ele. O currículo da dra. Chesne tem sido... Até agora, pelo menos... Ahn... Mais que aceitável. Ou seja...

Pelo amor de Deus, homem! Kate desejou gritar. *Defenda-me!*

— Nunca houve queixas — terminou Avery, sem graça.

— Contudo, você nos colocou em uma situação delicada, dra. Chesne — prosseguiu Bettencourt. Por isso, achamos que seria melhor que seu nome não mais estivesse associado ao do hospital. — Houve um longo silêncio, pontuado apenas pela tosse nervosa do dr. Avery. — Estamos pedindo que se demita — afirmou Bettencourt.

Então, lá estava. O golpe. Aquilo caiu sobre ela como uma onda gigantesca, deixando-a abatida e exausta.

— E se eu me recusar? — murmurou.

— Acredite, doutora, um pedido de demissão ficará bem melhor em seu currículo do que...

— Ser demitida?

Ele inclinou a cabeça.

— Acho que nos entendemos.

— Não.

Kate ergueu a cabeça. Algo nos olhos dele, aquela segurança inabalável, a deixou tensa. Ela nunca gostara de Bettencourt. Naquele momento, passou a gostar menos ainda.

— Você não me entendeu.

— Você é uma mulher inteligente e pode ver as opções. De qualquer modo, não podemos deixá-la voltar à sala de cirurgia.

— Isso não está certo — objetou Avery.

— Perdão? — Bettencourt franziu as sobrancelhas para o velho.

— Você não pode demiti-la. Ela é médica. Há procedimentos a serem seguidos. Comitês...

— Estou familiarizado com os procedimentos, Clarence! Eu estava esperando que a dra. Chesne compreendesse a situação e agisse de acordo. — Ele olhou para Kate. — Realmente é mais fácil. Não haverá máculas em seu currículo. Apenas uma nota afirmando que pediu demissão. Posso conseguir uma carta em uma hora. Tudo o que tem de fazer é... — parou de falar ao olhar para ela.

Kate raramente se enfurecia. Em geral, mantinha as emoções sob rígido controle. Portanto, a raiva que sentia aflorando à superfície era algo novo, incomum e quase assustador.

Com calma mortal, ela disse:

— Economize papel, sr. Bettencourt.

O diretor trincou os dentes.

— Se essa é sua decisão... — Ele olhou para Avery. — Quando será a nova reunião de Garantia de Qualidade?

— Será... Ahn, na próxima terça-feira, mas...

— Ponha o caso O'Brien na pauta. Deixaremos a dra. Chesne apresentar um relatório ao comitê. — Ele olhou para Kate. — Um julgamento feito por seus pares. Eu diria que é justo. Você não?

Ela se esforçou para engolir a réplica. Se dissesse algo mais, se deixasse escapar o que realmente achava de George Bettencourt, arruinaria suas chances de voltar a trabalhar no Mid Pac. Ou em qualquer outro lugar. Bastava a ele rotulá-la como Criadora de Caso. Isso arruinaria seu currículo para o resto da vida.

Os dois se foram com civilidade. Para uma mulher que acabara de ter a carreira destruída, ela conseguiu uma grande proeza: olhar para Bettencourt e apertar-lhe a mão com frieza. Kate manteve a compostura ao sair pela porta da sala e ao passar pelo longo salão atapetado. Contudo, ao pegar o elevador para descer, algo dentro dela pareceu se romper. Quando as portas voltaram a se abrir, ela estava chorando aos soluços, compulsivamente. Ao caminhar às cegas através do saguão barulhento e tumultuado, a constatação a atingiu com toda a força.

Meu Deus, estou sendo processada! Menos de um ano de prática e estou sendo processada…

Ela sempre pensou que processos legais, assim como todas as catástrofes da vida, só aconteciam com os outros. Jamais sonhou que seria processada por incompetência. *Incompetência.*

Sentindo-se nauseada de súbito, ela se apoiou nos telefones do saguão. Enquanto tentava acalmar o estômago, seu olhar voltou-se para a lista telefônica, presa à prateleira por uma corrente. *Se ao menos eles conhecessem os fatos,* pensou. *Se eu pudesse explicar…*

Demorou alguns segundos para encontrar: *Uehara e Ransom, Advogados.* O escritório ficava na rua Bishop.

Ela arrancou a página. Então, movida por uma nova e desesperada esperança, saiu correndo porta afora.

2

— **O** sr. Ransom não pode atender.

A recepcionista grisalha tinha olhos de puro aço e um rosto estilo gótico americano. Só faltava o forcado. Cruzando os braços, desafiou em silêncio a intrusa a tentar — apenas tentar — convencê-la a deixar entrar.

— Mas preciso falar com ele! — insistiu Kate. — É sobre o caso...

— Claro — disse a mulher com frieza.

— Só queria explicar para ele que...

— Já disse, doutora. Ele está em uma reunião com os sócios. Não pode recebê-la.

A impaciência de Kate atingia um ponto perigoso. Ela se debruçou sobre a mesa da mulher e controlou a fúria ao dizer:

— Reuniões não duram para sempre.

A recepcionista sorriu.

— Essa vai demorar.

Kate sorriu de volta.

— Posso esperar.

— Doutora, está perdendo seu tempo! O sr. Ransom *nunca* fala com acusados. Agora, se precisar que alguém lhe indique o caminho da porta, terei prazer em...

Ela olhou em torno, aborrecida, enquanto o telefone tocava. Agarrando o aparelho, disparou:

— Uehara e Ransom! Sim? Ah, claro, sr. Matheson! — De maneira acintosa, deu as costas para Kate. — Vejamos, estou com esses arquivos bem aqui...

Frustrada, Kate passou os olhos pela sala de espera, percebendo o sofá de couro, os iquebanas de salgueiros e proteus e a gravura *murashige* pendurada na parede. Tudo de muito bom gosto e, sem dúvida, caro. Obviamente, Uehara e Ransom iam de vento em popa. *Tudo à custa de sangue e suor de médicos*, pensou ela, com amargura.

De súbito, o som de vozes atraiu a atenção de Kate. Ela se voltou e viu, no fundo do corredor, um pequeno exército de homens e mulheres emergindo de uma sala de reunião. Quem era Ransom? Ela observou os rostos, mas nenhum deles parecia velho o bastante para ser sócio da empresa. Olhou para trás e viu que a recepcionista ainda estava de costas. Era agora ou nunca.

Kate decidiu-se em uma fração de segundo. Rápida e deliberadamente, caminhou em direção à sala de reunião. À porta, porém, ela parou, os olhos de repente ofuscados pela luz.

Uma longa mesa de teca estendia-se à frente. Em ambos os lados da mesa, uma fileira de cadeiras de couro enfileiradas como soldados de prontidão. O sol ofuscante entrava pela janela, iluminando a cabeça e os ombros de um homem solitário, sentado ao outro extremo da mesa. A luz iluminava de dourado o cabelo louro. Ele não a percebeu; toda a sua atenção estava voltada para uma pilha de papéis diante de si. Afora o farfalhar de folhas sendo viradas, a sala estava em completo silêncio.

Kate engoliu em seco e se aprumou.

— Sr. Ransom?

O homem ergueu a cabeça e olhou-a com uma expressão neutra.

— Sim? Quem é você?

— Sou...

— Lamento, sr. Ransom! — interrompeu a voz ultrajada da recepcionista. Puxando Kate pelo braço, a mulher murmurou entredentes: — Eu lhe *disse* que ele não podia atender. Agora, se vier comigo...

— Só quero falar com ele!

— Quer que eu chame a segurança para expulsá-la?

Kate livrou o braço.

— Vá em frente.

— Não me afronte, sua...

— O que está acontecendo aqui? — O rugido da voz de Ransom ecoou pela sala ampla, calando as duas mulheres. Ele lançou um olhar severo para Kate.

— Quem é você?

— Kate... — Ela fez uma pausa e baixou a voz para um tom mais digno. — *Doutora* Kate Chesne.

Uma pausa.

— Entendo. — Ele olhou para os papéis e disse: — Mostre-lhe a saída, sra. Pierce.

— Só desejo lhe contar os fatos! — insistiu Kate.

Ela tentou ficar onde estava, mas a recepcionista a conduzia em direção à porta com a habilidade de um cão pastor.

— Ou prefere *não* ouvir os fatos? É isso? É assim que vocês, advogados, operam? — Ele a ignorou deliberadamente. — Você não dá a mínima para a verdade, não é mesmo? Você não deseja ouvir o que realmente aconteceu com Ellen O'Brien!

Isso fez com que ele erguesse a cabeça de maneira abrupta. Seu olhar severo se fixou no rosto dela.

— Espere, sra. Pierce. Acabo de mudar de ideia. Deixe a dra. Chesne ficar.

A sra. Pierce parecia incrédula.

— Mas... Ela pode ser violenta!

O olhar de David permaneceu mais um instante voltado para o rosto enrubescido de Kate.

— Acho que dou conta dela. Pode nos deixar, sra. Pierce.

A sra. Pierce saiu da sala, resmungando. A porta se fechou à sua passagem. Houve um longo silêncio.

— Bem, dra. Chesne... — disse David. — Agora que conseguiu o milagroso feito de passar pela sra. Pierce, vai ficar aí parada? — Ele apontou para uma cadeira. — Sente-se. A não ser que prefira gritar para mim do outro lado da sala.

Em vez de liberar a tensão, a fria petulância o fez parecer ainda mais inatingível. Kate se obrigou a caminhar em sua direção, sentindo o olhar dele a cada passo. Para um homem com a reputação que tinha, era mais jovem do que ela esperava, ainda abaixo da casa dos quarenta. Suas roupas refletiam o *sistema*, do terno cinza listrado ao prendedor de gravata de Yale. Mas um bronzeado tão intenso e cabelos tão queimados de sol não combinavam com um advogado. *É apenas um jovem surfista que cresceu*, pensou ela com desdém. Certamente tinha compleição física de surfista, com membros longos e musculosos e ombros largos o bastante para serem considerados impressionantes. Um nariz grosso e um queixo arredondado o impediam de ser considerado um homem bonito. Mas foi nos olhos que ela se deteve. Eram de um azul frio, penetrante. O tipo de olhos que nada deixavam escapar. Naquele exato momento, eles a atravessavam, e ela sentiu uma ânsia quase irresistível de cruzar os braços sobre o peito para se proteger.

— Estou aqui para lhe narrar os fatos, sr. Ransom — disse ela.

— Os fatos como os vê?

— Os fatos como *são*.

— Não se dê ao trabalho. — Abrindo a pasta, ele tirou o arquivo de Ellen O'Brien e jogou-o na mesa em um gesto conclusivo. — Tenho todos os fatos bem aqui. Tudo de que preciso.

Tudo de que preciso para ferrar com você, foi o que ele quis dizer.

— Não tudo.

— E agora *você* vai me fornecer os detalhes que faltam, certo?

O advogado sorriu e ela logo reconheceu a inequívoca ameaça em sua expressão. Tinha dentes brancos, afilados e perfeitos. E Kate tinha a nítida impressão de estar defronte às mandíbulas de um tubarão.

Ela se inclinou para a frente, plantando as palmas das mãos sobre a mesa.

— O que vou fornecer é a verdade.

— Ah, claro. — Ele se recostou à cadeira e lançou-lhe um olhar de tédio total. — Diga-me… Seu advogado sabe que está aqui?

— Advogado? Eu… Eu não falei com nenhum advogado…

— Então é bom ligar para um. E rápido. Porque, doutora, você vai precisar de um.

— Não necessariamente. Isso não passa de um grande mal-entendido, sr. Ransom. Se você ouvir os fatos, estou certa…

— Espere.

Ele abriu a pasta e tirou dali um gravador.

— O que pensa que está fazendo?! — exclamou Kate.

Ele ligou o gravador e empurrou-o em direção a ela.

— Não quero perder nenhum detalhe vital. Conte-me sua história. Sou todo ouvidos.

Furiosa, ela desligou o gravador.

— Isto não é um depoimento! Tire essa droga daqui!

Durante alguns segundos tensos, eles mediram um ao outro. E Kate se sentiu triunfante quando ele voltou a guardar o gravador na pasta.

— Então, onde estávamos? — perguntou ele, com extravagante cortesia. — Ah, sim. Você estava a ponto de me dizer o que realmente aconteceu.

Ransom se recostou, obviamente esperando algum grande espetáculo.

Ela hesitou. Uma vez que enfim conquistou toda a atenção dele, não sabia bem por onde começar.

— Sou uma pessoa... muito cuidadosa, sr. Ransom — disse ela. — Faço tudo com muito critério. Posso não ser brilhante, mas sou metódica. E não cometo erros idiotas.

A sobrancelha que ele ergueu indicou exatamente o que pensava sobre aquela afirmação. Kate ignorou-o e prosseguiu.

— Na noite em que Ellen O'Brien deu entrada no hospital, foi Guy Santini quem a admitiu. Mas eu preenchi os formulários de anestesia. Verifiquei os resultados de laboratório. E analisei o eletrocardiograma dela. Era uma noite de domingo e o técnico estava ocupado, de modo que eu mesma fiz o exame. Não estava com pressa. Gastei todo o tempo de que dispunha. Na verdade, mais do que precisava, porque Ellen era membro de nossa equipe. Era uma de *nós*. Também era minha amiga. Lembro-me de ter me sentado no quarto dela e verificado mais uma vez os exames de laboratório. Ela queria saber se tudo estava normal.

— E você disse que sim.

— Sim. Inclusive o ECG.

— Então você, obviamente, cometeu um erro.

— Acabei de dizer que não cometo erros idiotas, sr. Ransom. E não cometi um naquela noite.

— Mas o arquivo mostra...

— O arquivo está errado.

— Tenho a cópia aqui, preto no branco. E o ECG indica claramente um ataque cardíaco.

— Este *não* é o ECG que eu vi! — Ele a olhou como se não tivesse entendido direito. — O ECG que eu vi naquela noite era normal — insistiu Kate.

— Então como esse ECG anormal surgiu no arquivo?

— Obviamente, alguém o colocou aí.

— Quem?

— Não sei.

— Entendo. — Voltando-se, ele murmurou: — Mal posso esperar para ver como isso vai soar no tribunal…

— Sr. Ransom, se eu estivesse errada, seria a primeira a admitir!

— Então você seria surpreendentemente honesta.

— Você acha mesmo que eu criaria uma história estúpida como essa?

A resposta dele foi uma imediata gargalhada que a deixou com o rosto em chamas.

— Não — respondeu. — Estou certo de que inventará algo muito mais verossímil. — Ele meneou a cabeça, incitando-a a prosseguir. Com uma voz repleta de sarcasmo, debochou: — Por favor, estou *ansioso* por saber como essa extraordinária confusão ocorreu. Como o ECG errado foi parar no arquivo?

— Como posso saber?

— Você deve ter alguma teoria.

— Não tenho.

— Ora, vamos, doutora, não me desaponte.

— Já disse que não tenho.

— Então faça uma suposição!

— Talvez alguém a teletransportou da nave interestelar *Enterprise*! — gritou ela, frustrada.

— Bela teoria — disse ele, impassível. — Mas voltemos à realidade. O que, neste caso, é uma folha em particular feita de um subproduto da madeira, também conhecido como papel. — Ele abriu o arquivo na página do maldito ECG. — Explique *isto*.

— Já disse: não tenho como! Estou enlouquecendo tentando entender! Fazemos dezenas de ECG no Mid Pac. Pode ter sido um erro de escritório. Um exame trocado. De algum modo, esta página foi acrescida ao arquivo errado.

— Mas você escreveu suas iniciais nesta página.

— Não, não escrevi.

— Existe alguma outra K. C., médica?

— São minhas iniciais. Mas eu não as escrevi.

— Está dizendo que isso é uma falsificação?

— É... Só pode ser. Quer dizer, sim, acho que é...

Subitamente confusa, ela afastou do rosto um cacho de cabelo rebelde. A expressão de calma inabalável do advogado a perturbou. Por que o sujeito não reagia, pelo amor de Deus? Por que ficava apenas ali sentado, olhando-a com aquela irritante expressão neutra?

— Bem... — disse ele, por fim.

— Bem o quê?

— Há quanto tempo você tem esse problema de falsificação de assinatura?

— Não me faça parecer paranoica!

— Não preciso. Está se saindo muito bem sozinha.

Ele debochava dela em silêncio. Dava para ver em seus olhos. O pior era que ela não podia culpá-lo. Sua história, *de fato*, parecia um delírio.

— Tudo bem — concedeu o advogado. — Por um instante, suponhamos que você esteja falando a verdade.

— Sim! — exclamou ela. — Suponha!

— Só posso pensar em duas explicações para que o ECG tenha sido trocado intencionalmente. Ou alguém está tentando destruir sua carreira...

— Isso é absurdo. Não tenho inimigos.

— Ou alguém está tentando ocultar um homicídio.

Diante da expressão estupefata dela, Ransom lhe lançou um insuportável sorriso de superioridade.

— Uma vez que a segunda explicação obviamente nos parece absurda, não me resta escolha senão concluir que você está mentindo.

Ele se inclinou para a frente e sua voz soou suave, quase íntima. O tubarão estava ficando amistoso; aquilo certamente era perigoso.

— Vamos, doutora — instigou. — Seja sincera. Diga-me o que realmente aconteceu na sala de cirurgia. Foi um escorregão do bisturi? Um erro na anestesia?

— Nada disso!

— Muito gás do riso e pouco oxigênio?

— Eu lhe disse: *não* houve erros!

— *Então, por que Ellen O'Brien está morta?*

Kate olhou-o, atônita com a violência em sua voz. E com o azul de seus olhos. Uma fagulha parecia pairar entre eles, acesa por algo inteiramente inesperado. Chocada, deu-se conta de que ele era um homem atraente. Muito atraente. E que sua reação a ele era perigosa. Ela já sentia o rubor tomando conta de seu rosto, o calor aquecendo seu íntimo.

— Sem resposta? — desafiou ele, em tom calmo. O advogado se recostou na cadeira, obviamente desfrutando da vantagem que tinha sobre ela. — Então, deixe-me dizer o que houve. No dia dois de abril, noite de domingo, Ellen O'Brien deu entrada no Hospital Mid Pac para uma simples cirurgia de vesícula. Como sua anestesista, você pediu os exames pré-operatórios de rotina, incluindo um ECG, que você verificou antes de sair do hospital naquela noite. Talvez estivesse com pressa. Talvez um encontro amoroso a esperasse. Seja qual for o motivo, você se descuidou e cometeu um erro fatal. Você não percebeu aquelas pistas vitais no ECG: as ondas ST elevadas, as ondas T invertidas. Você as considerou normais e assinou suas iniciais. Então saiu, sem se dar conta de que sua paciente acabara de ter um ataque cardíaco.

— Ela nunca demonstrou qualquer sintoma! Nenhuma dor no peito…

— Mas está bem aqui, nas anotações da enfermeira. Vou ler. — Ele folheou o arquivo. — "Paciente se queixando de desconforto abdominal."

— Era a pedra na vesícula…

— Ou o coração? De qualquer modo, os acontecimentos seguintes são indiscutíveis. Você e o dr. Santini levaram a sra. O'Brien à cirurgia. Algumas inaladas de anestesia e o estresse foi demais para o coração enfraquecido. Que parou. E você não conseguiu fazê-lo voltar a bater. — Ele fez uma pausa dramática; os olhos duros como diamantes. — Ali, dra. Chesne, você perdeu sua paciente.

— Não foi assim que aconteceu! Eu me lembro daquele ECG. Estava *normal*!

— Talvez devesse rever seus livros sobre ECG.

— Não preciso de livros. Eu sei que estava normal!

Ela mal reconheceu a própria voz, que ecoou, estridente, pela sala. Ransom não pareceu impressionado.

— Não seria mais fácil apenas admitir que cometeu um erro?

— Mais fácil para quem?

— Para todos os envolvidos. Considere fazer um acordo. Seria rápido, fácil e relativamente indolor.

— Um acordo? Mas seria admitir um erro que não cometi!

A pouca paciência que lhe restava se esgotou.

— Quer ir a julgamento? — rebateu o advogado. — Ótimo. Mas vou lhe dizer algo sobre o modo como trabalho. Quando pego um caso, não o deixo pela metade. Se precisar acabar com você no tribunal, eu o farei. E, quando eu tiver terminado, você vai desejar nunca ter transformado isso em uma ridícula luta por sua honra. Porque, vamos encarar a verdade, doutora. Você tem a mesma chance de uma bola de neve no inferno.

Ela desejou agarrá-lo pelo colarinho listrado. Desejou gritar que, em meio a toda aquela conversa sobre acordos e tribunais, sua própria angústia pela morte de Ellen O'Brien estava sendo ignorada. De repente, porém, toda a sua raiva, toda a sua força, pareceu se esvair, deixando-a exausta. Abatida, ela se recostou à cadeira.

— Gostaria de *poder* admitir que cometi um erro... — murmurou. — Gostaria de dizer apenas: "Sei que sou culpada, e pagarei por isso". Juro por Deus que gostaria. Passei a última semana relembrando. Perguntando-me como aquilo pôde ter acontecido. Ellen confiava em mim e eu a deixei morrer. Isso me fez desejar nunca ter me tornado médica, ou mesmo uma servente ou recepcionista. Qualquer outra coisa. Eu amo meu trabalho. Você não faz ideia do quão difícil foi, do quanto abri mão para chegar aonde estou. E agora parece que vou perder o emprego... — Ela engoliu em seco e baixou a cabeça, derrotada. — E me pergunto se serei capaz de voltar a trabalhar algum dia...

Em silêncio, David observou-a de cabeça baixa e lutou contra as emoções que fermentavam dentro de si. Ele sempre achou que sabia julgar bem o caráter das pessoas. Geralmente era capaz de olhar alguém nos olhos e dizer se estava mentindo. Durante o pequeno discurso de Kate Chesne, observou os olhos dela, buscando algum estremecer inconsistente, algum piscar revelador que indicasse que a médica estava mentindo.

Mas os olhos dela mantiveram-se firmes, diretos, e tão belos quanto um par de esmeraldas.

O último pensamento o surpreendeu, surgindo como surgiu, quase contra a vontade. Não importando o quanto tentasse suprimi-lo, ele estava inteiramente ciente de que ela era uma bela mulher. Kate trajava um simples vestido verde, largo ao redor da cintura, e bastou um olhar para ver que havia curvas femininas sob o tecido sedoso. O rosto que acompanhava as belas curvas tinha lá os seus defeitos. A mandíbula era quadrada como a de um boxeador. O cabelo cor de mogno que caía à altura dos ombros era um tumulto de ondas, obviamente indomáveis. Os cachos encaracolados suavizavam uma testa um tanto proeminente. Não, não era um rosto de beleza clássica. Mas, por outro lado, ele nunca se sentira atraído por mulheres de beleza clássica.

De súbito, aborreceu-se não apenas consigo, mas também com ela, com a reação que provocava nele. David não era um garoto idiota recém--saído da faculdade. Era velho demais e esperto demais para alimentar os pensamentos um tanto masculinos que lhe passavam pela cabeça.

Em um gesto deliberadamente rude, David olhou o relógio. Então, fechando a pasta, levantou-se.

— Tenho um depoimento a tomar e já estou atrasado. Então, se me der licença…

Ele estava na metade da sala quando Kate o interpelou:

— Sr. Ransom?

O advogado se voltou, irritado.

— O quê?

— Sei que minha história parece louca. E acho que não há motivo no mundo para você acreditar em mim. Mas eu juro: é a verdade.

Ele percebeu a desesperada necessidade de afirmação da mulher, que buscava um sinal de que o atingira; de que penetrara sua grossa carapaça de ceticismo. O fato é que ele não *sabia* se acreditava nela ou não e estava extremamente aborrecido por sua habitual capacidade para detectar a verdade estar falhando, e tudo por causa de um par de olhos cor de esmeralda.

— Se acredito em você ou não é irrelevante — disse ele. — Portanto, não perca seu tempo comigo, doutora. Guarde isso para o tribunal.

As palavras lhe saíram mais frias do que pretendera, e ele viu, por seu breve menear de cabeça, que ela se magoou.

— Então não há nada que eu possa fazer, nada que possa dizer…

— Nada.

— Achei que me daria ouvidos. Achei que de algum modo pudesse mudar sua opinião…

— Então tem muito a aprender sobre advogados. Tenha um bom dia, dra. Chesne. — Voltando-se, encaminhou-se depressa até a porta. — Vejo a senhora no tribunal.

3

Você tem a mesma chance de uma bola de neve no inferno.

Sentada à mesa da cafeteria do hospital, Kate ouvia a frase repetidas vezes em sua mente. E quanto tempo, afinal, uma bola de neve duraria até derreter? Ou simplesmente se desintegraria no calor das chamas?

Quanto calor ela seria capaz de suportar antes de se desintegrar no tribunal?

Ela sempre fora muito hábil para lidar com assuntos de vida ou morte. Quando surgia uma crise médica, não hesitava: fazia o que tinha de ser feito, de maneira automática. Cercada pelas paredes seguras e estéreis da sala de operação, ela estava no controle da situação.

Mas o tribunal era um mundo completamente diferente. Era território de David Ransom. Ali, ele estaria no controle; e ela estaria tão vulnerável quanto um paciente na mesa de operação. Como poderia se defender do ataque de um homem que construíra sua reputação destruindo carreiras de médicos?

Ela nunca se sentira ameaçada por homens. Afinal, estudou com eles, trabalhou com eles. David Ransom era o primeiro homem a intimidá-la, e o fez sem o menor esforço. Se ao menos fosse baixo, gordo ou careca... Se ao menos pudesse pensar nele como um ser humano e, portanto, vulnerável... Mas, por si só, a ideia de olhar para aqueles frios olhos azuis no tribunal fazia seu estômago se revirar de pânico.

— Parece que está precisando de companhia — disse uma voz familiar.

Erguendo a cabeça, viu Guy Santini, amarrotado como sempre, olhando para ela com lentes ridiculamente grossas. Kate meneou a cabeça, desanimada.

— Oi.

Ele puxou uma cadeira e se sentou.

— Como vai, Kate?

— Afora estar desempregada? — Ela riu com amargura. — Ótima.

— Ouvi dizer que o velho a tirou da sala de cirurgia. Lamento.

— Realmente não posso culpar o velho Avery. Ele só estava cumprindo ordens.

— De Bettencourt?

— De quem mais? Ele me rotulou como um *encargo* financeiro.

Guy debochou.

— É o que acontece quando o maldito MBA assume o poder. Só falam de lucros e perdas! Juro que se George Bettencourt pudesse ganhar dinheiro vendendo o ouro dos dentes dos pacientes, ele já estaria rondando as alas com um boticão.

— E depois lhes enviaria a conta da cirurgia dentária — acrescentou Kate, mal-humorada.

Nenhum dos dois riu. A piada era muito próxima da verdade para ser engraçada.

— Se isso a fizer se sentir melhor, Kate, você terá companhia no tribunal. Também fui intimado.

Ela ergueu a cabeça de uma vez.

— Oh, Guy! Lamento…

Ele deu de ombros.

— Sem problemas. Já fui processado antes. Acredite, a primeira vez é a que dói mais.

— O que houve?

— Um caso de traumatismo. O sujeito deu entrada com o baço rompido e não consegui salvá-lo. — Ele balançou a cabeça. — Quando vi aquela carta do advogado, fiquei tão deprimido que quis me atirar pela primeira janela que encontrasse. Susan esteve a ponto de me internar na ala psiquiátrica. Mas quer saber? Sobrevivi. E você também sobreviverá, desde que se lembre que não a estão atacando. Estão atacando o trabalho que você fez.

— Não vejo diferença.

— E esse é o problema, Kate. Você não aprendeu a se separar de seu trabalho. Nós dois sabemos o tempo que dedica a ele. Droga, às vezes eu acho que você praticamente mora aqui. Não estou dizendo que a dedicação é uma falha de caráter. Mas não se pode exagerar.

O que realmente doía era saber que aquilo era verdade. Ela trabalhava muitas horas seguidas. Talvez precisasse fazê-lo; para afastar a mente da aridez de sua vida pessoal.

— Não estou completamente enterrada no trabalho — disse ela. — Voltei a ter encontros.

— Já era hora. Quem é o cara?

— Semana passada saí com Elliot.

— Aquele cara da informática?

Ele suspirou. Elliot tinha 1,87m e 54kg e lembrava muito Pee-Wee Herman, um personagem cômico nerd de um seriado dos anos 1980.

— Aposto que foi uma piada.

— Bem… Foi divertido. Ele me perguntou se eu queria ir até o apartamento dele.

— É mesmo?

— Então eu fui.

— *Foi?*

— Ele queria me mostrar seus mais novos equipamentos eletrônicos.

Guy inclinou-se para a frente, ansioso.

— O que houve?

— Ouvimos os CDs novos que ele tinha. Jogamos alguns jogos eletrônicos.

— E?

Ela suspirou.

— Depois de oito rodadas de Zork, voltei para casa.

Resmungando, Guy recostou-se à cadeira.

— Elliot Lafferty, o último dos amantes ardentes. Kate, o que você precisa é de um desses serviços de encontros. Ei, vou escrever um anúncio para você. "Mulher inteligente e atraente procura…"

— *Papai!* — O grito alegre superou o burburinho da cafeteria.

Guy voltou-se enquanto o menino corria em sua direção.

— Eis o meu Will!

Rindo, ele se levantou e tomou o menino nos braços. Em seguida, jogou-o para o alto. Aos cinco anos de idade, o pequeno Will era tão leve que pareceu pairar no ar um instante, como um passarinho. Em seguida, caiu com muita suavidade na segurança dos braços do pai.

— Estava esperando por você, garoto — disse Guy. — Por que demorou tanto?

— Mamãe voltou tarde para casa.

— De novo?

Will inclinou-se para a frente e murmurou em tom de confidência.

— Adele ficou *bastante* furiosa. O namorado ia levá-la ao cinema.

— Ah, entendo. Não queremos que Adele fique furiosa conosco, certo? — Guy lançou um olhar inquisitivo para a esposa, Susan, que se aproximava. — Ei, já estamos aborrecendo a babá?

— Juro, é essa lua cheia! — Susan riu e afastou do rosto um cacho de cabelo ruivo. — Todos os meus pacientes ficaram absolutamente loucos. Não consegui tirá-los do consultório.

Guy murmurou para Kate, mal-humorado:

— E ela jurou que seria um trabalho de meio expediente. Rá! Adivinhe quem é chamada à emergência quase todas as noites?

— Ah, desse jeito você vai ficar com a camisa sem passar!

Susan deu um tapinha carinhoso no rosto do marido. Era o tipo de gesto maternal que se esperava de Susan Santini. "Minha mãezona" foi como Guy certa vez chamou a esposa. Era uma expressão carinhosa e se encaixava. A beleza de Susan não estava no rosto, que era comum e sardento, ou em sua forma física, que era corpulenta como a de uma mulher de fazendeiro. Sua beleza residia no sorriso serenamente paciente que lançava ao filho.

— Papai! — disse William, pulando como um elfo ao redor das pernas de Guy. — Quero voar de novo!

— E o que pensa que eu sou, uma plataforma de lançamento?

— Pra cima! De novo!

— Mais tarde, Will — disse Susan. — Precisamos pegar o carro do papai antes de a garagem fechar.

— Por favor!

— Ouviu isso?! — exclamou Guy. — Ele disse a palavra mágica. — Com um rugido de leão, Guy arrebatou o menino e jogou-o para cima.

Susan lançou um longo e sofrido olhar a Kate.

— Dois filhos. É o que eu tenho. E um deles pesa 120kg.

— Eu ouvi. — Guy aproximou-se e lançou um braço possessivo ao redor da cintura da mulher. — Por isso, senhora, terá de dirigir de volta para casa.

— Malvado. Topa um McDonald's?

— Hum… Sei de alguém que não quer cozinhar hoje à noite.

Guy acenou para Kate enquanto acompanhava a família até a porta.

— Então, o que vai ser, garoto? — Kate ouviu-o perguntar a William. — Cheeseburger?

— Sorvete.

— Sorvete. Eis uma alternativa que não me ocorreu…

Pesarosa, Kate observou os Santini atravessarem a cafeteria. Imaginava como seria o resto da noite daquela família. Viu-os sentados no McDonald's, os pais tentando convencer Will a comer mais um pedaço de sanduíche. Depois haveria a volta para casa, os pijamas, a história antes de dormir. E, por fim, aqueles braços magrelos ao redor do pescoço do pai para um beijo de boa-noite.

Para que eu preciso voltar para casa?, pensou Kate.

Guy voltou-se e acenou uma última vez. Então, ele e a família sumiram porta afora. Ela suspirou, invejosa. *Homem de sorte.*

Após deixar o escritório naquela tarde, David dirigiu até a avenida Nuuanu e entrou na estrada de terra batida que atravessava o antigo cemitério. Estacionou o carro à sombra de uma figueira-de-bengala e atravessou o gramado recém-cortado, passando pelas lápides de mármore com seus anjos grotescos, pelo repouso final dos Dole, dos Bingham e dos Cooke. Enfim, chegou a um setor onde só havia placas de bronze engastadas no chão, uma triste concessão ao modo moderno de cuidar de sepulturas. Sob um algarrobo, ele parou e olhou para a placa aos seus pés.

Noah Ransom,
Sete anos de idade

Era um bom lugar, situado em um leve aclive, com vista para a cidade. Ali, sempre soprava uma brisa, às vezes do mar, às vezes do vale. Se fechasse os olhos, David adivinharia de onde vinha o vento apenas pelo cheiro.

Ele não escolhera aquele lugar. Não se lembrava quem decidira que o túmulo seria ali. Talvez tivesse sido apenas questão de qual lote estava disponível. Quando um filho único morre, quem se importa com vistas, brisas ou algarrobos?

Curvando-se, ele afastou com delicadeza as folhas que caíram sobre a placa. Então, lentamente, levantou-se e ficou em silêncio ao lado do filho. Não ouviu o farfalhar da saia comprida nem o som da bengala avançando pela grama.

— Então, aí está você, David — disse uma voz.

Voltando-se, ele viu a mulher alta, grisalha, que manquejava em sua direção.

— Não devia estar aqui, mãe. Não com esse tornozelo torcido.

Ela voltou a bengala para a casa branca de madeira, junto ao cemitério.

— Eu o vi da janela da cozinha. Achei que devia sair e dizer olá. Não posso ficar esperando eternamente você vir me visitar.

Ele a beijou no rosto.

— Desculpe. Estive ocupado. Mas estava quase indo até lá.

— Sim, claro.

Seus olhos azuis se voltaram para o túmulo. Era uma das muitas coisas que Jinx Ransom compartilhava com o filho, aquele peculiar tom de azul nos olhos. Mesmo aos 68 anos, seu olhar ainda era penetrante.

— Certos aniversários deveriam ser esquecidos… — murmurou ela.

Ele não respondeu.

— Sabe, David, Noah sempre quis ter um irmão. Talvez seja a hora de lhe dar um.

David esboçou um sorriso.

— O que está sugerindo, mãe?

— Apenas aquilo que nos ocorre naturalmente.

— Talvez eu devesse me casar primeiro?

— Ah, é claro, claro.

Ela fez uma pausa e perguntou, esperançosa:

— Alguém em mente?

— Ninguém.

Suspirosa, ela deu o braço para o filho.

— Foi o que pensei. Bem, venha comigo. Uma vez que não há uma bela mulher esperando por você, pode tomar uma xícara de café com sua mãe.

Juntos, atravessaram o gramado rumo à casa. A grama estava irregular e Jinx movia-se devagar, teimosamente, recusando-se a se apoiar no ombro do filho. Ela nem mesmo devia estar andando, mas jamais fora de seguir ordens médicas. Uma mulher que torceu o tornozelo em um animado jogo de tênis certamente não ficaria sentada brincando, entediada, com os dedos.

Atravessaram um vão na cerca viva e subiram os degraus até a varanda da cozinha. Gracie, a acompanhante de meia-idade de Jinx, encontrou-os junto à porta telada.

— Aí está você! — disse Gracie, em meio a um suspiro. Ela voltou os olhos cor de rato marrom para David. — Não tenho nenhum controle sobre essa mulher. Nenhum.

Ele deu de ombros.

— E quem tem?

Jinx e David sentaram-se à mesa de café. A cozinha era uma densa selva de plantas penduradas: samambaias, bacopas e zebrinas. As brisas do vale varriam a varanda da frente e, através da ampla janela, tinha-se uma vista do cemitério.

— Que pena terem podado o algarrobo… — observou Jinx, olhando para fora.

— Precisavam fazê-lo — disse Gracie, enquanto servia o café. — A grama não cresce à sombra.

— Mas a vista não é a mesma.

David afastou um ramo de samambaia.

— Nunca gostei dessa vista. Não entendo como você consegue olhar para um cemitério o dia inteiro.

— Gosto da vista — declarou Jinx. — Quando olho para fora, vejo meus velhos amigos. A sra. Goto está enterrada ali, junto à cerca. O sr. Carvalho, junto àquela árvore chorona. E, na colina, está nosso Noah. Penso que estão todos dormindo.

— Meu Deus, mãe!

— Seu problema, David, é que você não resolveu o medo da morte. Até fazê-lo, nunca entrará em acordo com a vida.

— O que sugere?

— Dê outro golpe na imortalidade. Tenha outro filho.

— Não me casarei outra vez, mãe. Então, mudemos de assunto.

Jinx agiu como sempre fazia quando o filho lhe pedia algo ridículo. Ela o ignorou.

— Aquela jovem que você conheceu em Maui no ano passado. O que houve com ela?

— Ela se casou. Com outra pessoa.

— Que pena…

— É, pobre rapaz.

— Ora, David! — gritou Jinx, exasperada. — Quando você vai crescer?

David sorriu e tomou um gole do café preto como tinta, que logo o fez engasgar. Outro motivo de evitar visitar a mãe. Jinx não apenas suscitava um bocado de lembranças ruins, como também o obrigava a tomar o café terrível de Gracie.

— Então, como foi seu dia, mãe? — perguntou ele, em tom educado.

— Piorando a cada minuto.

— Mais café, David? — perguntou Gracie, inclinando o bule em um gesto ameaçador em direção à xícara.

— Não! — exclamou David, protegendo a xícara com a mão. A mulher o encarou, surpresa. — Quer dizer, ahn, não, obrigado, Gracie.

— Tão sensível… — observou Jinx. — Algo errado? Quer dizer, afora sua vida sexual.

— Só ando um pouco mais ocupado do que o normal. Hiro ainda está de cama por causa de problemas na coluna.

— Hum… Bem, você não parece mais estar gostando de seu trabalho. Acho que era muito mais feliz na promotoria. Agora você leva seu trabalho muito a sério.

— É um trabalho sério.

— Processar médicos? Rá! É só outra maneira de ganhar dinheiro rapidamente.

— Meu médico foi processado certa vez — observou Gracie. — Achei terrível. Todas aquelas coisas que disseram sobre ele… O homem é um santo…

— Ninguém é santo, Gracie — disse David, sombrio. — Muito menos os médicos.

Seu olhar voltou-se para a janela e, de repente, ele se lembrou do caso O'Brien. Esteve em sua mente toda a tarde. Melhor, *ela* esteve em sua mente, aquela mentirosa de olhos verdes, Kate Chesne. David por fim concluiu que ela estava mentindo. Aquele caso seria ainda mais fácil do que imaginara. Kate seria um alvo imóvel no banco das testemunhas e ele sabia exatamente como tratá-la no tribunal. Primeiro, as perguntas fáceis: nome, escolaridade, pós-graduação. Ele tinha o hábito de caminhar pela sala do tribunal, fazendo círculos ao redor do réu. Quanto mais difícil a pergunta, mais estreito era o círculo. Quando se aproximasse para o golpe de misericórdia, estariam face a face. Ele sentiu no peito uma pontada inesperada de medo ao pensar no que teria de fazer para acabar com aquilo. Expô-la. Destruí-la. Aquele era seu trabalho, e ele sempre se orgulhou de um trabalho bem-feito.

David se obrigou a tomar um último gole de café e levantou-se.

— Preciso ir — anunciou, desviando-se de uma samambaia pendurada em um lugar inadequado. — Ligo depois, mãe.

Jinx debochou:

— Quando? Ano que vem?

Ele deu um tapinha amistoso no ombro de Gracie e cochichou no ouvido dela:

— Boa sorte. Não a deixe enlouquecê-la.

— *Eu?* Enlouquecê-la? — debochou Jinx. — Rá!

Gracie seguiu-o até a varanda, onde ficou a acenar.

— Adeus, David! — despediu-se, com doçura.

Por um instante, Gracie ficou à porta, observando David atravessar o cemitério a caminho do carro. Então, voltou-se para Jinx com tristeza.

— David é *tão* infeliz! — exclamou. — Se ao menos ele pudesse esquecer...

— Ele não vai esquecer — disse Jinx, em meio a um suspiro. — David é igual ao pai. Vai carregar aquilo dentro dele até a morte.

4

Ventos de dez nós sopravam do noroeste quando a lancha que transportava os restos mortais de Ellen O'Brien saiu para o mar. Era um fim muito limpo e natural para uma vida: o espargir de cinzas sobre as águas iluminadas pelo pôr do sol, o reencontro da carne e do sangue com os elementos. O pastor atirou um buquê de flores amarelas do antigo cais, e os botões foram arrastados pela corrente, uma partida lenta e simbólica que levou Patrick O'Brien às lágrimas.

O som do choro espalhou-se pelo cais lotado, até o lugar distante onde estava Kate. Sozinha e ignorada, ela ficou junto a uma fileira de barcos de pesca atracados e perguntou-se por que estava ali. Seria alguma forma autoimposta de cruel penitência? Uma débil tentativa de dizer ao mundo que se lamentava? Ela só sabia que alguma voz interior, implorando por perdão, a forçava a comparecer à cerimônia.

Outras pessoas do hospital também compareceram: um grupo de enfermeiras, reunidas em uma silenciosa e enlutada irmandade; dois obstetras, parecendo pouco à vontade em suas roupas comuns; e Clarence Avery, o cabelo branco oscilando como dentes-de-leão ao vento. Até mesmo George Bettencourt compareceu. Estava sozinho em um canto, o rosto oculto por uma máscara impenetrável. Para aquelas pessoas, o hospital era mais do que um lugar de trabalho; era outro lar, outra família. Os médicos e enfermeiras faziam os partos uns dos outros, acompanhavam a morte uns dos outros. Ellen O'Brien ajudara a trazer muitos de seus filhos ao mundo. E todos estavam ali para se despedir dela.

O brilho distante do sol sobre cabelos louros fez Kate se voltar para o outro extremo do cais, onde estava David Ransom, mais alto do que os demais. Descuidado, ele ajeitou um cacho de cabelo. Vestia um traje de luto apropriado — terno grafite, gravata sóbria — mas, em meio a toda aquela dor, demonstrava as emoções de um muro de pedra. Kate se perguntou se havia algo de humano dentro dele. *Alguma vez você já riu ou chorou? Já se magoou? Já fez amor?*

O último pensamento ocorreu-lhe sem aviso. Amor? Sim, ela podia imaginar como seria fazer amor com David Ransom: não uma troca, mas uma exigência. Ele exigiria total rendição, do modo como exigiria submissão no tribunal. A luz do sol poente parecia investi-lo de um manto de invencibilidade. Que chances teria contra um homem assim?

O vento soprava do mar, fazendo bater as adriças contra os mastros, abafando as palavras finais do pastor. Quando finalmente acabou, Kate viu que não tinha forças para se mover. Ela observou enquanto os outros passavam à sua frente. Clarence Avery parou e fez menção de dizer algo, mas se afastou, desajeitado. Mary e Patrick O'Brien nem mesmo olharam para ela. Quando David se aproximou, seus olhos denunciaram um lampejo de reconhecimento, que foi logo suprimido. Sem diminuir o passo, seguiu em frente. Era como se ela fosse invisível.

Quando, por fim, Kate encontrou energia para se mover, o cais estava vazio. Os mastros dos veleiros despontavam como uma fileira de árvores mortas contra o pôr do sol. Seus passos soavam ocos contra as pranchas de madeira. Ao chegar ao carro, sentia-se absolutamente exausta, como se tivesse caminhado quilômetros. Procurou as chaves e sentiu uma estranha sensação de inevitabilidade quando a bolsa escapou de sua mão, espalhando suas coisas no pavimento. Ela ficou imóvel, paralisada pela derrota, enquanto o vento espalhava os lenços de papel pelo chão. Sentiu, então, uma vontade absurda de se deixar ficar ali a noite toda, a semana toda, congelada naquele lugar. Ela se perguntou se alguém perceberia.

David percebeu. Enquanto dava adeus e observava seus clientes irem embora, ele estava intensamente ciente de que Kate Chesne se encontrava em algum lugar atrás dele. Ficara atônito ao vê-la ali. Achou muito esperto da parte dela aquela exibição pública de penitência, obviamente projetada para impressionar os O'Brien. Mas, ao se voltar e observar sua caminhada solitária ao longo do cais, os ombros caídos, a cabeça baixa, deu-se conta da coragem que ela teve de reunir para aparecer ali naquele dia.

Então, lembrou-se de que alguns médicos fariam qualquer coisa para escaparem de um processo.

Subitamente desinteressado, começou a caminhar em direção ao carro. Quando estava no meio do estacionamento, ouviu algo se chocar contra o chão e viu que Kate deixara cair a bolsa. Por um tempo que pareceu quase uma eternidade, ela apenas ficou ali, com as chaves do carro nas mãos, parecendo uma criança perplexa. Então, lenta e penosamente, ela se curvou e começou a recolher seus pertences.

Quase contra a vontade, David sentiu-se atraído por ela. Kate não notou sua aproximação. Agachou-se a seu lado, recolheu algumas moedas e as entregou para ela. De repente, Kate olhou para o rosto dele e ficou imóvel.

— Achei que você precisava de ajuda — disse David.

— Ah…

— Acho que já recolheu tudo.

Ambos se ergueram. Ele ainda segurava as moedas, das quais ela parecia ainda não ter se dado conta. Apenas depois que ele colocou o dinheiro em sua mão, a médica conseguiu pronunciar um débil "obrigada".

Por um instante, os dois se encararam.

— Não esperava vê-la por aqui — observou David. — Por que veio?

— Foi… Um erro, creio eu — disse ela, dando de ombros.

— Foi seu advogado que sugeriu?

Ela pareceu confusa.

— Por que o faria?

— Para mostrar para os O'Brien que você se importa.

O rosto de Kate ficou vermelho de raiva.

— É o que pensa? Que isso é algum tipo de… *estratégia*?

— Não é incomum.

— Por que *você* está aqui, sr. Ransom? Faz parte de sua estratégia? Provar para seus clientes que se importa?

— Eu me importo.

— Mas acha que eu não me importo.

— Não disse isso.

— Foi o que sugeriu.

— Não leve tudo o que digo para o lado pessoal.

— Levo tudo o que você diz para o lado pessoal.

— Não deveria. Para mim, é apenas um trabalho.

Furiosa, ela afastou um cacho de cabelo embaraçado.

— E qual é o seu trabalho? Acabar com os outros?

— Não ataco as pessoas. Ataco seus erros. E até mesmo os melhores médicos cometem erros.

— Você não precisa me dizer isso! — Voltando-se, ela olhou para o mar, onde flutuavam as cinzas de Ellen O'Brien. — Convivo com isso todos os dias naquela sala de cirurgia, sr. Ransom. Eu sei que, se pegar a ampola errada ou acionar a alavanca errada, posso matar alguém. Ah, encontramos meios para lidar com isso! Temos piadas de humor negro. Rimos de coisas terríveis, tudo em nome da sobrevivência. Sobrevivência emocional. Vocês, advogados, não fazem ideia. Vocês e sua maldita profissão. Vocês não sabem como é quando tudo dá errado. Quando perdemos alguém.

— Sei como é para a família. Toda vez que vocês cometem um erro, alguém sofre.

— Suponho que *você* nunca tenha cometido um erro.

— Todos cometem. A diferença é que os seus são sepultados.

— Você não me deixará esquecer, não é mesmo?

Kate se voltou para ele. O sol pintara o céu de laranja, e seu brilho se refletia no cabelo e no rosto dela. De súbito, David se perguntou como seria correr os dedos por aqueles cachos levados pelo vento, perguntou-se como seria beijar aquele rosto. O pensamento surgiu do nada e, uma vez instalado, David não conseguia se livrar dele. Sem dúvida, era a última coisa em que devia estar pensando. Mas ela estava tão perigosamente perto que ou ele recuava ou teria de beijá-la.

Com dificuldade, conseguiu se conter.

— Como disse, dra. Chesne, só estou fazendo meu trabalho.

Ela balançou a cabeça e o cabelo cor de mogno iluminado pelo sol agitou-se violentamente ao sabor do vento.

— Não, é mais que isso. Acho que é algum tipo de vingança. Você está disposto a enforcar toda a classe médica, não é mesmo?

David ficou abalado com a acusação. Mesmo antes de negar, ele sabia que a médica chegara bem perto. De algum modo, ela descobriu seu antigo ferimento e o reabriu com o equivalente verbal de um bisturi cirúrgico.

— Eu? Disposto a enforcar toda a classe médica? — retrucou, por fim. — Bem, deixe-me dizer algo, doutora. São incompetentes como você que tornam meu trabalho tão fácil.

Os olhos dela foram tomados de fúria, tão súbita e vívida quanto dois pedaços de carvão em brasa. Por um instante, achou que Kate o estapearia. Em vez disso, ela se voltou, entrou no carro e bateu a porta. O Audi saiu da vaga de maneira tão abrupta que ele teve de se esquivar para o lado.

Ao observar o carro dela ir embora, não deixou de lamentar aquelas palavras desnecessariamente rudes. Mas as disse em autodefesa. Aquela perversa atração que sentiu por ela se tornou muito forte; sabia que tinha de ser imediatamente reprimida.

Ao se voltar para ir embora, algo atraiu sua atenção, uma fina linha de luz refletida. Brilhando no chão, havia uma caneta de prata; rolara para baixo do carro quando ela deixara a bolsa cair. Ele a pegou e leu o nome ali gravado: Dra. Katharine Chesne.

Por um instante, ficou ali, a caneta em mãos, pensando em sua proprietária. Perguntando-se se Kate, também, não tinha ninguém esperando por ela em casa. Sozinho no cais e no vento, de repente lhe ocorreu quão vazio ele se sentia.

Outrora, fora grato por tal vazio. Significava a ausência da dor. Naquele momento, no entanto, ansiava por sentir algo — qualquer coisa — no mínimo para se assegurar de que estava vivo. Ele sabia que as emoções ainda estavam ali, trancadas em algum lugar em seu interior. David sentiu-as estremecerem de leve ao olhar nos olhos flamejantes de Kate Chesne. Não uma emoção plena, talvez, mas um lampejo. Uma batida de um coração sofrendo de uma enfermidade terminal.

O paciente não estava morto. Não ainda.

David sentiu-se sorrir. Jogou a caneta para o alto e a amparou na queda. Então, colocou-a no bolso do paletó e caminhou até o carro.

O cão estava profundamente anestesiado, as pernas abertas, a barriga raspada e pincelada com iodo. Era um pastor alemão, obviamente com pedigree; e igualmente não amado.

Guy Santini odiava ver uma criatura tão bela acabar em sua mesa de pesquisa, mas animais de laboratório eram raros e ele tinha de usar o que lhe enviavam. Ele se consolava com a certeza de que os animais não sentiam dor. Dormiam um sono tranquilo durante todo o procedimento cirúrgico e, quando acabava, a ventilação mecânica era desligada e eles recebiam uma dose letal de pentotal. A morte vinha tranquilamente; era um fim muito melhor do que o que enfrentariam nas ruas. E cada sacrifício fornecia dados para a pesquisa, mais alguns pontos em um gráfico, mais algumas pistas sobre o mistério da fisiologia hepática.

Ele observou os instrumentos caprichosamente dispostos sobre a bandeja: o bisturi, as braçadeiras, os cateteres. Na mesa, um monitor de pressão esperava a conexão final. Tudo estava pronto. Ele pegou o bisturi.

O ruído de uma porta se fechando o fez parar. Passos atravessaram o chão polido do laboratório. Através da mesa, viu Ann Richter. Olharam-se em silêncio.

— Percebi que você também não foi ao funeral de Ellen — disse ele.

— Eu queria ir. Mas estava com medo.

— Medo? — Ele franziu as sobrancelhas. — De quê?

— Desculpe, Guy. Não tenho outra escolha. — Em silêncio, ela lhe entregou uma carta. — É do advogado de Charlie Decker. Estão fazendo perguntas sobre Jenny Brook.

— O quê? — Guy tirou as luvas e arrancou o papel da mão dela. O que leu ali o fez erguer a cabeça, alarmado. — Você não vai contar para eles, vai? Ann, você não pode…

— É uma intimação, Guy.

— Minta para eles, pelo amor de Deus!

— Decker recebeu alta, Guy. Você não sabia disso, não é mesmo? Foi liberado do hospital estadual há um mês. Ele tem me ligado. Deixado bilhetes em meu apartamento. Às vezes, acho que está me seguindo…

— Ele não pode feri-la.

— Não? — Ela meneou a cabeça em direção ao papel que ele segurava. — Henry recebeu outra, igual a essa. Ellen também. Pouco antes de…

Ann parou de falar, como se pronunciar em voz alta seus piores temores os fizesse se tornar realidade. Somente então Guy percebeu o quão abatida ela estava. Tinha olheiras e o cabelo louro-claro, do qual sempre se orgulhara, parecia não ser escovado havia dias.

— Tem de acabar, Guy... — murmurou. — Não posso passar o resto da vida com medo de Charlie Decker.

Ele amassou o papel e começou a caminhar a esmo, sua agitação se transformando em pânico.

— Você pode sair das ilhas... Podia se afastar um tempo...

— Quanto tempo, Guy? Um mês? Um ano?

— O tempo necessário para isso se ajeitar. Veja, vou lhe dar algum dinheiro... — Ele pegou a carteira e tirou cinquenta dólares, todo o dinheiro que tinha. — Aqui. Prometo que vou mandar mais.

— Não estou pedindo seu dinheiro.

— Vamos, pegue.

— Já disse, eu...

— Pelo amor de Deus, *pegue*! — A voz dele, rouca de desespero, ecoou pelas paredes brancas. — Por favor, Ann — implorou com a voz mais baixa. — Estou lhe pedindo, como amigo. Por favor.

Ela olhou para o dinheiro que o homem lhe estendia. Devagar, pegou-o. Quando os dedos se estreitaram ao redor das notas, ela disse:

— Vou embora hoje à noite. Para São Francisco. Eu tenho um irmão...

— Ligue para mim quando chegar lá. Enviarei todo o dinheiro de que precisar. — Ela não parecia tê-lo ouvido. — Ann? Você vai fazer isso por mim, não vai?

Ann desviou o olhar para a parede no outro extremo do cômodo. Ele queria tranquilizá-la, dizer que nada poderia dar errado, mas ambos sabiam que era mentira. Observou-a enquanto caminhava lentamente até a porta. Pouco antes de ela sair, Guy disse:

— Obrigado, Ann.

Ela não se voltou. Simplesmente fez uma pausa à porta. Então, deu de ombros e saiu.

Enquanto Ann se dirigia ao ponto de ônibus, ainda segurava o dinheiro que Guy lhe oferecera. Cinquenta dólares! Como se bastassem! Mil, um milhão de dólares, não seria suficiente.

Ela pegou o ônibus para Waikiki. Da poltrona junto à janela, viu uma sucessão interminável de quarteirões urbanos. Em Kalakaua, saltou e começou a caminhar depressa em direção ao prédio onde morava. Os ônibus passavam ao largo, asfixiando-a com suas descargas. Suas mãos ficaram úmidas por conta do calor. Prédios de concreto pareciam pressioná-la por todos os lados e os turistas lotavam as calçadas. Ao abrir caminho entre eles, sentiu uma sensação crescente de inquietação.

Ela começou a caminhar mais rápido.

A dois quarteirões ao norte de Kalakaua, a multidão se dissipou e Ann se viu em uma esquina, esperando o sinal fechar. No instante em que ficou sozinha e exposta à luz do entardecer, a sensação subitamente se instalou: *alguém está me seguindo.*

Ann se voltou e vasculhou a rua atrás de si. Um velho manquejava pela calçada. Um casal empurrava um carrinho de bebê. Roupas oscilavam em um varal. Nada fora do comum. Ou, ao menos, era o que parecia… O sinal abriu. Ela atravessou a rua correndo e não parou até chegar ao apartamento.

Começou a recolher as roupas. Ao jogar seus pertences em uma mala, ainda refletia sobre o que fazer. O avião para São Francisco partiria à meia-noite; seu irmão a hospedaria durante um tempo, sem fazer perguntas. Ele era bom nisso. Compreendia que todo mundo tem um segredo, que todo mundo estava fugindo de alguma coisa.

Não precisa ser assim, murmurou uma voz em sua mente. *Você podia ir até a polícia…*

E dizer o quê? A verdade sobre Jenny Brook? Devo destruir uma vida inocente?

Ela começou a vagar pelo apartamento, pensativa, preocupada. Ao passar pelo espelho da sala de estar, viu o próprio reflexo, o cabelo louro em desalinho, os olhos borrados de rímel. Ela mal conseguiu se reconhecer; o medo transformara seu rosto no de uma estranha.

Basta um telefonema, uma confissão. Um segredo, uma vez revelado, não é mais perigoso…

Ela pegou o telefone. Com mãos trêmulas, teclou o número da casa de Kate Chesne. Decepcionou-se quando, após quatro toques, uma gravação atendeu, seguida do bipe de mensagem.

Ela pigarreou para espantar o medo.

— Aqui é Ann Richter — disse ela. — Por favor, preciso falar com você. É sobre Ellen. Sei por que ela morreu.

Então, desligou e esperou o telefone tocar.

∗ ∗ ∗

Passaram-se horas antes de Kate ouvir a mensagem.

Depois de ter deixado o cais naquela tarde, ela dirigiu sem rumo durante algum tempo, evitando o inevitável retorno a uma casa vazia. Era noite de sexta-feira, graças a Deus, e ela decidiu que jantaria fora. Por isso, jantou sozinha em um restaurante da moda à beira-mar onde, afora ela, todo mundo parecia estar se divertindo como nunca. O bife que pediu estava sem gosto e a mousse de chocolate, tão adoçada que mal conseguiu engoli-la. Deixou uma gorjeta exagerada, quase um pedido de desculpas por sua falta de apetite.

A seguir, tentou assistir a um filme no cinema e acabou espremida entre um menino irrequieto de oito anos e um jovem casal apaixonado que se agarrava.

Saiu na metade do filme. Jamais se lembraria do título, apenas que era uma comédia, embora não tenha rido nenhuma vez.

Quando chegou em casa, eram dez horas. Estava seminua, distraidamente sentada na cama quando viu que a luz da secretária eletrônica piscava. Deixou as mensagens tocarem enquanto caminhava até o armário.

"Olá, dra. Chesne, aqui é do Four East. Estamos ligando para dizer que o açúcar no sangue do sr. Berg está em 98… Oi, aqui é June do consultório do dr. Avery. Não se esqueça da reunião de Garantia de Qualidade na terça-feira às quatro horas… Oi, aqui é da corretora de imóveis Windward. Ligue para nós. Temos uma listagem que acreditamos que gostaria de ver…"

Ela pendurava a camisa quando tocou a última mensagem.

"Aqui é Ann Richter. Por favor, preciso falar com você. É sobre Ellen. Eu sei por que ela morreu…"

Ouviu-se um clique de telefone sendo desligado; então um suave sibilar enquanto a fita voltava automaticamente. Kate correu até o aparelho e apertou o botão para repetir as mensagens. Seu coração estava disparado ao ouvir mais uma vez a lenta sequência de recados.

"É sobre Ellen. Eu sei por que ela morreu…"

Kate pegou a agenda telefônica na mesa de cabeceira. O endereço e o número de telefone de Ann estavam listados ali; a linha estava ocupada. Kate ligou diversas vezes, mas ouviu apenas o monótono sinal de ocupado.

Ela bateu o aparelho e soube, no mesmo instante, o que teria de fazer.

Voltou ao armário e arrancou a camisa do cabide. Rápida, fervorosamente, começou a se vestir.

O trânsito, no caminho para Waikiki, estava engarrafado.

Como sempre, as ruas estavam lotadas por uma bizarra mistura de turistas, soldados de licença e moradores de rua, todos movendo-se sob o brilho surrealista das luzes da cidade. As palmeiras projetavam magras sombras nos prédios. Um cavalheiro de aspecto distinto exibia pernas brancas abaixo das bermudas. Waikiki era onde se via o ridículo, o ultrajante. Naquela noite, porém, Kate achou assustadora a vista através da janela do carro — todos aqueles rostos sem cor sob o brilho dos postes, soldados bêbados encostados à porta dos clubes noturnos. Em uma esquina, um evangelista de olhos arregalados brandia uma Bíblia e gritava: "O fim do mundo está próximo!".

Quando parou no sinal vermelho, o homem se voltou e a encarou e, por um instante, Kate achou ter visto naqueles olhos flamejantes uma mensagem dirigida especialmente para ela. O sinal abriu. Ela arrancou, atravessando o cruzamento. O grito do pregador sumiu ao longe.

Ainda estava trêmula dez minutos depois, quando subiu os degraus de entrada do prédio de Ann. Ao chegar à porta, um jovem casal saiu, permitindo que Kate entrasse no saguão da portaria.

O elevador demorou um pouco para chegar. Recostando-se à parede, ela se obrigou a respirar fundo e deixar que o silêncio do prédio acalmasse seus nervos. Quando finalmente entrou no elevador, o coração desacelerou. As portas se fecharam. O elevador subiu. Ela foi tomada por uma estranha sensação de irrealidade ao observar as luzes brilhando em sucessão: três, quatro, cinco. Afora um suave zumbido hidráulico, o trajeto foi silencioso.

No sétimo andar, as portas se abriram.

O corredor estava vazio. Um tapete verde se estendia à frente. Ao caminhar até o apartamento 710, teve a estranha sensação de estar em um sonho, de que nada daquilo era real: o papel de parede encaroçado, a porta ao fim do corredor... Apenas ao se aproximar, notou que estava ligeiramente entreaberta.

— Ann? — chamou. Mas não houve resposta.

Ela deu um suave empurrão na porta, que se abriu devagar. Kate ficou paralisada, embora não compreendesse de imediato a cena que se desenrolava à frente: cadeiras caídas, revistas espalhadas, manchas vermelhas na parede. Então, seu olhar seguiu a trilha de sangue que ziguezagueava pelo tapete bege, levando inexoravelmente à sua fonte: o corpo de Ann, deitado de barriga para baixo sobre uma poça de sangue.

Ouviam-se bipes distantes de um telefone deixado fora do gancho em uma mesa de canto. O tom frio, eletrônico, era como um alarme, gritando para que ela se movesse, fizesse algo. Mas ela permaneceu paralisada; todo o seu corpo pareceu tomado de uma bendita insensibilidade.

Kate sentiu-se tonta e se agachou, apoiando-se no batente da porta. Todo o seu treinamento médico, todos aqueles anos trabalhando com sangue não evitaram a reação visceral. Através do bater do próprio coração, ela se deu conta de outro som, áspero e irregular. Respiração. Mas não a dela.

Havia mais alguém ali.

Um relance de movimento atraiu seu olhar para o espelho da sala de estar. Somente então viu o reflexo do sujeito, agachado atrás de uma cômoda, a menos de três metros de onde ela estava.

Ambos se viram no espelho ao mesmo tempo. Naquela fração de segundo, quando o reflexo dos olhos dele encontraram os seus, Kate imaginou ter visto um aceno de escuridão. Um abismo do qual não haveria escapatória.

Ele abriu a boca como se para dizer algo, mas o que emitiu foi um sibilar sobrenatural, como uma víbora anunciando o bote.

Kate se ergueu de uma vez. A sala rodou diante de seus olhos com lentidão desesperadora quando ela se voltou para fugir. O corredor interminável se estendia à frente. A médica ouviu o próprio grito ecoar pelas paredes; o som era tão irreal quanto a imagem do corredor passando diante de seus olhos enquanto ela corria.

A porta da escadaria ficava no outro extremo. Era sua única rota de fuga. Não havia tempo para esperar elevadores. Ela forçou a barra de abertura, empurrou, e a porta bateu na parede de concreto da escadaria.

Um lance mais abaixo, ouviu a porta voltar a se abrir e bater na parede. Mais uma vez ouviu o sibilar, tão aterrorizante quanto o murmurar de um demônio em seu ouvido.

Ela chegou ao sexto andar e tentou a porta. Estava firmemente trancada. Ela gritou e bateu. Alguém a ouviria! Alguém responderia ao seu pedido de socorro!

Os passos ecoavam pela escadaria. Ela não podia esperar; tinha de continuar a correr.

Kate desceu mais um lance de escada e caiu de mau jeito no quinto andar. A dor tomou conta de seu tornozelo. Com os olhos repletos de lágrimas, ela forçou a porta. Estava trancada.

O sujeito estava logo atrás.

Kate desceu mais um lance de escada. E mais outro. A bolsa caiu de seu ombro, mas ela não podia parar a fim de recuperá-la. Seu tornozelo doía muito ao chegar à porta do terceiro andar. Também estaria trancada? Estariam todas trancadas? Ela pensou no que a esperava à frente, no térreo, do lado de fora. Um estacionamento? Um beco? Seria ali que encontrariam seu corpo pela manhã?

O pânico a fez empurrar a porta seguinte com força sobre-humana. Para sua surpresa, estava aberta. Ao atravessá-la, viu-se em uma garagem. Não havia tempo para pensar no que fazer; Kate saiu correndo às cegas no escuro. Quando a porta da escadaria voltou a se abrir, ela se escondeu atrás de uma van.

Agachada junto à roda da frente, ela ficou com os ouvidos atentos a passos, mas nada ouviu afora o próprio sangue pulsando nos ouvidos. Segundos se passaram, minutos. Onde ele estava? Teria abandonado a caçada? Kate pressionava o corpo à van com tanta força que o metal feria sua coxa. Mas não sentiu dor; cada grama de concentração estava voltada para sua sobrevivência.

Um seixo rolou pelo chão, ecoando como um tiro de pistola na garagem de concreto. Em vão, tentou localizar a fonte, mas as explosões pareciam vir de uma dúzia de direções diferentes ao mesmo tempo. *Vá embora!* Desejou gritar. *Meu Deus, faça-o ir embora...*

Os ecos terminaram, substituídos por um silêncio absoluto. Mas ela sentia a presença dele, aproximando-se. Ela quase podia ouvir a voz dele murmurando: *Estou chegando para pegá-la. Estou chegando...*

Precisava saber onde ele estava, se estava perto.

Agarrada ao pneu, esticou a cabeça devagar e olhou por baixo da van. E o que viu a fez recuar aterrorizada.

Ele estava do outro lado do veículo, caminhando em direção à traseira. Em sua direção.

Kate se ergueu de um salto e correu como um coelho. Os carros estacionados derreteram em um borrão contínuo. Ela correu em direção à rampa de saída. Suas pernas, enrijecidas pelo tempo que ficara agachada, recusavam-se a se mover com a rapidez necessária. Conseguia ouvir o sujeito bem atrás dela. A rampa parecia interminável, espiralando indefinidamente, cada curva ameaçando derrubá-la no chão. Os passos dele se aproximavam. O ar entrava e saía de seus pulmões, queimando a garganta.

Em uma última e desesperada arrancada, ela dobrou a última curva. Tarde demais, viu os faróis de um carro que subia a rampa na direção contrária.

Kate viu um relance de dois rostos por trás do para-brisa, um homem e uma mulher, ambos boquiabertos. Ao se chocar contra o capô, viu uma luz brilhante, como estrelas explodindo diante dos olhos. Então, a luz se apagou e ela não viu mais nada. Nem mesmo a escuridão.

5

— É poca de mangas — disse o sargento Brophy, ao espirrar em um lenço. — O pior período do ano para minha alergia.

Ele assoou o nariz e, depois fungou com cuidado, como se verificando alguma nova obstrução às passagens nasais. Parecia alheio ao entorno grotesco. Como se cadáveres, paredes manchadas de sangue e um exército de peritos fossem absolutamente corriqueiros. Quando Brophy tinha crise de espirros, esquecia-se de tudo o que não fosse o triste estado de suas vias respiratórias.

O tenente Francis "Pokie" Ah Ching acostumara-se aos espirros do parceiro júnior. Às vezes, o hábito era útil. Dava para saber exatamente em que sala ele estava; bastava seguir o nariz do sujeito.

Aquele nariz, ainda envolto em um lenço, desapareceu no quarto da falecida. Pokie voltou a se concentrar em seu bloco de espiral, no qual registrava as informações. Escrevia depressa, no modo abreviado que desenvolveu ao longo de seus 26 anos como policial, 17 dos quais na delegacia de homicídios. Havia oito páginas contendo esboços dos diversos cômodos do apartamento, quatro apenas para a sala de visitas. Sua arte era grosseira, mas exata. Corpo aqui. Móvel derrubado ali. Sangue em toda parte.

A legista, uma mulher de rosto sardento conhecida por todos apenas como M. J., fazia a ronda antes de examinar o corpo. Usava a calça jeans e os tênis de sempre — trajes um tanto inadequados para um médico, mas, na sua especialidade, os pacientes nunca reclamavam. Enquanto circulava pela sala, ela ditava em um gravador:

— Jorros de sangue arterial em três paredes, altura padrão de um metro e meio a dois... Grande concentração de sangue no canto oeste, onde o corpo está localizado… A vítima é loura, idade de 34 anos, encontrada de bruços, braço direito flexionado sob a cabeça, braço esquerdo estendido… Nenhuma laceração na mão ou no braço. — M. J. agachou-se. — Marcante lividez. Hum… — Franzindo as sobrancelhas, ela tocou o braço nu da vítima. — Significativo esfriamento do corpo. É 0h15. — Ela desligou o gravador e ficou em silêncio um instante.

— Algo errado, M. J.? — perguntou Pokie.

— O quê? — Ela ergueu a cabeça. — Ah, só pensando.

— Qual sua avaliação preliminar?

— Vejamos. Parece ter sido feito apenas um corte profundo na carótida esquerda, com lâmina extremamente afiada. Um trabalho muito rápido. A vítima nem teve tempo de erguer os braços para se defender. Veremos melhor depois de lavá-la no necrotério. — A legista se ergueu e Pokie viu que os tênis dela estavam manchados de sangue. Por quantas cenas do crime aqueles calçados haviam passado?

Não tantas quanto os meus, pensou ele.

— Carótida cortada — disse ele, pensativo. — Isso a faz lembrar de algo?

— Foi a primeira coisa que me ocorreu. Como era o nome daquele sujeito há algumas semanas?

— Tanaka. Teve a carótida esquerda cortada.

— Exato. Tão sanguinário como esse aqui.

Pokie pensou um instante.

— Tanaka era médico — observou ele. — E essa… — Ele olhou para o corpo. — Essa é enfermeira.

— Era enfermeira.

— Dá o que pensar.

M. J. fechou o kit de laboratório.

— Há um bocado de médicos e enfermeiras nesta cidade. Só porque esses dois acabaram na minha mesa de autópsia não quer dizer que se conheciam.

Um forte espirro anunciou a saída de Brophy do quarto.

— Encontrei uma passagem de avião para São Francisco na penteadeira. Voo da meia-noite. — Ele olhou o relógio. — Que ela acabou de perder.

Uma passagem de avião. Uma mala feita. Então, Ann Richter estava a ponto de deixar a cidade. Por quê?

Refletindo sobre o assunto, Pokie deu outra volta pelo apartamento, visitando cada cômodo. No banheiro, encontrou um técnico do laboratório vasculhando embaixo da pia.

— Traços de sangue aqui, senhor. Parece que o assassino lavou as mãos.

— É? Sujeito esperto. Alguma digital?

— Algumas aqui e ali. A maioria antiga, provavelmente da vítima. Mas há algumas digitais frescas na maçaneta da porta da frente. Podem pertencer à sua testemunha.

Pokie assentiu e voltou à sala. Aquele era seu trunfo. A testemunha. Embora atônita e ferida, chamou a ambulância até a cena terrível do apartamento 710.

E arruinou uma boa noite de sono para Pokie. Ele olhou para Brophy.

— Já encontrou a bolsa da dra. Chesne?

— Não está na escadaria onde ela a deixou cair. Alguém deve tê-la pegado.

Pokie ficou em silêncio um instante. Pensou em tudo o que as mulheres carregam na bolsa: carteira, habilitação, chaves de casa.

Ele fechou o bloco.

— Sargento?

— Senhor?

— Quero vigilância ininterrupta no quarto de hospital da dra. Chesne. Imediatamente. Quero um homem no saguão. E quero que rastreiem todas as ligações de pessoas perguntando por ela.

Brophy pareceu em dúvida.

— Tudo isso? Por quanto tempo?

— Enquanto ela estiver no hospital. No momento, ela é um alvo fácil.

— Você acha mesmo que esse cara vai atrás dela no hospital?

— Não sei… — suspirou Pokie. — Não sei com o que estamos lidando. Mas tenho dois homicídios idênticos. — Sombrio, ele guardou o bloco no bolso. — E ela é nossa única testemunha.

Phil Glickman estava insuportável, como sempre.

Era manhã de sábado, o único dia da semana em que David podia trabalhar sem ser perturbado, o único dia em que podia atualizar a papelada que perpetuamente ameaçava cobrir sua escrivaninha. Mas, naquele dia, em vez de solidão, encontrou Glickman. Embora o jovem sócio fosse esperto, agressivo e espirituoso, também era incapaz de ficar em silêncio. David suspeitava de que o sujeito falasse dormindo.

— Então eu disse: "Doutor, está querendo me dizer que a artéria auricular posterior vem *antes* da temporal superficial?". O sujeito ficou todo embaraçado e falou: "Ah, eu disse isso? Não, claro, fica do outro lado". O que acabou com ele. — Glickman deu um soco de triunfo na mão espalmada. — Bum! Ele se ferrou e sabia disso. Passamos direto para a oferta de um acordo. Nada mal, hein? — O menear de cabeça desanimado de David desapontou Glickman profundamente. Então, ele se animou a perguntar: — Como vai o caso O'Brien? Estão prontos para jogar a toalha?

David balançou a cabeça.

— Não se eu conheço Kate Chesne.

— Por quê? Ela é burra?

— Teimosa. Hipócrita.

— Então, deve ser uma característica dos colarinhos-brancos.

David passou os dedos pelo cabelo em um gesto de cansaço.

— Espero que o caso não vá a julgamento.

— Será como atirar em coelhos dentro de uma gaiola. Fácil.

— Fácil demais.

Glickman riu enquanto se voltava para sair.

— Isso nunca o incomodou.

Por que isso me preocupa agora?, perguntou-se David.

O caso O'Brien era como uma maçã caída em seu colo. Tudo o que ele tinha a fazer era preencher alguns papéis, emitir algumas declarações ameaçadoras e estender a mão para pegar o cheque. Devia estar abrindo o champanhe. Em vez disso, estava amuado em uma linda manhã de sábado, sentindo-se mal por causa daquele caso.

Bocejando, ele se recostou e esfregou os olhos. Dormira mal e passara a maior parte da noite revirando na cama. Fora assediado por sonhos perturbadores, do tipo que não tinha havia anos.

Havia uma mulher. Estava imóvel e silenciosa em meio às sombras, o perfil de seu rosto contra uma janela de luz enevoada. A princípio, pensou que era sua ex-mulher, Linda. Mas havia coisas a respeito dela que não estavam certas, coisas que o confundiam. Ela estava imóvel, como uma corça descansando na floresta. Ansioso, ele estendeu as mãos para despi-la, mas suas mãos estavam impossivelmente desajeitadas e, na pressa, ele arrancou um dos botões de sua blusa. Ela riu, um som deliciosamente gutural que o fez lembrar de uísque.

Foi quando percebeu que não era Linda. Erguendo a cabeça, ele viu os olhos verdes de Kate Chesne.

Não trocaram palavras, apenas um olhar. E um toque: seus dedos, percorrendo delicadamente o rosto dela.

David despertou, suado de desejo. Tentou voltar a dormir. Mas o sonho repetiu-se diversas vezes. Mesmo ao se recostar em sua cadeira e fechar os olhos, ele via o rosto dela e sentia aquela dor familiar.

Esforçando-se para arrancar os pensamentos e voltar à realidade, arrastou-se até a janela. Era velho demais para esse tipo de bobagem. Velho demais e esperto demais para fantasiar um caso com uma oponente.

Droga. Mulheres atraentes entravam em seu escritório todo o tempo. E ele frequentemente recebia delas sinais que qualquer homem de sangue quente seria capaz de reconhecer: certo inclinar de cabeça, um provocador relance de coxas. Ele se divertia com isso, mas nunca se sentiu tentado; dormir com as clientes não fazia parte de sua lista de serviços.

Kate Chesne não lhe enviou nenhum desses sinais. Na verdade, ela desprezava advogados tanto quanto ele desprezava médicos. Então por que, de todas as mulheres que entravam pela sua porta, ela era a única na qual ele não conseguia parar de pensar?

David tirou a caneta de prata do bolso do paletó. De repente, ocorreu-lhe que aquele não era o tipo de objeto que uma mulher compraria para uso próprio. *Seria presente de algum namorado?*, perguntou-se, e ficou surpreso com o súbito surto de ciúme.

Teria de devolver aquilo.

O pensamento agitou sua mente. O Hospital Mid Pac ficava a apenas alguns quarteirões. Ele podia deixar a caneta a caminho de casa. A maioria dos médicos fazia turnos nas manhãs de sábado; então, havia uma boa chance de ela estar lá. Ao vislumbrar a possibilidade de poder voltar a vê-la, sentiu uma estranha sensação de ansiedade e medo, o mesmo frio no estômago que costumava sentir quando era adolescente e tentava encontrar coragem a fim de chamar uma garota para sair. Era um mau sinal.

Mas ele não conseguia tirar aquela ideia da cabeça.

Sentiu a caneta vibrar na mão como um fio elétrico. Ele voltou a guardá-la no bolso e rapidamente começou a enfiar papéis na pasta.

Quinze minutos depois, entrou no saguão do hospital e pegou um dos telefones internos. A telefonista atendeu.

— Estou procurando a dra. Kate Chesne — disse ele. — Ela está no hospital?

— A dra. Chesne? — Houve uma pausa. — Sim, creio que está. Quem deseja?

David ia dizer seu nome, mas mudou de ideia. Se Kate soubesse que era ele, jamais o atenderia.

— Sou um amigo — respondeu, sem jeito.

— Por favor, espere.

A gravação de uma melodia insípida começou a tocar; o tipo de música que deve tocar nos elevadores do inferno. Ele se pegou tamborilando com os dedos, impaciente. Foi quando se deu conta de quão ansioso estava para voltar a vê-la.

Devo estar louco, pensou, desligando o telefone abruptamente. Ou desesperado por companhia feminina. Talvez ambos.

Irritado consigo mesmo, voltou-se para ir embora, mas viu que a saída estava bloqueada por dois policiais corpulentos.

— Incomoda-se de vir conosco? — perguntou um deles.

— Na verdade, eu me incomodo sim — respondeu David.

— Então, deixe-me dizer de outro modo — retrucou o policial em um tom inequívoco.

David não conseguiu evitar um sorriso de incredulidade.

— O que foi que eu fiz, pessoal? Estacionei em fila dupla? Insultei a mãe de vocês?

Ele foi tomado com firmeza pelos braços e levado pelo saguão até a ala administrativa.

— Estão me prendendo? — perguntou. Eles não responderam. — Ei, acho que vocês deviam me informar meus direitos. — Não informaram. — Tudo bem — acrescentou David. — Então talvez seja hora de eu lhes informar sobre meus direitos. — Ainda sem resposta, ele lançou mão de seu último recurso. — Sou advogado!

— Bom pra você — foi a resposta seca que recebeu ao ser levado à sala de reuniões.

— Vocês sabem perfeitamente que não podem me prender sem uma acusação!

Eles abriram a porta.

— Só estamos seguindo ordens.

— Ordens de *quem*?

A resposta veio em uma voz familiar.

— Minhas ordens.

David voltou-se e topou com um rosto que não via desde os tempos de promotoria. Os traços do detetive de homicídios Pokie Ah Ching refletiam uma mistura de sangue típica da ilha: um toque chinês ao redor dos olhos, algo de português no queixo proeminente, uma forte dose de bronze polinésio na pele. Afora estar mais roliço, mudara pouco nos oito anos em que trabalharam juntos pela última vez. Usava até mesmo o velho terno de poliéster de liquidação, embora fosse óbvio que os botões da frente não eram fechados havia algum tempo.

— Se não é David Ransom! — resmungou Pokie. — Lanço minha rede e veja só o que pego!

— É… — murmurou David, livrando o braço. — O peixe errado. — Pokie meneou a cabeça para os dois policiais. — Está tudo certo.

Os policiais se retiraram. No instante em que a porta se fechou, David exclamou:

— O que diabos está acontecendo?

Em resposta, Pokie se aproximou e avaliou David com os olhos durante um longo tempo.

— Ser advogado deve dar grana. Comprou um belo terno. Sapatos caros. Hum… Italianos. Anda se dando bem, não é, David?

— Não posso me queixar.

Pokie acomodou-se na borda da mesa e cruzou os braços.

— Então, como é trabalhar em um belo escritório? Sente falta das baratas?

— Ah, claro…

— Tornei-me tenente um mês depois de você ir embora.

— Parabéns.

— Mas ainda uso o mesmo terno velho. Dirijo o mesmo carro velho. E os sapatos? — Ele estendeu o pé. — Feitos na China.

A paciência de David estava a ponto de acabar.

— Vai me dizer o que está acontecendo? Ou terei de adivinhar?

Pokie pegou um cigarro no casaco, a mesma marca barata que sempre fumara, e o acendeu.

— Você é amigo de Kate Chesne?

David ficou surpreso com a abrupta mudança de assunto.

— Eu a conheço.

— Quão bem?

— Conversamos algumas vezes. Vim devolver a caneta dela.

— Então você não sabia que ela foi trazida para a emergência na noite passada?

— *O quê?*

— Nada sério — disse Pokie, rapidamente. — Concussão leve. Alguns hematomas. Receberá alta hoje.

A garganta de David subitamente se estreitou a ponto de tirar-lhe a voz. Atônito, notou Pokie dar um longo e saboroso trago no cigarro.

— É engraçado como um caso fica parado um tempão, acumulando poeira. Sem pistas. Nenhum modo de fechar o arquivo. Então, pimba! Damos sorte — observou Pokie.

— O que houve com ela? — perguntou David, com a voz rouca.

— Estava no lugar errado na hora errada. — Ele exalou a fumaça. — Na noite passada, ela encontrou uma terrível cena de crime.

— Quer dizer que… ela é uma testemunha? De quê?

O rosto de Pokie estava impassível através da fumaça que pairava entre eles.

— Homicídio.

Através das portas fechadas do quarto, Kate ouvia os sons de um hospital ocupado: sistema de mensagens estalando de estática, telefones tocando. A noite inteira esforçou-se para ouvir aqueles sons; eram uma lembrança de que ela não estava sozinha. Apenas agora, quando o sol se espalhou por sua cama e uma profunda exaustão a assaltou, ela enfim adormeceu. Não ouviu a primeira batida, ou a voz chamando-a atrás da porta. Foi a lufada de ar entrando no quarto que a advertiu de que a porta estava aberta. Ela estava vagamente ciente de que alguém se aproximava de sua cama. Com muito esforço, abriu os olhos. Através da névoa do sono, viu o rosto de David.

Kate sentiu-se levemente ultrajada. Ele não tinha direito de invadir sua privacidade quando estava tão fraca, tão exposta. Ela sabia o que *tinha* de dizer, mas a exaustão minara suas últimas reservas de emoção e ela não conseguia dizer nenhuma palavra.

Nem ele. Parecia que ambos haviam perdido a voz.

— Não é justo, sr. Ransom… — murmurou ela. — Chutar cachorro morto… — Voltando-se, ela olhou para os lençóis com olhos grogues de sono. — Parece que esqueceu o gravador. Não pode colher um depoimento sem um gravador. Ou tem um escondido no seu…

— Pare, Kate. Por favor.

Na mesma hora, ela ficou imóvel. Ele a chamara pelo primeiro nome. Alguma barreira implícita entre os dois acabara de cair, e ela não sabia por quê. O que sabia era que ele estava ali, tão perto que podia sentir o cheiro da loção pós-barba. Quase sentia o calor de seu olhar.

— Não estou aqui para… chutar cachorro morto. — Suspiroso, ele acrescentou: — Na verdade, não devia estar aqui. Mas, quando soube do acontecido, tudo o que pude pensar foi…

Kate ergueu a cabeça e viu que ele a olhava em silêncio. Pela primeira vez, David não lhe pareceu tão ameaçador. Precisava se lembrar que ele era o inimigo; que sua visita, qualquer que fosse o propósito, não mudaria nada entre os dois. Mas, naquele momento, o que ela sentiu não foi ameaça e, sim, proteção. Era mais do que sua imponente presença física, embora ela também estivesse bem ciente daquilo; David tinha uma tremenda aura de força. Competência. Se ao menos ele fosse *seu* advogado; se ao menos estivesse contratado para defendê-la e não para acusá-la… Ela imaginava que não perderia uma batalha com David Ransom ao lado.

— Em que pensou? — perguntou ela.

Sem graça, ele olhou para a porta.

— Desculpe. Devia tê-la deixado dormir.

— Por que veio?

Ele parou e sorriu com timidez.

— Quase ia me esquecendo. Vim devolver isso. Você deixou cair no cais.

Ele entregou a caneta. Ela olhou, atônita, não para a caneta, mas para as mãos dele. Grandes e fortes. Como seria sentir aqueles dedos emaranhados em seus cabelos?

— Obrigada… — murmurou.

— Valor sentimental?

— Foi um presente. De um homem que eu costumava… — Ela pigarreou, desviou o olhar e repetiu: — Obrigada.

David percebeu que era a deixa para ir embora. Fizera a boa ação do dia; devia, então, encerrar a conversa. Mas alguma força oculta pareceu guiar sua mão em direção a uma cadeira e ele a puxou para perto da cama e se sentou.

O cabelo de Kate estava emaranhado sobre o travesseiro e havia um feio hematoma azulado em seu rosto. Ele sentiu um súbito ódio do homem que tentara feri-la. Tal emoção foi inteiramente inesperada; e sua ferocidade surpreendeu-o.

Na falta do que dizer, ele perguntou:

— Como está se sentindo?

Ela deu de ombros.

— Cansada. Dolorida. — Kate fez uma pausa e acrescentou com um leve sorriso: — Com sorte por estar viva.

O olhar dele voltou-se para o hematoma no rosto de Kate. Ela ergueu a mão automaticamente para ocultar o que estava tão evidente. Devagar, deixou a cabeça tombar sobre o travesseiro. David achou aquele um gesto muito triste, como se ela estivesse com vergonha de ser a vítima, de portar aquela marca brutal de violência.

— Não estou em minha melhor forma hoje — disse ela.

— Você está bem, Kate. De verdade. — Era algo idiota de dizer, mas sincero. Ela estava linda; estava viva. — O hematoma vai sumir. O importante é que você está a salvo.

— Estou? — Ela olhou para a porta. — Um guarda ficou sentado ali fora a noite toda. Eu o ouvi conversando e rindo com as enfermeiras. Fico me perguntando por que ele está lá…

— Estou certo de que é apenas precaução. Para que ninguém a incomode.

Ela franziu as sobrancelhas, subitamente confusa.

— Como passou por ele?

— Conheço o tenente Ah Ching. Trabalhamos juntos há alguns anos. Quando eu trabalhava na promotoria.

— Você?

Ele sorriu.

— É. Cumpri meu dever de cidadão. Eduquei-me na vulgaridade. Ganhando salário de escravo.

— Então falou com Ah Ching sobre o que houve?

— Ele disse que você é testemunha. Que seu depoimento é fundamental para o caso.

— Ele lhe disse que Ann Richter tentou me ligar? Pouco antes de ser morta. Ela deixou uma mensagem na minha secretária eletrônica.

— Sobre o quê?

— Ellen O'Brien.

Ele fez uma pausa.

— Nada ouvi a respeito.

— Ela *sabia* de algo, sr. Ransom. Algo sobre a morte de Ellen. Só que não teve chance de me dizer.

— Qual era a mensagem?

— "Eu sei por que ela morreu." Essas foram suas palavras exatas.

David olhou para ela. Lenta, relutantemente, sentiu-se cada vez mais atraído pelo encanto daqueles olhos verdes.

— Pode não significar nada. Talvez ela tenha apenas se dado conta do que deu errado na cirurgia…

— Ela usou as palavras "por que". "Eu sei por que ela morreu". Isso implica que havia um motivo, um… um *propósito* para a morte de Ellen.

— Assassinato em uma mesa de operação? — Ele balançou a cabeça. — Ora, vamos.

Kate desviou o olhar.

— Devia saber que você não acreditaria. Arruinaria seu precioso processo, certo? Descobrir que a paciente foi assassinada.

— O que a polícia acha?

— Como é que eu vou saber? — rebateu ela, frustrada. Com uma voz cansada, continuou: — Seu amigo Ah Ching não fala muito. Tudo o que faz é ficar escrevendo naquele bloco. Talvez ache que é irrelevante. Talvez não deseje ouvir fatos que o confundam. — Ela voltou o olhar para a porta. — Mas então penso naquele guarda. E me pergunto se há algo mais acontecendo. Algo que ele não quer me contar…

Ouviu-se uma batida à porta. Uma enfermeira entrou com os papéis da alta. David observou Kate se sentar e, obedientemente, assinar um a um. A caneta tremia em sua mão. Ele mal conseguia crer que aquela era a mesma mulher que invadira seu escritório. Naquele dia, ele ficara impressionado com sua vontade inabalável, sua determinação.

Agora, estava igualmente impressionado com sua vulnerabilidade.

A enfermeira se foi e Kate afundou nos travesseiros.

— Tem para onde ir? — perguntou David. — Depois que sair daqui?

— Meus amigos… têm um chalé que nunca usam. Ouvi dizer que fica na praia. — Ela suspirou e olhou com tristeza para a janela. — Uma praia ia bem agora.

— Vai ficar lá sozinha? É seguro?

Kate não respondeu. Apenas ficou olhando pela janela. Aquilo o deixou ansioso, pensando nela naquele chalé, sozinha, desprotegida. Teve de lembrar que Kate não era problema seu. Que seria loucura se envolver com aquela mulher! Que a polícia tomasse conta dela; afinal, era responsabilidade deles.

David se levantou para ir embora. Ela apenas ficou ali sentada, curvada na cama, braços ao redor do peito em um gesto de autodefesa. Quando saiu do quarto, ele a ouviu murmurar:

— Não sei se voltarei a me sentir em segurança algum dia…

6

— O lugar é pequeno — explicou Susan Santini, enquanto ela e Kate desciam a sinuosa estrada da North Shore. — Nada elegante. Apenas dois quartos. Uma cozinha absolutamente velha. Pré-histórica, na verdade. Mas é confortável. E é tão gostoso ouvir o barulho das ondas…

Ela pegou uma estrada de terra batida aberta através de densos arbustos de halekoa. Os pneus erguiam uma nuvem de rica poeira vermelha enquanto o carro sacolejava em direção ao mar.

— Ultimamente, pouco usamos o lugar. Todo mundo sempre está de plantão. Às vezes, Guy fala em vender. Mas nem penso nisso. Não se encontram mais pedaços de paraíso como esse.

Os pneus rangiam na brita da estrada. Sob um imponente grupo de árvores de pau-ferro, o pequeno chalé dos tempos coloniais não parecia maior do que uma negligenciada casa de bonecas. Anos de sol e vento desbotaram as placas de madeira de um verde surrado. O teto parecia curvado sob uma carga de agulhas de pau-ferro.

Kate saiu do carro e ficou um instante sob as árvores, ouvindo as ondas arrebentando na areia. Sob o sol do meio-dia, o mar brilhava em um impressionante tom de azul.

— Lá estão — disse Susan, apontando para a praia onde seu filho, William, saltitava com alegria pela areia.

Movia-se como um elfo, os braços longos oscilando delicadamente, a cabeça balançando para a frente e para trás enquanto ria. Os largos calções de natação mal se ajustavam à sua cintura fina. Visto contra o céu claro, não parecia mais que um feixe de gravetos movendo-se entre as árvores, uma criatura mítica que poderia desaparecer em um piscar de olhos. Ali perto, uma jovem com um rosto de pardal estava sentada em uma toalha, folheando uma revista.

— É Adele… — murmurou Susan. — Custou-nos seis anúncios e 21 entrevistas para encontrá-la. Mas não creio que vá durar. O que me preocupa é que William já está se afeiçoando a ela.

De repente William as viu. Ele parou de pular e acenou:

— Oi, mamãe!

— Oi, querido! — gritou Susan. Então, tocou o braço de Kate. — Arejamos o chalé para você. E há um bule de café esperando.

Eles subiram os degraus de madeira até a varanda da cozinha. A porta telada rangeu ao se abrir. Lá dentro, pairava o cheiro mofado dos anos. A luz do sol atravessava as janelas e brilhava no chão de linóleo amarelado. Um pequeno vaso de violetas-africanas repousava em uma bancada de azulejos azuis. Nas paredes, presa com fita adesiva, havia uma caprichosa coleção de desenhos: dinossauros azuis e verdes, homens desenhados em forma de palito vermelho, animais de diversas cores e espécies não identificáveis, cada uma rotulada com o nome do mesmo artista: William.

— Mantemos a linha telefônica ligada para emergências — informou Susan, apontando o aparelho de parede. — Já abasteci a geladeira. Só o básico, na verdade. Guy disse que podemos buscar seu carro amanhã. Isso lhe dará a chance de fazer compras decentes.

Ela deu uma volta rápida pela cozinha, apontando para os diversos armários, panelas e louças. Então, acenando para Kate, indicou o caminho do quarto. Ali, foi até a janela e abriu as cortinas de renda. Seu cabelo ruivo rebrilhou à luz do sol.

— Veja, Kate. Esta é a vista que eu lhe prometi. — E olhou para o oceano, encantada. — Sabe, as pessoas não precisariam de um psiquiatra se olhassem para isso todos os dias. Se pudessem deitar ao sol, ouvir as ondas, os pássaros. — Ela se voltou e sorriu. — O que acha?

— Eu acho… — Kate olhou para o chão de madeira encerada, as cortinas finas, a luz de um dourado pulverizado que atravessava a janela. — Que nunca vou querer ir embora daqui — respondeu, com um sorriso.

Passos ecoaram na varanda. Susan voltou-se quando a porta telada bateu.

— Eis que a paz e a calma se acabam — suspirou ela.

Ambas voltaram à cozinha e encontraram o pequeno William cantando desafinado, enquanto arrumava uma coleção de gravetos na mesa. Adele, os ombros nus brilhando de óleo bronzeador, servia-lhe um copo de suco de maçã. Na bancada, havia uma cópia da revista *Vogue* coberta de areia.

— Veja, mamãe! — exclamou William, apontando com orgulho para o tesouro recentemente recolhido.

— Nossa, que coleção! — disse Susan, devidamente impressionada. — O que vai fazer com todos esses gravetos?

— Não são gravetos. São espadas. Para matar monstros.

— Monstros? Mas, querido, eu já disse. Monstros não existem.

— Sim, existem.

— Papai prendeu todos, lembra?

— Nem todos. — Cuidadoso, ele colocou outro graveto na mesa. — Estão escondidos na mata. Ouvi um na noite passada.

— William… — disse Susan, em tom calmo. — Que monstros?

— Na mata. Eu lhe disse, ontem à noite.

— Ah! — Susan lançou um sorriso para Kate. — Foi por isso que ele foi deitar na nossa cama às duas da manhã.

Adele pousou o copo de suco diante do menino.

— Aqui, William. Seu suco de… — Ela franziu as sobrancelhas. — O que tem no bolso?

— Nada.

— Eu vi se mover.

William ignorou-a e tomou um gole de suco. O bolso voltou a estremecer.

— William Santini, me dê isso. — Adele estendeu a mão.

William voltou os olhos para seu tribunal de última instância: a mãe. Ela balançou a cabeça com tristeza. Suspirando, ele enfiou a mão no bolso, recolheu dali a fonte do estremecimento e pousou-a na mão de Adele.

O grito dela foi assustador, muito mais para o lagarto, que logo se libertou, mas não sem antes deixar o rabo se retorcendo na mão de Adele.

— Ele está fugindo! — gritou William.

Seguiu-se uma louca perseguição com todos de cócoras na sala. Quando o infeliz lagarto foi recapturado e preso em uma xícara de chá, estavam todos sem fôlego e cansados de tanto rir. Susan, com o cabelo ruivo desalinhado, desabou no chão da cozinha, com as pernas esparramadas para a frente.

— Não posso *crer* — ofegou, tombando de costas contra a geladeira. — Três mulheres adultas contra um minúsculo lagarto. Somos inválidas ou o quê?

William foi até a mãe e observou o brilho do sol refletindo-se em seu cabelo ruivo. Fascinado, em silêncio, pegou o cacho e observou-o escorrer sensualmente entre os dedos.

— Minha mãe… — murmurou.

Ela sorriu. Tomando o seu rosto entre as mãos, ela o beijou carinhosamente nos lábios.

— Meu bebê.

— Você não me contou toda a história — disse David. — Agora quero saber o que omitiu.

Pokie Ah Ching mordeu um pedaço exagerado do Big Mac e mastigou com a concentração e a determinação de um homem privado de seu almoço por muito tempo. Limpando um pouco de molho do queixo, resmungou:

— O que o faz pensar que esqueci algo?

— Você está usando muitos efetivos nesse caso. Aquele guarda do lado de fora do quarto dela. A vigilância no saguão. Você está pescando algo grande.

— É. Um assassino. — Pokie tirou um pedaço de picles do sanduíche e jogou-o com desagrado em um chumaço de guardanapos. — O que quer saber, afinal? Achei que tivesse deixado a promotoria.

— Mas não deixei de ser curioso.

— Curioso? Isso é tudo?

— Kate é minha amiga…

— Conversa fiada! — Pokie lançou-lhe um olhar acusador. — Acha que não faço perguntas? Sou detetive, David. E sei que ela não é sua amiga. Ela é ré em um de seus processos. — Ele debochou. — Desde quando se engraça com oponentes?

— Desde que comecei a acreditar na história dela sobre Ellen O'Brien. Há dois dias, ela veio a mim com uma história tão ridícula que eu a expulsei de meu escritório. Ela não tinha nada além de uma história mal contada que soava como pura paranoia. Então essa enfermeira, Ann Richter, tem a garganta cortada. Agora começo a me perguntar. Teria Ellen O'Brien morrido por imperícia? Ou homicídio?

— Homicídio? Hein? — Pokie encolheu os ombros e deu outra mordida. — Nesse caso, é assunto meu, não seu.

— Veja, iniciei um processo alegando que foi imperícia. Será muito embaraçoso, sem contar perda de tempo, se for mesmo um homicídio. Portanto, antes de ir à frente de um júri e fazer papel de idiota, quero ouvir os fatos. Abra o jogo comigo, Pokie. Pelos velhos tempos.

— Não me venha com esse lixo sentimental, David. Foi você quem deixou o trabalho. Devia ser difícil resistir à grana preta que ganharia. Mas eu? Ainda estou aqui. — Ele fechou uma gaveta. — Além dessa droga que chamam de mobília.

— Deixe-me esclarecer uma coisa. O fato de eu ter deixado o emprego nada teve a ver com dinheiro.

— Então, por que foi embora?

— Foi pessoal.

— É. Com você, sempre é *pessoal*. Ainda fechado como uma ostra, não é mesmo?

— Estávamos falando do caso.

Pokie recostou-se e olhou para David um instante. Através da porta aberta do escritório, vinha o som do caos: vozes altas, telefones tocando e máquinas de escrever em ação. Uma tarde normal na delegacia do centro da cidade. Irritado, Pokie levantou-se e fechou a porta do escritório.

— Muito bem — disse, em meio a um suspiro enquanto voltava a se sentar. — O que quer saber?

— Detalhes.

— Precisa ser específico.

— O que é tão importante a respeito do assassinato de Ann Richter?

Pokie respondeu pegando um arquivo na caótica pilha de papéis na mesa e atirando-o para David.

— Relatório preliminar da necropsia feita por M. J. Dê uma olhada.

O relatório tinha três páginas e era friamente gráfico. Embora David tivesse trabalhado cinco anos como promotor-assistente e tivesse lido dezenas daqueles relatórios, não evitou uma onda de estremecimento ao ler os detalhes clínicos da morte da mulher.

Carótida esquerda cortada... Instrumento bastante afiado... Laceração na têmpora direita, provavelmente devido a impacto acidental contra a mesa de centro... Padrão de mancha de sangue na parede consistente com jorro arterial...

— Vejo que M. J. não perdeu o jeito que tem para embrulhar estômagos — disse David, virando a folha. E o que leu na página seguinte o fez franzir as sobrancelhas. — Bem, isso não faz sentido. M. J. tem certeza da hora da morte?

— Você conhece M. J. Está sempre certa. Tomou como base as manchas e a temperatura interna do corpo.

— Por que diabos o assassino cortaria a garganta da mulher e ficaria três horas ali? Só para desfrutar do cenário?

— Para limpar a cena do crime. Para saquear o apartamento.

— Tinha algo faltando?

Pokie suspirou.

— Não. Esse é o problema. Dinheiro e joias estavam bem à vista. O assassino não os pegou.

— Violência sexual?

— Nem sinal. As roupas da vítima estavam intactas. E o assassino foi muito eficiente. Se ele tivesse feito isso por prazer, era de se esperar que demorasse mais. Extrairia mais alguns berros da vítima.

— Então, você tem um assassinato brutal e nenhum motivo. O que mais?

— Dê outra olhada no relatório da necropsia. Leia o que M. J. escreveu sobre o ferimento.

— "Carótida esquerda cortada. Instrumento bastante afiado." — Ele ergueu a cabeça. — E daí?

— São as mesmas palavras que ela usou em outro relatório de necropsia há duas semanas. Só que a vítima era um homem. Um obstetra chamado Henry Tanaka.

— Ann Richter era enfermeira.

— Certo. E a parte interessante é a seguinte: antes de entrar para a equipe cirúrgica, ela fazia plantão noturno na obstetrícia. Há uma possibilidade de ela ter conhecido Henry Tanaka.

De súbito, David ficou imóvel. Pensou em outra enfermeira que trabalhava na obstetrícia. Uma enfermeira que, assim como Ann Richter, estava morta.

— Fale-me mais sobre esse obstetra — disse ele.

Pokie pegou um maço de cigarros e um cinzeiro.

— Importa-se?

— Não se continuar falando.

— Estou louco para fumar desde a manhã — resmungou Pokie. — Não posso fumar quando Brophy está por perto, reclamando da droga da sinusite. — Ele apagou o isqueiro e suspirou, exalando com prazer uma nuvem de fumaça. — Muito bem, eis a história: o consultório de Henry Tanaka ficava em Liliha. Aquele prédio de concreto horroroso, sabe? Há duas semanas, depois que o resto do pessoal foi embora, ele ficou no consultório. Disse que tinha de cuidar de alguns papéis. Sua mulher diz que ele sempre chegava tarde. Mas também sugeriu que não era bem a papelada do escritório que o mantinha fora de casa à noite.

— Amante?

— O que mais?

— A mulher sabe algum nome?

— Não. Ela acha que era uma das enfermeiras do hospital. De qualquer modo, por volta das sete horas daquela noite, dois faxineiros encontraram o corpo em uma das salas de exame. Na época, achamos que era apenas um caso de viciado atrás de drogas. Faltavam medicamentos no armário de remédios.

— Narcóticos?

— Não, a mercadoria da boa estava trancada na sala dos fundos. O assassino pegou coisas inúteis, medicamentos que não lhe renderiam um centavo na rua. Achamos que ou ele estava drogado ou era idiota. Mas foi esperto o bastante para não deixar digitais. De qualquer modo, sem provas, o caso ficou por aí. A única pista era algo que um dos faxineiros viu. Quando estava entrando no prédio, ele viu uma mulher correndo pelo estacionamento. Garoava e era quase noite, de modo que não pôde ver bem. Mas disse que ela era loura, com certeza.

— Ele tem certeza de que era uma mulher?

— Ou um homem de peruca? — Pokie riu. — Não pensei nisso. Acho que é possível.

— Então, a pista rendeu o quê?

— Nada de mais. Fizemos perguntas, não conseguimos nenhum nome. Estávamos começando a pensar que a loura era uma pista falsa. Então, Ann Richter foi morta. — Ele fez uma pausa. — Ela era loura. — Ele apagou o cigarro. — Kate Chesne é nossa primeira grande pista. Agora, ao menos sabemos como ele é. O retrato falado sairá nos jornais na segunda-feira. Talvez comecemos a levantar alguns nomes.

— Que tipo de proteção você está dando para Kate?

— Ela está escondida na North Shore. Tenho uma viatura passando por lá de vez em quando.

— Só?

— Ninguém a encontrará lá.

— Um profissional encontraria.

— O que mais posso fazer? Manter guarda permanente? — Ele meneou a cabeça em direção a uma pilha de papel na escrivaninha. — Veja esses arquivos, David! Estou até o pescoço de cadáveres. Eu me considero um felizardo quando uma noite passa sem que um cadáver entre por aquela porta.

— Profissionais não deixam testemunhas.

— Não estou certo de que ele seja um profissional. Além do mais, você sabe como as coisas estão difíceis por aqui. Olhe para esse lixo. — Ele deu um chute na escrivaninha. — Tem vinte anos e está cheio de cupim. E nem me fale do computador. Ainda tenho de enviar digitais para a Califórnia se quiser rapidez na identificação! — Frustrado, ele se recostou à cadeira de vinte anos. — Veja, David. Tenho certeza de que ela ficará bem. Gostaria de garantir isso. Mas você sabe como são as coisas.

É, pensou David. *Sei como são*. Algumas coisas a respeito do trabalho da polícia não mudam nunca. Exigências demais e dinheiro de menos no orçamento. Ele tentou se convencer de que seu único interesse naquele caso era como advogado dos querelantes; era seu trabalho fazer todas aquelas perguntas. Ele tinha de se certificar de que o caso não se desfaria à luz de novos fatos. Mas seus pensamentos continuavam a voltar a Kate, sentada tão só, tão vulnerável, naquela cama de hospital.

David queria confiar no julgamento do sujeito. Ele trabalhou com Pokie Ah Ching tempo bastante para saber que, de modo geral, ele era um policial competente. Mas também sabia que mesmo os melhores policiais cometiam erros. Infelizmente, policiais e médicos tinham algo em comum: ambos sepultavam seus erros.

O sol iluminava as costas de Kate, o calor induzindo-a a um sono inquieto. Ela estava deitada com o rosto aninhado sobre os braços enquanto as ondas lambiam seus pés e o vento agitava as folhas do livro de bolso. Naquele trecho deserto da praia, onde a única agitação era a dos pássaros cantarolando e esvoaçando entre as árvores, ela encontrou um lugar perfeito para se esconder do mundo. Para se curar.

Ela suspirou e o aroma de óleo de coco tomou suas narinas. Pouco a pouco, foi desperta pelo vento no cabelo e por uma vaga vontade de comer. Não comia desde o desjejum e já entardecia.

Então, outra sensação a despertou por completo. A de não estar mais só. De estar sendo vigiada. Era algo tão nítido que, quando se voltou, não ficou nem um pouco surpresa ao ver David de pé à frente.

Ele usava jeans e uma velha camisa de algodão, as mangas enroladas por causa do calor. O cabelo dançava ao sabor do vento, brilhando como fagulhas à luz do sol do fim de tarde. Ele não disse nada; apenas ficou ali parado, as mãos nos bolsos, observando-a. Embora seu traje de banho não fosse particularmente revelador, algo nos olhos dele — sua força, sua objetividade — parecia despi-la na areia. Um calor súbito tomou conta de sua pele, mais profundo e mais intenso do que qualquer sol poderia produzir.

— Você é uma mulher difícil de encontrar — disse ele.

— A ideia é essa quando a gente se esconde. As pessoas não deveriam nos encontrar.

David olhou em torno, inspecionando rapidamente a solidão do lugar.

— Não me parece uma boa ideia ficar deitada a céu aberto.

— Tem razão. — Pegando a toalha e o livro, ela se levantou. — A gente nunca sabe quem pode estar vagando por aí. Ladrões. Assassinos. — Ela jogou a toalha sobre o ombro, deu-lhe as costas e se afastou. — Talvez até um ou outro advogado.

— Preciso falar com você, Kate.

— Eu tenho um advogado. Por que não fala com ele?

— É sobre o caso O'Brien...

— Guarde isso para o tribunal — rebateu ela, por sobre o ombro. E se afastou, deixando-o sozinho na praia.

— Talvez eu não a veja no tribunal! — gritou ele.

— Que pena...

David alcançou-a quando ela chegou à escada da varanda do chalé. Kate deixou a porta telada bater na cara dele.

— Você ouviu o que eu disse? — gritou ele, da varanda.

Kate parou no meio da cozinha, de repente se dando conta do significado das palavras dele. Ela se voltou devagar e olhou-o através da tela. David estava com as mãos apoiadas no batente da porta e a encarava intensamente.

— Posso não estar no tribunal — disse ele.

— Como assim?

— Estou pensando em deixar o caso.

— Por quê?

— Deixe-me entrar e eu lhe digo.

Sem desgrudar os olhos dele, ela abriu a porta telada.

— Entre, sr. Ransom. Acho que é hora de conversarmos.

Em silêncio, ele a seguiu até a cozinha e parou junto à mesa, observando-a. O fato de ela estar descalça apenas enfatizava sua diferença de altura. Ela esquecera quão alto ele era, e quão delgado, com pernas compridas que pareciam se estender para sempre. Kate nunca o vira sem terno antes e concluiu que definitivamente ele ficava melhor de jeans. De imediato, ela se deu conta da própria nudez. O modo como seu olhar a seguia pela cozinha era embaraçoso. Desconcertante e, ao mesmo tempo, inegavelmente excitante. Tão excitante quanto acender um fósforo perto de um barril de pólvora. Seria David Ransom tão explosivo assim?

Ela engoliu em seco, nervosa.

— Eu... tenho de me vestir. Com licença.

Kate correu até o quarto e agarrou o primeiro vestido limpo ao alcance da mão, um branco, de tecido fino, importado da Índia. Ela quase o rasgou na pressa de vesti-lo. Fazendo uma pausa junto à porta, forçou-se a contar até dez, mas viu que suas mãos ainda estavam trêmulas.

Quando Kate enfim voltou à cozinha, encontrou-o ainda junto à mesa, folheando o livro.

— É um romance de guerra — explicou ela. — Não é muito bom. Mas dá para passar o tempo. O que tenho tido de sobra ultimamente. — Ela apontou para uma cadeira. — Sente-se, sr. Ransom. Eu… vou fazer um café.

Ela teve de usar toda a sua concentração só para encher a chaleira e colocá-la no fogão. Descobriu estar tendo dificuldades até mesmo nas tarefas mais simples. Primeiro, derrubou a caixa de filtros de papel na pia. Depois, deixou cair pó de café na bancada.

— Deixe-me cuidar disso — disse ele, afastando-a com gentileza para o lado.

Sem voz, ela observou-o limpar o café derramado. A noção de seu corpo, sua proximidade, sua força, subitamente tornou-se avassaladora. Quase tão avassaladora quanto a inesperada onda de carência sexual que sentiu. Com pernas trêmulas, ela foi até a mesa e afundou em uma cadeira.

— A propósito, podemos parar com esse negócio de sr. Ransom? Meu nome é David — disse ele, por sobre o ombro.

— Ah. Sim. Eu sei. — Ela fez uma careta, odiando a falta de fôlego em sua voz.

Ele se sentou em uma cadeira à sua frente e seus olhares se encontraram sobre a mesa da cozinha.

— Ontem você queria me enforcar — disse ela. — O que o fez mudar de ideia?

Em resposta, ele tirou um pedaço de papel do bolso. Era uma fotocópia de uma matéria de um jornal local.

— Essa matéria foi publicada há duas semanas no *Star-Bulletin*.

Ela franziu as sobrancelhas ao ler a manchete: "Médico de Honolulu encontrado morto."

— O que isso tem a ver?

— Você conhecia a vítima, Henry Tanaka?

— Ele fazia parte de nossa equipe de obstetrícia. Mas nunca trabalhei com ele.

— Veja a descrição dos ferimentos.

Kate voltou a se concentrar na matéria.

— Diz que morreu em decorrência de ferimentos no pescoço e nas costas.

— Certo. Ferimentos feitos por um instrumento bastante afiado. O pescoço foi atingido uma só vez, um corte na carótida esquerda. Muito eficiente. Muito fatal.

Kate tentou engolir e descobriu que estava com a garganta seca.

— Foi assim que Ann…

Ele assentiu.

— Mesmo método. Resultados idênticos.

— Como sabe de tudo isso?

— O tenente Ah Ching traçou os paralelos quase imediatamente. Foi por isso que plantou guarda em seu quarto no hospital. Se esses homicídios estão relacionados, há algo sistemático nisso, algo racional…

— *Racional*? O assassinato de um médico? De uma enfermeira? No máximo, parece trabalho de um psicótico!

— Assassinato é uma coisa estranha. Às vezes, não há motivo para ocorrer. Às vezes o ato faz perfeito sentido.

— Não há esse negócio de motivo *racional* para matar!

— Isso é feito todos os dias por gente supostamente saudável. E tudo pelas razões mais triviais. Dinheiro. Poder. — Ele fez uma pausa. — Há também os crimes passionais. Parece que Henry Tanaka estava tendo um caso com uma das enfermeiras.

— Muitos médicos têm casos.

— E muitas enfermeiras.

— De qual enfermeira estamos falando?

— Esperava que você pudesse me dizer.

— Desculpe, mas não acompanho as fofocas do hospital.

— Mesmo que envolva seus pacientes?

— Refere-se a Ellen? Eu… Eu não saberia. Não costumo me meter na vida dos pacientes. A não ser que seja algo relevante para a saúde deles.

— A vida pessoal de Ellen pode ter sido muito relevante para a saúde dela.

— Bem, ela era uma bela mulher. Estou certa de que havia… homens em sua vida. — O olhar de Kate retornou à matéria. — O que isso tem a ver com Ann Richter?

— Talvez nada. Talvez tudo. Nas últimas duas semanas, três pessoas que trabalhavam no Mid Pac morreram. Duas foram assassinadas. Outra teve um ataque cardíaco na mesa de operação. Coincidência?

— É um grande hospital. Muitos funcionários.

— Mas essas três pessoas em particular se conheciam. Chegaram a trabalhar juntas.

— Mas Ann era enfermeira cirúrgica…

— Que já trabalhou na obstetrícia.

— O quê?

— Há oito anos, Ann Richter passou por um divórcio complicado. Acabou com uma dívida astronômica no cartão de crédito. Precisava de dinheiro extra, rápido. Então, fez plantões noturnos como enfermeira da obstetrícia. Ellen O'Brien também trabalhava no turno da noite. Elas se conheciam. Tanaka, Richter, O'Brien. E agora estão todos mortos.

O apito da chaleira cortou o silêncio, mas ela estava muito atônita para se mover. David levantou-se e tirou a chaleira do fogão. Ela o ouviu ajeitar as xícaras e verter a água. O cheiro de café chegou às suas narinas.

— É estranho — observou Kate. — Eu via Ann quase todos os dias naquela sala de cirurgia. Falávamos de livros e filmes. Mas nunca falamos sobre *nós mesmas*. Ela era sempre bastante reservada. Quase inatingível.

— Como ela reagiu à morte de Ellen?

Kate ficou em silêncio um instante, lembrando-se de que, quando tudo estava dando errado, quando a vida de Ellen estava em jogo, Ann ficara pálida e imóvel.

— Ela pareceu… paralisada. Mas estávamos todos perturbados. Depois ela foi para casa, porque estava se sentindo mal. Não voltou ao trabalho. Foi a última vez que a vi. Viva, quer dizer…

Kate olhou para baixo, confusa, quando David deixou a xícara de café diante dela.

— Você já disse isso. Ela devia saber de algo. Algo perigoso. Talvez todos soubessem.

— Mas, David, eles eram apenas pessoas comuns que trabalhavam em um hospital…

— Todo tipo de coisas pode acontecer em um hospital. Roubo de narcóticos. Fraude de seguro. Casos ilícitos. Talvez até homicídios.

— Se Ann sabia de algo perigoso, por que não foi à polícia?

— Talvez não pudesse. Talvez estivesse com medo de se incriminar. Ou talvez estivesse protegendo alguém.

Um segredo mortal, pensou Kate. Será que as três vítimas o compartilhavam? Em voz baixa, arriscou:

— Então, você acha que Ellen foi assassinada.

— Por isso estou aqui. Quero que me diga.

Ela balançou a cabeça, confusa.

— Como posso?

— Você é médica. Estava na sala de cirurgia quando aconteceu. Como isso poderia ter acontecido?

— Já expliquei mil vezes...

— Então, explique de novo. Vamos, Kate, *pense*. Convença-me de que foi homicídio. Convença-me de que *devo* abandonar o caso.

A ordem seca a deixou sem alternativa. Kate sentiu os olhos dele incentivando-a a se lembrar de cada detalhe, cada evento que levou àqueles momentos terríveis na sala de cirurgia. Ela se lembrou de como tudo estava correndo bem, a indução da anestesia, a aplicação do tubo intratraqueal. Ela verificou duas vezes os tanques e os tubos; sabia que o oxigênio fora conectado de maneira correta.

— E então? — incitou David.

— Não consigo me lembrar.

— Sim, consegue.

— Era um caso absolutamente rotineiro!

— E quanto à cirurgia em si?

— Impecável. Guy é o melhor cirurgião da equipe. De qualquer modo, ele havia acabado de começar a operar. Mal tinha atravessado a camada de músculos quando... — Ela parou de falar.

— Quando o quê?

— Ele... Ele reclamou que os músculos abdominais estavam muito tensos. Ele estava tendo problemas para retraí-los.

— E daí?

— Eu injetei uma dose de suxametônio.

— Isso é algo comum, certo?

Ela assentiu.

— Faço isso todo o tempo. Mas em Ellen pareceu não funcionar. Tive de dar uma segunda dose. Lembro-me de ter pedido que Ann buscasse outra ampola.

— Só tinha uma?

— Em geral, mantenho algumas no carrinho. Mas naquela manhã só havia uma na gaveta.

— O que houve depois que administrou a segunda dose de suxametônio?

— Passaram-se alguns segundos. Talvez dez. Quinze. E então… — Ela ergueu a cabeça devagar. — O coração dela parou.

Os dois se olharam. Pela janela, a última luz do dia atravessava a cozinha como uma faca. Ele se inclinou para a frente, os olhos fixos nos dela.

— Se puder provar isso…

— Mas não posso! A ampola vazia foi direto para o incinerador, com o resto do lixo. Não sobrou nem mesmo um corpo para a necropsia. — Ela desviou o olhar, desiludida. — Ah, ele foi esperto, David. Seja lá quem for o assassino, ele sabia exatamente o que estava fazendo.

— Talvez seja esperto demais.

— Como assim?

— Sem dúvida, ele é inteligente. Sabia exatamente quais medicamentos você usaria na sala de cirurgia. E conseguiu introduzir algo mortal em uma daquelas ampolas. Quem tem acesso ao carrinho da anestesia?

— Os carros são deixados nas salas de cirurgia. Qualquer pessoa do hospital pode ter acesso a eles. Médicos. Enfermeiras. Talvez até os faxineiros. Mas tem sempre alguém por perto.

— E à noite? Nos fins de semana?

— Se não houver nenhuma cirurgia programada, acho que fecham as salas. Mas há sempre uma enfermeira cirúrgica de plantão, para emergências.

— Ela fica na área das salas de cirurgia?

Kate deu de ombros, desiludida.

— Só vou lá se houver um caso. Não faço ideia do que ocorre em uma noite tranquila.

— Se a sala fica deserta, então qualquer funcionário poderia ter entrado.

— Não era ninguém do pessoal do hospital. Eu vi o assassino, David! Aquele homem no apartamento de Ann era um estranho.

— Que pode ter um cúmplice. Alguém do hospital. Talvez até alguém que você conheça.

— Uma conspiração?

— Veja o modo sistemático como esses assassinatos têm sido cometidos. Como se nosso assassino, ou assassinos, tivessem uma espécie de lista. Minha pergunta é: quem será o próximo?

O ruído da xícara caindo no pires fez Kate se erguer num rompante. Olhando para baixo, viu que suas mãos estavam trêmulas. *Eu vi o rosto dele*, pensou ela. *Se ele tem uma lista, então meu nome está nela.*

A tarde escureceu. Agitada, ela se ergueu e foi até a porta aberta. Ficou ali, observando o mar. O vento, tão constante havia pouco, parara de soprar. Havia uma tranquilidade no ar, como se a tarde estivesse prendendo a respiração.

— Ele está à solta — murmurou. — Procurando por mim. E eu nem sei o nome dele.

O toque da mão de David em seus ombros a fez estremecer. Ele estava de pé atrás dela, tão perto que podia sentir a respiração dele em seu cabelo.

— Fico me lembrando dos olhos dele, olhando para mim pelo espelho. Negros e fundos. Como um desses cartazes de crianças famintas…

— Ele não pode feri-la, Kate. Não aqui.

Sentiu a respiração de David em seu pescoço. Um calafrio percorreu-lhe o corpo — não de medo, mas de desejo. Mesmo sem olhá-lo, ela podia sentir o desejo aflorando à superfície.

De repente, o que tocava sua pele era mais do que a respiração dele; eram os lábios. O rosto dele afundou sobre sua vasta cabeleira para se pressionar ansioso contra seu pescoço. Os dedos dele agarraram-lhe os ombros, como se estivesse com medo de que ela se afastasse. Mas ela não se afastou. Não podia. Todo seu corpo o desejava.

Os lábios de David deixaram um rastro quente e úmido ao descerem para o ombro de Kate. Então, ela sentiu a aspereza de seu queixo.

Ele a virou em sua direção e a beijou.

Kate se sentiu desabar sob a força daquele beijo, caindo em um poço sem fundo, até suas costas colidirem contra a parede da cozinha. Ele a pressionou com toda a dura extensão de seu corpo, barriga contra barriga, coxa contra coxa. Os lábios de Kate se entreabriram e a língua dele a possuiu, reivindicando aquela boca como sua. Não havia dúvidas de que também pretendia reivindicar todo o resto.

O fósforo fora aceso; o barril de pólvora estava a ponto de explodir. E, de boa vontade, Kate se expôs à explosão.

Nenhuma palavra foi proferida; apenas os suaves gemidos do desejo. Ambos respiravam tão forte, tão rápido, que os ouvidos dela estavam tomados pelo som da respiração. Kate mal ouviu o telefone tocar. Apenas quando tocou pela terceira vez, seu cérebro agitado enfim registrou o que era.

Teve de usar toda a força de vontade para reprimir o desejo. Lutou para se afastar dele.

— O... O telefone...

— Deixe tocar.

A boca de David desceu ao pescoço dela.

Mas o som continuou, desagradável e incansável, incomodando-a com seu senso de urgência.

— David... Por favor...

Resmungando, David se afastou e ela viu a confusão em seus olhos. Durante um instante, olharam-se, nenhum dos dois capaz de acreditar no que acabara de acontecer. O telefone voltou a tocar. Por fim, recuperando os sentidos, ela se forçou a atravessar a cozinha e atender. Pigarreando, conseguiu murmurar um "alô" rouco.

Kate estava tão estupefata que demorou algum tempo para registrar o silêncio no outro lado da linha.

— Alô? — repetiu.

— Dra. Chesne? — murmurou uma voz quase inaudível.

— Sim?

— Está sozinha?

— Não, eu... Quem fala? — Sua voz se calou quando os primeiros dedos de terror fecharam-se em torno de sua garganta.

Houve uma pausa, tão longa e vazia que ela pôde ouvir o próprio coração pulsando nos ouvidos.

— *Alô?* — gritou. — *Quem fala?*

— Cuidado, Kate Chesne. A morte está ao redor.

7

O aparelho escapou de sua mão e caiu no chão de linóleo. Aterrorizada, ela recuou à bancada.

— É ele... — murmurou. Então, com a voz repleta de histeria, gritou: — *É ele!*

David instantaneamente pegou o fone do chão.

— Quem é? Alô? *Alô?* — Praguejando, pôs o fone no gancho e voltou-se para ela. — O que ele disse, Kate? — David a tomou pelos ombros e a sacudiu. — O que ele disse?

— Ele... disse para eu ter cuidado... que a morte estava ao redor...

— Onde está sua mala? — rebateu ele.

— O quê?

— Sua mala!

— No... no armário do quarto.

Ele foi até o quarto. Automaticamente, ela o seguiu e viu-o tirar sua Samsonite da prateleira.

— Junte suas coisas. Você não pode ficar aqui.

Kate não perguntou para onde iam. Só sabia que tinha de escapar; que cada minuto que permanecesse naquele lugar só aumentaria o perigo.

De repente, movida pela necessidade de fugir, começou a guardar seus objetos na mala. Quando estavam prontos para sair, a vontade de escapar dali era tão forte que ela quase pulou os degraus da varanda até o carro.

Quando ele introduziu a chave na ignição, Kate foi tomada pelo medo selvagem de que o carro não pegasse; de que, como alguma vítima infeliz de filme de terror, ela ficaria presa ali, condenada a encontrar a própria morte. Mas, quando David girou a chave na ignição, o motor pegou. Os galhos de um pau-ferro avançaram em sua direção quando o BMW fez o retorno, chocando-se contra o para-brisa. Ela sentiu outro surto de pânico quando os pneus derraparam inutilmente pela areia. Mas logo o carro recuperou a tração. Os faróis tremulavam enquanto eles sacolejavam pela estrada de terra.

— Como ele me encontrou? — choramingou ela.

— É nisso que estou pensando.

David acelerou quando o carro chegou ao asfalto. O poderoso BMW respondeu no mesmo instante, e eles logo voavam pela autoestrada.

— Ninguém sabia que eu estava aqui. Só a polícia.

— Então, houve um vazamento de informação. Ou… — Ele deu uma breve olhada no retrovisor. — …Você foi seguida.

— *Seguida*?

Ela virou a cabeça, mas viu apenas a estrada deserta sob o brilho mortiço dos postes de luz.

— Quem a levou até o chalé? — perguntou David.

Ela se voltou para ele, o perfil ligeiramente destacado em meio à escuridão.

— Minha… minha amiga Susan me trouxe.

— Você passou em casa?

— Não. Fomos direto para o chalé.

— E suas roupas? Como as pegou?

— Minha senhoria fez minha mala e a levou ao hospital.

— Ele podia estar vigiando a entrada do saguão. Esperando você receber alta.

— Mas não vimos ninguém nos seguindo.

— Claro que não. As pessoas nunca veem. Geralmente concentramos a atenção no que está à frente, no destino a ser alcançado. Quanto ao número do telefone, ele pode ter encontrado em um catálogo. O nome dos Santini está na caixa de correio.

— Mas não faz sentido — disse ela. — Se quer me matar, por que simplesmente não o faz? Por que me ameaçar com telefonemas?

— Quem sabe como ele pensa? Talvez goste de assustar as vítimas. Talvez apenas queira evitar que você colabore com a polícia.

— Eu estava sozinha. Ele poderia ter me matado bem ali... na praia...

Ela tentou desesperadamente não pensar no que poderia ter acontecido, mas não conseguiu afastar a imagem de seu próprio sangue na areia.

Nas encostas das colinas, viam-se as luzes das casas, cada uma um abrigo seguro e inalcançável. Em toda aquela escuridão, haveria um abrigo para ela? Encolheu-se no banco do carro, desejando nunca ter de abandonar aquele pequeno casulo de segurança.

Fechando os olhos, Kate forçou-se a se concentrar no barulho do motor, no rumor da estrada passando sob os pneus — qualquer coisa para afastar a imagem sangrenta. *BMW. O carro definitivo*, pensou, alheia. Não é o que dizia o anúncio? Engenharia alemã de alta tecnologia. Desempenho firme e seguro. O tipo de carro que ela esperaria que David tivesse.

— ...e tem muito espaço. Então, poderá ficar o tempo que for necessário.

— O quê?

Confusa, ela se voltou para ele, cujo perfil estava claramente delineado à luz dos postes.

— Eu disse que poderá ficar o tempo que for preciso. Não é o Ritz, mas será mais seguro que um hotel.

Ela balançou a cabeça.

— Não entendo. Para onde vamos?

David olhou-a, e seu tom de voz soou estranhamente desprovido de emoção.

— Para minha casa.

— Lar — disse David, abrindo a porta da frente.

Estava escuro lá dentro. As imensas janelas da sala de estar filtravam o luar, cuja luz suave iluminava o chão de madeira encerada, as silhuetas escuras e volumosas dos móveis. David a guiou até um sofá e sentou-a com delicadeza. Então, sentindo sua desesperada necessidade de luz e calor, deu a volta na sala acendendo todas as lâmpadas. Ela ouviu vagamente o tilintar de uma garrafa, o som de algo sendo servido. Então, ele voltou e pousou um copo nas mãos dela.

— Beba — disse ele.

— O que… o que é isso?

— Uísque. Vamos. Acho que precisa de um trago.

Automaticamente, ela tomou um longo gole; a bebida forte causou lágrimas em seus olhos.

— Excelente — disse ela, tossindo.

— Não é mesmo?

Ele se voltou para sair da sala, e Kate sentiu um súbito e irracional surto de pânico por ele a estar abandonando.

— *David?* — chamou.

Na mesma hora, ele sentiu o terror na voz dela. Voltando-se, disse com a voz tranquila:

— Está tudo bem, Kate. Não vou deixá-la. Estarei na cozinha, aqui ao lado. — Ele sorriu e tocou-lhe a face. — Termine a bebida.

Temerosa, ela o observou desaparecer por uma porta. Então, ouviu-lhe a voz, falando com alguém ao telefone. A polícia. Como se pudessem fazer alguma coisa a essa altura. Segurando o copo com as mãos, ela se obrigou a ingerir outro gole de uísque. A sala pareceu rodar enquanto seus olhos se enchiam de lágrimas. Ela as afastou e lentamente concentrou-se nos arredores.

Evidentemente, era a casa de um homem. A mobília era simples e prática, o chão de carvalho não contava nem mesmo com o adorno de um tapete. As janelas imensas eram emolduradas por cortinas brancas, e ela ouvia as ondas se chocando no quebra-mar. A violência da natureza tão próxima, tão assustadora.

Mas longe de ser tão assustadora quanto a violência do homem.

Após desligar o telefone, David fez uma pausa na cozinha, tentando recuperar a calma. A mulher já estava apavorada o bastante; vê-lo agitado só pioraria tudo. Ele correu, apressado, os dedos pelo cabelo em desalinho. Então, inspirando fundo, abriu a porta da cozinha e voltou à sala de estar. Ela ainda estava encolhida no sofá, as mãos ao redor do copo de uísque. Ao menos um pouco de cor voltara ao rosto, embora ainda estivesse parecendo uma pétala de rosa coberta pela geada. Ela precisava de um pouco mais de uísque. Ele pegou o copo, que estava pela metade, encheu-o até a borda e devolveu-o. A pele dela estava gelada. Parecia tão atônita, tão vulnerável... Se ele ao menos segurasse suas mãos, se pudesse aquecê-la em seus braços, talvez pudesse trazer a vida de volta àqueles membros gelados. Mas David estava com medo de ceder ao impulso; sabia que podia levar a desejos mais ardentes.

Ele se voltou e se serviu de uma generosa dose de uísque. O que ela precisava era de proteção. Apoio. Kate precisava saber que seria bem--cuidada e que as coisas ainda estavam certas no mundo, embora a verdade fosse que o mundo dela acabara de ir para a lixeira.

Ele tomou um longo gole de uísque e baixou o copo. O que ela precisava era de um anfitrião sóbrio.

— Liguei para a polícia — disse ele por sobre o ombro.

A resposta de Kate foi quase inaudível:

— O que disseram?

Ele deu de ombros.

— O que poderiam dizer? Fique onde está. Não saia sozinha.

Franzindo as sobrancelhas para o copo, ele pensou, *ora que se dane*, e entornou o resto do uísque. Garrafa em mãos, voltou ao sofá e pousou o uísque na mesa de centro. Estavam sentados a apenas alguns metros um do outro, mas parecia haver quilômetros de vazio entre eles.

Kate estremeceu e olhou para a cozinha.

— Meus... meus amigos... não saberão onde estou. Tenho de ligar para eles.

— Não se preocupe com isso. Pokie vai informá-los de que você está em segurança.

Ele a viu voltar a se sentar no sofá, apática.

— Devia comer algo — sugeriu ele.

— Estou sem fome.

— Minha empregada faz um ótimo molho de macarrão.

Ela ergueu o ombro. Apenas um, como se não tivesse forças para um dar de ombros completo.

— É... — continuou com súbito entusiasmo. — Uma vez por semana, a sra. Feldman fica com pena do pobre e faminto solteirão e me deixa uma panela de molho. Tem bastante alho. Manjericão fresco. E uma saudável dose de vinho.

Sem resposta.

— Toda mulher para quem o servi jura ser um poderoso afrodisíaco.

Enfim um sorriso, embora tímido.

— Que gentileza da sra. Feldman — observou.

— Ela acha que não estou comendo bem. Embora eu não saiba por quê. Talvez seja por causa de todas aquelas bandejas de comida congelada que encontra na minha lixeira.

Outro sorriso. Se continuasse assim, talvez conseguisse extrair-lhe uma risada plena na semana seguinte. Que pena ser tão mau comediante… De qualquer modo, a situação estava muito ruim para se fazer piadas.

O relógio tiquetaqueava na estante — uma incômoda lembrança do silêncio que pairava entre eles. Kate estremeceu quando uma lufada de vento chacoalhou as janelas.

— É só o vento — disse ele. — Vai se acostumar. Às vezes, em uma tempestade, toda a casa estremece e parece que o teto vai ser arrancado. — Ele olhou com carinho para as vigas. — Tem trinta anos de idade. Talvez já devesse ter sido demolida. Mas, quando compramos, tudo o que víamos eram as possibilidades.

— Nós? — perguntou Kate, desanimada.

— Já fui casado.

— Ah… — Ela se ajeitou no sofá, como se tentando demonstrar algum interesse. — Você é divorciado.

Ele assentiu.

— Durou pouco mais de sete anos, o que não é nada ruim nos dias de hoje. — Ele esboçou um sorriso breve e desanimado. — Não rompemos de repente. Nossa relação simplesmente… se desgastou. — Ele suspirou. — Mas Linda e eu ainda somos amigos. O que é mais do que a maioria dos casais divorciados pode dizer. Até gosto do novo marido dela. Grande sujeito. Muito dedicado, muito carinhoso. Algo que eu acho que não era…

Ele desviou o olhar, incomodado. Odiava falar de si mesmo. Fazia-o se sentir exposto. Mas ao menos aquela conversa casual estava funcionando. Estava trazendo-a de volta à vida, afastando o medo de sua mente.

— Linda está em Portland — prosseguiu sem demora. — Ouvi dizer que eles vão ter um filho.

— Vocês não tiveram filhos? — Era uma pergunta perfeitamente natural. Mas ele desejou que ela não a tivesse feito.

Ele assentiu por um instante.

— Um filho.

— Ah… Qual a idade dele?

— Ele morreu.

A voz de David soou sem emoção. Como se a morte de Noah fosse um assunto tão casual quanto o tempo. Ele viu a pergunta se formando nos lábios dela. E as palavras de conforto. Era a última coisa que desejava. Ele já ouvira sua cota de bem-intencionadas palavras de conforto.

— Então, de qualquer modo — disse ele, mudando de assunto —, sou o que você chamaria de um solteiro convicto. Mas gosto disso. Acho que alguns homens não foram feitos para o casamento. E foi ótimo para minha carreira. Nada para me distrair do trabalho, que está indo muito bem ultimamente.

Droga! Kate ainda o olhava com aqueles olhos questionadores. Ele os evitou voltando a mudar de assunto.

— E você? — perguntou, de pronto. — Já foi casada?

— Não. — Ela baixou a cabeça, como se pensando nos benefícios de outro gole de uísque. — Morei com um homem durante algum tempo. Na verdade, vim para Honolulu a fim de ficar perto dele. — Ela deu uma risada amarga. — Acho que agora aprendi.

— O quê?

— A não ir atrás de nenhum idiota.

— Parece que foi uma separação ruim.

Ela soluçou.

— Na verdade, foi muito… civilizada. Não estou dizendo que não doeu. Porque doeu. — Dando de ombros, ela tomou outro gole de uísque. — É difícil, você sabe. Tentar ser tudo ao mesmo tempo. Acho que não consegui dar o que ele precisava: jantar esperando na mesa, minha atenção exclusiva.

— Era isso que ele esperava?

— Não é o que todo homem espera? — debochou ela, irritada. — Bem, eu não preciso disso… dessa baboseira masculina. Tenho um trabalho que exige que eu dê um pulo a cada chamada telefônica. Corra para cada emergência. Ele não entendia.

— Valeu a pena?

— O quê?

— Sacrificar seu amor pela carreira?

Kate não respondeu durante algum tempo. Então, baixou a cabeça.

— Eu achava que sim... — murmurou ela. — Agora penso em todas as horas que dediquei ao trabalho. Todos aqueles fins de semana arruinados. Achava que era indispensável ao hospital. Então descubro que sou tão descartável quanto qualquer um. Bastou um processo. Isso é muito revelador. — Ela inclinou o copo para ele com amargura. — Obrigada pela revelação, advogado.

— Por que me culpar? Só fui contratado para esse trabalho.

— Por uma boa grana, imagino.

— Assumi o caso por contingência. Não vou ver um centavo.

— Desistiu de toda aquela grana? Só por que acha que estou dizendo a verdade? — Ela balançou a cabeça, atônita. — Estou surpresa ao ver que a verdade significa tanto para você.

— Você tem um jeito muito simpático de me fazer me sentir um canalha. Mas, sim, a verdade importa para mim. Importa muito, para ser sincero.

— Um advogado com princípios? Não sabia que isso existia.

— Somos uma subespécie reconhecida.

O olhar dele voltou-se inadvertidamente para a gola do vestido dela. A lembrança daquela pele sedosa sob seus dedos de repente o atingiu com tal força que ele rapidamente se voltou e pegou o uísque. Não havia copo por perto, de modo que se serviu no gargalo. *Certo*, pensou. *Fique bêbado. Veja quantas idiotices pode dizer até o amanhecer.*

De fato, ambos estavam ficando completamente bêbados. Mas ele achou que ela precisava daquilo. Vinte minutos antes, Kate estava em estado de choque. Agora, pelo menos, estava falando. Acabara de insultá-lo, inclusive. Devia ser um bom sinal.

Kate olhava fervorosamente para o copo.

— Meu Deus, detesto uísque! — disse ela, com súbita aflição. E bebeu o resto da bebida.

— Estou vendo. Beba mais um pouco.

Ela olhou para David, desconfiada.

— Acho que você está tentando me embebedar.

— O que lhe deu essa ideia? — Ele riu, empurrando a garrafa em sua direção.

Ela olhou para a garrafa um instante. Então, com uma expressão de extremo desgosto, voltou a encher o copo.

— O bom e velho Jack Daniel's... — suspirou ela, as mãos trêmulas enquanto voltava a tampar a garrafa. — Que piada!

— O que é tão engraçado?

— Era a marca favorita de meu pai. Ele jurava que esse troço era medicinal. Ele *detestava* quando eu o censurava. Nossa, se ele me visse agora! — Ela tomou um gole e fez uma careta. — Talvez estivesse certo. Qualquer coisa que tenha um gosto tão ruim só pode ser medicinal.

— Imagino que seu pai não era médico.

— Ele queria ser. — Ela olhou para a bebida, amuada. — É, era o sonho dele. Pretendia ser um médico de interior. Você sabe, o tipo de sujeito que faz um parto em troca de algumas dúzias de ovos. Mas acho que as coisas não deram certo. Eu nasci, eles precisaram de dinheiro e... — Ela suspirou. — Ele tinha uma oficina em Sacramento. Ah, era muito habilidoso! Eu costumava observá-lo trabalhando no porão. Papai podia consertar qualquer coisa que lhe caísse nas mãos. Televisões. Máquinas de lavar. Tinha também 17 patentes, embora nenhuma delas valesse mais que alguns centavos. Exceto, talvez, o fatiador de maçã Handy Dandy. — Kate olhou para ele, esperançosa. — Já ouviu falar?

— Desculpe. Não.

Ela deu de ombros.

— Nem você nem ninguém.

— Para que serve, exatamente?

— Um girar de pulso e pronto! Seis fatias perfeitas. — Diante do silêncio dele, ela esboçou um sorriso magoado. — Vejo que está tremendamente impressionado.

— Mas estou. Estou impressionado com o fato de seu pai ter inventado você. Ele deve ter ficado feliz por você ter se tornado médica.

— Ficou. Quando me formei, disse que foi o melhor dia da vida dele. — Ela parou de falar, seu sorriso esmaecendo de repente. — Acho isso triste. Não acha? De todos os dias de sua vida, aquele foi o único em que ficou muito feliz... — Ela pigarreou. — Depois que ele morreu, mamãe vendeu a oficina e se casou com um próspero banqueiro de São Francisco. Que sujeito arrogante! Não nos suportamos. — Ela olhou para o copo e baixou a voz. — Às vezes, ainda me lembro daquela oficina. Sinto falta do velho porão. Sinto falta de todos aqueles dispositivos idiotas e inúteis. Sinto falta de...

Ele viu o lábio inferior dela estremecer e pensou, em pânico súbito: *Ah, não. Agora ela vai chorar.* Podia lidar com clientes chorosos. Ele sabia exatamente como responder às lágrimas. Pegue uma caixa de Kleenex. Dê-lhes um tapinha nas costas. Diga-lhes que fará tudo o que puder.

Mas aquilo era diferente. Não estava no escritório e, sim, em sua sala de visitas. E a mulher à beira das lágrimas não era uma cliente, mas alguém de quem ele gostava muito.

Justo quando pensou que a represa se romperia, ela conseguiu se controlar. David viu apenas um breve rebrilhar de lágrimas em seus olhos; então, Kate piscou e elas se foram. Graças a Deus. Se ela começasse a chorar agora, ele se sentiria absolutamente inútil.

David pegou o copo dela e pousou-o na mesa.

— Acho que chega por hoje. Vamos, dona doutora. É hora de dormir. Vou lhe mostrar o caminho. — Ele tentou segurar as mãos dela, mas Kate as recolheu instintivamente. — Algo errado?

— Não. É só que...

— Não venha me dizer que está preocupada com as aparências. Você vai ficar aqui e pronto.

— Um pouco. Na verdade, não muito. Quer dizer, não nessas circunstâncias. — Ela deu uma risada desajeitada. — O medo faz coisas estranhas com nossa noção do que é apropriado.

— Para não mencionar a noção de ética legal. — E, diante do olhar confuso de Kate, acrescentou: — Nunca fiz isso antes.

— O quê? Trazer uma mulher para passar a noite em sua casa?

— Bem, também não faço *isso* já há algum tempo. O que eu quis dizer foi que faço questão de nunca me envolver com meus clientes. Muito menos com oponentes.

— Então, sou uma exceção?

— Sim. Definitivamente, você é uma exceção. Acredite ou não, não costumo me engraçar com toda mulher que entra no meu escritório.

— E com quais você se engraça? — perguntou ela, um leve sorriso se formando de repente em seus lábios.

Ele se aproximou, puxado por fios invisíveis de desejo.

— Apenas com as de olhos verdes... — murmurou ele. Com delicadeza, tocou-lhe a face. — Que por acaso têm um machucado aqui e ali.

— Esta última parte me soou um tanto pervertida... — murmurou ela.

— Não, não é.

O tom de intimidade em sua voz fez Kate ficar imóvel. Os dedos dele deixaram uma trilha ardente enquanto percorriam seu rosto.

Ela sabia o perigo daquele momento. Aquele era o homem que certa vez jurou arruiná-la. E ainda podia fazê-lo. *Aliando-se ao inimigo*, pensou ela, subitamente tomada de pânico quando seus rostos se aproximaram. Mas ela parecia não poder se mover. Uma sensação de irrealidade tomava conta dela; uma sensação de que nada daquilo podia estar acontecendo, que era apenas uma fantasia sexual de bêbado. Lá estava ela, compartilhando um sofá com o homem que outrora desprezara, e tudo o que conseguia pensar era no quanto queria que ele a tomasse em seus braços e a beijasse.

A boca de David era agradável. Foi não mais que um roçar de lábios, uma prova cautelosa do que ambos sabiam que se seguiria, mas foi o bastante para despertar mil chamas dentro dela. O Jack Daniel's nunca teve um gosto tão bom!

— E o que diria a Ordem dos Advogados a esse respeito? — murmurou ela.

— Chamaria de ultraje...

— Contra a ética.

— E absolutamente insano. O que de fato é.

Afastando-se, ele a estudou um instante; a luta para recuperar o controle era evidente em seu rosto. Para a decepção dela, o bom senso venceu. Ele se levantou do sofá e a puxou para que se erguesse.

— Quando fizer queixa à ordem dos advogados, não se esqueça de mencionar o quanto me desculpei.

— Fará alguma diferença?

— Não para eles. Mas espero que para você, sim.

Ficaram em pé junto à janela, olhando um para o outro. O vento agitava as vidraças, um som tão persistente quanto o pulsar do coração nos ouvidos dela.

— Acho que é hora de ir para a cama — disse ele, com a voz rouca.

— O quê?

Ele pigarreou.

— Quis dizer que era hora de você ir para sua cama. E eu para a minha.

— Ah…

— A não ser…

— A não ser?

— Que você não queira.

— Não queira o quê?

— Ir para a cama.

Os dois se entreolharam, embaraçados. Ela engoliu em seco.

— Acho que seria melhor.

— É… — Ele se voltou e passou nervosamente os dedos pelo cabelo. — Também acho.

— David?

Ele olhou por sobre o ombro.

— Sim?

— Me deixar ficar aqui realmente é uma violação à ética legal?

— Diante das circunstâncias? — Ele deu de ombros. — Acho que ainda estou em terreno seguro. Mais ou menos. Desde que nada aconteça entre nós. — Ele pegou a garrafa de uísque. Pragmaticamente, guardou-a no bar e fechou a porta. — E nada acontecerá.

— Claro que não — respondeu ela, de pronto. — Quer dizer, não preciso desse tipo de complicação em minha vida. Certamente, não agora.

— Nem eu. Mas, no momento, parece que precisamos um do outro. Então, vou lhe dar um lugar seguro para ficar. E você vai me ajudar a descobrir o que aconteceu naquela sala de cirurgia. Um esquema conveniente. Só tenho uma ressalva.

— Qual?

— Que sejamos discretos. Não apenas agora, mas também depois que você for embora. Esse tipo de coisa só pode manchar nossas reputações.

— Compreendo perfeitamente.

Ambos inspiraram ao mesmo tempo.

— Então… acho que vou lhe dar um boa-noite — disse ela.

Voltando-se, Kate atravessou a sala de visitas. Todo o seu corpo parecia feito de borracha. Ela só esperava não cair de cara no chão.

— Kate?

O coração teve um ligeiro sobressalto quando ela se voltou para encará-lo.

— Sim?

— Seu quarto fica na segunda porta à direita.

— Ah… Obrigada.

O coração disparado de Kate pareceu se estreitar quando ela o deixou na sala de estar. Seu único consolo era ver que David parecia tão infeliz quanto ela.

Muito tempo depois de Kate ter ido para o quarto, David continuou sentado na sala, pensando. Lembrando-se do gosto dela, de como ela tremia em seus braços. E perguntando-se como se metera naquela confusão. Já era ruim o bastante deixar a mulher dormir em sua casa, mas seduzi-la no sofá — aquilo fora pura idiotice. Embora tenha desejado. Deus, como desejou!

Pelo modo como Kate se derreteu contra ele, via-se que não era beijada havia muito tempo. Ótimo. Ali estavam eles, dois adultos normais, saudáveis e *carentes*, dormindo a alguns metros um do outro. Não se podia esperar situação mais explosiva.

Ele nem queria pensar o que seu velho professor de Ética acharia daquilo. A rigor, ainda não podia se considerar fora do caso O'Brien. Até entregar o caso para outra empresa, ainda tinha de se portar como advogado e estava obrigado, pela ética legal, a proteger os interesses dos O'Brien. E pensar quanto cuidado tivera para separar sua vida pessoal da profissional!

Se estivesse com a cabeça no lugar, teria evitado toda aquela confusão levando Kate a um hotel ou à casa de uma amiga. Qualquer lugar; menos ali. O problema era que ele andava com dificuldades para pensar com clareza desde o dia em que a conheceu. Naquela noite, após aquele telefonema, só tinha um pensamento em mente: mantê-la segura, aquecida e protegida. Era um instinto ferozmente primitivo sobre o qual ele não tinha controle; e se ressentia disso. Também se ressentia por ela ter-lhe provocado todas aquelas reações masculinas inconvenientes.

Aborrecido consigo mesmo, levantou-se do sofá e circulou pela sala, apagando as luzes. Decidiu que não pretendia ser o cavaleiro num cavalo branco de mulher nenhuma. Afora isso, Kate Chesne não era o tipo de mulher que precisava de um herói. Ou de um homem. Não que não gostasse de mulheres independentes. Gostava delas.

Também gostava *dela*. Muito.

Talvez demais.

Kate ficou encolhida na cama, ouvindo David caminhar pela sala. Ela conteve a respiração quando os passos dele rangeram pelo corredor e passaram diante de sua porta. Teria sido sua imaginação ou ele fez uma pausa ali antes de continuar até o quarto ao lado? Ouviu-o abrir e fechar gavetas, chacoalhar cabides no armário. *Meu Deus*, pensou ela. *Ele vai dormir no quarto ao lado.*

Ele ligou o chuveiro. Kate se perguntou se David tomava banho frio. Tentou não pensar nele sob o jato d'água, mas a imagem já se formara em sua mente, a espuma escorrendo pelos ombros, molhando os pelos louros do peito.

Pare com isso. Agora mesmo.

Ela mordeu o lábio — tão forte que a imagem tremulou um pouquinho. Droga! Isso era luxúria, pura e sem adulterações. Bem, talvez ligeiramente adulterada; pelo uísque. Lá estava ela, trinta anos de idade, e nunca desejara tanto um homem. Ela o desejava em um nível cru, selvagem e elementar.

Certamente nunca se sentira assim em relação a Eric. Sua relação com Eric fora dolorosamente civilizada; nada tão primitivo quanto aquilo — aquele cio animal. Até mesmo a separação fora civilizada. Discutiram suas diferenças, decidiriam que eram irreconciliáveis e seguiram caminhos separados. Na época, ela achou devastador, mas agora se dava conta de que a dor maior da separação fora por conta do orgulho ferido. Ao longo daqueles meses, alimentara a esperança de que Eric voltaria para ela. Agora, mal podia conjurar uma imagem do rosto dele. Misturava-se com a imagem do homem no chuveiro.

Kate afundou a cabeça no travesseiro, gesto que a fez se sentir tão esperta quanto uma avestruz. E ela deveria ser uma mulher bastante inteligente, equilibrada. Era algo oficial, atestado na avaliação de seu desempenho como residente: *A dra. Chesne é uma médica soberbamente competente e equilibrada*. Rá! Equilibrada? Tente retardada. Tola. Ou, simplesmente, idiota — por desejar o homem que outrora ameaçou destruí-la no tribunal.

Tinha muitas coisas importantes com que se preocupar; assuntos, literalmente, de vida ou morte. Estava perdendo o emprego. Sua carreira estava por um fio. Um assassino estava atrás dela.

E ela pensando se David Ransom tinha muito pelo no peito.

Kate descia centenas de degraus, mergulhando cada vez mais profundamente em um poço escuro. Não sabia o que havia no fundo; tudo o que sabia era que havia algo bem atrás dela, algo terrível; ela não ousava se voltar para olhá-lo nos olhos. Não havia portas, janelas, nenhuma rota de fuga. Sua descida era silenciosa, como em um filme mudo. Naquele silêncio, residia o pior de todos os horrores: ninguém ouviria seu grito.

Com um gemido, Kate despertou e viu-se olhando um teto estranho com olhos arregalados. Em algum lugar, tocava um telefone. A luz do dia iluminou a janela e ela ouviu as ondas lambendo o quebra-mar. O telefone parou de tocar. Então, ela ouviu a voz de David murmurando no quarto ao lado.

Estou a salvo, disse para si mesma. *Ninguém pode me ferir. Não aqui. Não nesta casa.*

A batida à porta a fez se sentar de supetão.

— Kate? — chamou David, do outro lado.

— Sim?

— Melhor se vestir. Pokie quer que nos apresentemos à delegacia.

— Agora?

— Agora.

Foi o leve tom de urgência em sua voz que a alarmou. Ela pulou da cama e abriu a porta.

— Por quê? O que houve?

O olhar de David vagou brevemente pela camisola; então se concentrou, neutro, no rosto dela.

— O assassino. Eles sabem o nome dele.

8

Pokie entregou o livro de retratos de criminosos para Kate.
— Vê alguém conhecido, dra. Chesne?
Kate olhou as fotografias e logo se concentrou em um rosto. Era um retrato cruel; cada ruga, cada cavidade revelada pelas luzes da câmara. Contudo, o sujeito não parecia ofuscado. Olhava para a frente com olhos bem abertos. Era a expressão de uma alma perdida. Ela murmurou:
— É ele...
— Tem certeza?
— Eu... eu me lembro dos olhos.
Engolindo em seco, ela desviou o olhar. Os dois homens a observavam com atenção. Deviam estar preocupados com a possibilidade de ela desmaiar ou ficar histérica ou fazer algo igualmente ridículo. Mas ela não estava sentindo grandes coisas. Era como se tivesse se desligado do corpo e flutuasse em algum lugar perto do teto, observando um procedimento policial padrão: a testemunha apontando categoricamente o rosto do assassino.
— Esse é o nosso homem — disse Pokie, com um sorriso de satisfação.
O sargento, abatido, usando roupas civis, trouxe-lhe uma xícara de café quente. O sujeito parecia estar resfriado; fungava. Através da divisória de vidro, ela o viu voltar à escrivaninha e pegar um spray nasal.
Seu olhar voltou-se para a fotografia.
— Quem é? — perguntou.
— Um maluco — respondeu Pokie. — O nome é Charles Decker. Esta fotografia foi tirada há cinco anos, pouco depois de sua prisão.

— Foi preso por quê?

— Ataque e agressão. Ele arrombou a porta de um consultório. Tentou estrangular o médico na frente de toda a equipe.

— Um médico? — David ergueu a cabeça. — Qual?

Pokie sentou-se, seu peso provocando um rangido de protesto da velha cadeira.

— Adivinhe.

— Henry Tanaka.

A resposta de Pokie foi uma satisfeita exibição de dentes manchados de nicotina.

— O próprio. Demorou um pouco, mas o nome enfim surgiu em uma busca por computador.

— Ficha criminal?

— É. Devíamos tê-lo pegado antes, mas ele escapou durante a investigação inicial. Veja, perguntamos à sra. Tanaka se o marido tinha inimigos. Você sabe, pergunta de rotina. Ela nos deu alguns nomes, que investigamos. Todos limpos. Então mencionou que, cinco anos atrás, um maluco havia atacado o marido. Não se lembrava do nome dele, mas, segundo ela, o sujeito ainda estava no hospital estadual. Fomos até os arquivos e conseguimos um auto de detenção. Era de Charlie Decker. Esta manhã, recebi notícias do laboratório. Lembra-se das digitais na maçaneta da mulher?

— Eram de Charlie Decker?

Pokie assentiu.

— E, agora — ele olhou para Kate —, nossa testemunha nos dá uma identificação positiva. Digo que encontramos nosso homem.

— Qual a motivação dele?

— Eu já disse. Ele é louco.

— Assim como milhares de pessoas. Por que esse se tornou um assassino?

— Ei, não sou psicanalista.

— Mas tem uma resposta, não é mesmo?

Pokie deu de ombros.

— Tudo o que tenho são teorias.

— Aquele homem ameaçou minha vida, tenente — disse Kate. — Acho que tenho o direito de saber mais do que o nome dele.

— Ela tem esse direito, Pokie — concordou David, com a voz tranquila. — Você não encontrará isso em nenhum de seus manuais policiais. Mas acho que ela tem o direito de saber quem é esse Charles Decker.

Suspirando, Pokie tirou um bloco de espiral da gaveta da escrivaninha.

— Muito bem — resmungou, folheando as páginas. — Eis o que tenho até agora. Mas as informações ainda precisam ser confirmadas. Decker, Charles Louis, branco, sexo masculino, 39 anos, nascido em Cleveland. Pais divorciados. Irmão morto aos 15 anos em briga de gangue. Ótimo começo. Uma irmã casada, morando na Flórida.

— Você falou com ela?

— Foi ela quem nos deu a maior parte dessas informações. Vejamos. Ele entrou para a Marinha aos 22 anos. Baseou-se em vários portos. San Diego. Bremerton. Veio para Pearl Harbor há seis anos. Serviu como paramédico a bordo do USS *Cimarron*...

— Paramédico? — perguntou Kate.

— Assistente do cirurgião do navio. De acordo com seus oficiais superiores, Decker era meio solitário. Guardava muito para si mesmo. Sem histórico de problemas emocionais. — Ele deu uma risada debochada. — Esta é a precisão dos arquivos militares. — Virou a página. — Tem uma ficha de serviço decente, algumas menções honrosas. Então, cinco anos atrás, parece que algo estourou.

— Crise nervosa? — indagou David.

— Muito mais que isso. Ficou possuído. E tudo tem a ver com uma mulher.

— Uma namorada?

— É. Uma garota que ele conheceu aqui nas ilhas. Ele pediu permissão para casar. Recebeu. Mas, então, ele e o navio ficaram seis meses no mar, fazendo manobras secretas na baía de Subic. O marinheiro do beliche ao lado lembra que Decker passou cada minuto livre escrevendo poemas para essa namorada. Devia ser louco por ela. Completamente louco. — Pokie balançou a cabeça e suspirou. — De qualquer modo, quando o *Cimarron* voltou a Pearl, a namorada não estava esperando no cais junto com todas as outras. A partir daqui, as coisas ficam um pouco confusas. Tudo o que sabemos é que Decker deixou o navio sem permissão. Acho que não demorou muito até descobrir o que aconteceu.

— Ela arranjou outro homem? — adivinhou David.

— Não. Estava morta.

Houve um longo silêncio. No escritório ao lado, um telefone tocava e as máquinas de escrever pipocavam sem cessar.

Kate murmurou:

— O que houve com ela?

— Complicações no parto — explicou Pokie. — Ela teve um tipo de derrame na sala de parto. A criança nasceu morta, também. Decker nem sabia que a namorada estava grávida.

Lentamente, o olhar de Kate baixou para a fotografia de Charlie Decker. Pensou no que ele deve ter passado naquele dia em Pearl Harbor. O navio atracando no porto lotado. As famílias sorridentes. *Por quanto tempo procurou o rosto dela?*, perguntou-se. *Quanto tempo levou até se dar conta de que ela não estava ali? Que jamais estaria?*

— Foi quando o sujeito pirou — continuou Pokie. — De algum modo, ele descobriu que Tanaka era o médico da namorada. O registro de detenção diz que Decker apareceu na clínica e quase estrangulou o médico ali mesmo. Houve luta, a polícia foi chamada. No dia seguinte, Decker saiu sob fiança. Ele saiu e comprou uma arma. Mas não a usou no médico. Em vez disso, levou o cano da arma à boca e puxou o gatilho. — Pokie fechou o bloco de notas.

O ato derradeiro, pensou Kate. *Compre uma arma e estoure os miolos.* Ele devia amar aquela mulher. E que melhor maneira de prová-lo senão sacrificando-se no altar dela?

Mas ele não estava morto. Estava vivo. E matando pessoas.

Pokie percebeu o olhar questionador de Kate.

— Era uma arma muito vagabunda. A bala explodiu. Transformou a boca dele em uma maçaroca de sangue. Mas ele sobreviveu. Após alguns meses de reabilitação, foi transferido para o hospital estadual. Para o hospício. O histórico mostra que ele recuperou a função de quase tudo, menos da fala.

— Ele é mudo? — perguntou David.

— Não exatamente. As cordas vocais foram destroçadas durante a ressuscitação. Ele pode pronunciar palavras, mas sua voz é mais como um… sibilar.

Um sibilar, pensou Kate. A lembrança daquele som doentio, ecoando na escadaria do prédio de Ann, parecia emergir de seus piores pesadelos. *O som de uma víbora antes do bote.*

Pokie continuou.

— Há cerca de um mês, Decker recebeu baixa do hospital estadual. Teria de visitar um psiquiatra chamado Nemechek. Mas Decker não apareceu para o primeiro encontro.

— Você falou com Nemechek? — inquiriu Kate.

— Só por telefone. Ele está em uma conferência em Los Angeles. Deve voltar na terça. Jura que seu paciente era inofensivo. Mas só está protegendo seu lado. Pega mal quando um paciente sai por aí cortando gargantas.

— Então esse é o motivo — disse David. — Vingança. Por uma mulher morta.

— Esta é a teoria.

— Por que Ann Richter foi morta?

— Lembra daquela loura que os faxineiros viram correndo pelo estacionamento?

— Acha que era ela?

— Parece que ela e Tanaka eram, como dizer? Muito íntimos.

— Está dizendo o que penso que quer dizer?

— Digamos apenas que os vizinhos de Ann Richter não tiveram dificuldade para reconhecer as fotografias de Tanaka. Ele foi visto no apartamento dela mais de uma vez. Na noite em que foi morto, acho que ela foi fazer uma visitinha social ao seu médico favorito. Em vez disso, encontrou algo que a deixou apavorada. Talvez tenha visto Decker. E ele a ela.

— Então, por que ela não foi à polícia? — perguntou Kate.

— Talvez não quisesse que todos soubessem que ela estava tendo um affair com um homem casado. Ou talvez tivesse medo de ser acusada de ter matado o amante. Quem sabe?

— Então, ela era apenas uma testemunha — disse Kate. — Como eu.

Pokie olhou para ela.

— Há uma grande diferença entre vocês duas. Decker não pode alcançá-la. Nesse momento, ninguém fora deste escritório sabe onde você vai ficar. Vamos manter isso assim. — Ele olhou para David. — Algum problema em abrigá-la em sua casa?

O rosto de David estava indecifrável quando respondeu:

— Ela pode ficar.

— Bom. E seria melhor ela não usar o próprio carro.

— Meu carro? — Kate franziu as sobrancelhas. — Por que não?

— Decker está com sua bolsa. E um jogo de chaves de seu carro. Portanto, sabe que você tem um Audi. Ele estará procurando um carro parecido.

Procurando por mim, pensou ela em meio a um calafrio.

— Por quanto tempo? — murmurou ela.

— O quê?

— Quanto tempo até isso acabar? Antes de eu ter minha vida de volta?

Pokie suspirou.

— Pode demorar um pouco para encontrá-lo. Mas espere, doutora. Ele não pode se esconder para sempre.

Será?, perguntou-se Kate. Ela pensou em todos os lugares onde um homem poderia se esconder em Oahu: as esquinas e os becos de Chinatown onde ninguém fazia perguntas. Os barracões de pesca com teto de zinco em Sand Island. As vielas de concreto de Waikiki. Em algum lugar, em algum esconderijo, Charlie Decker chorava em silêncio por uma morta.

Eles se levantaram para sair e uma pergunta ocorreu-lhe de repente.

— Tenente? E quanto a Ellen O'Brien? — perguntou Kate.

Pokie, que guardava uma pilha de papéis dentro de uma pasta, ergueu a cabeça.

— O que tem ela?

— Ela teria alguma ligação com tudo isso?

Pokie olhou uma última vez para a fotografia de Charlie Decker. Então, fechou a pasta.

— Não — respondeu. — Nenhuma ligação.

— *Tem* de haver uma ligação! — exclamou Kate enquanto saíam da delegacia e ganhavam o calor do meio-dia. — Alguma prova que não foi encontrada...

— Ou algo que ele não quer nos dizer — atalhou David.

Ela franziu as sobrancelhas.

— E por que não? Pensei que vocês dois fossem amigos.

— Eu desertei das trincheiras, lembra?

— Você faz o trabalho policial parecer uma guerra na selva.

— Para alguns policiais, o trabalho é uma guerra. Uma guerra santa. Pokie tem uma mulher e quatro filhos. Mas nem dá para notar com tantas horas que ele trabalha.

— Então acha que ele é um bom policial?

David deu de ombros.

— Pokie é um burro de carga. Sólido, mas não muito brilhante. Já o vi cometer erros. Também pode estar errado dessa vez. Mas agora tenho de concordar com ele. Não vejo como Ellen O'Brien se encaixa no caso.

— Mas você ouviu o que ele disse! Decker era paramédico. Assistente do cirurgião de bordo...

— O perfil de Decker não se encaixa no padrão, Kate. Um psicótico que trabalha como Jack, o Estripador não se importa com ampolas de remédio e eletrocardiograma. Isso exige uma mente completamente diferente.

Ela olhou para a rua, frustrada.

— O problema é que não vejo meio de provar que Ellen foi assassinada. Nem sei se isso seria possível.

David parou de caminhar.

— Tudo bem — disse ele, em meio a um suspiro. — Portanto, não podemos provar coisa alguma. Mas pensemos na logística.

— A logística do homicídio?

Ele assentiu.

— Tomemos um homem como Decker. Um deslocado. Alguém que sabe um pouco sobre medicina. E cirurgia. Diga-me, passo a passo. Como ele conseguiria entrar em um hospital e matar um paciente?

— Acho que ele teria de... de... — Seu olhar voltou-se para a rua. Ela franziu as sobrancelhas quando seus olhos se concentraram em um entregador de jornais, acenando a edição matinal para os carros que passavam. — Hoje é domingo — disse ela, de súbito.

— E daí?

— Ellen foi internada em um domingo. Lembro-me de ter estado em seu quarto, falado com ela. Eram oito da noite de domingo. — Ela olhou para o relógio, excitada. — Daqui a dez horas. Podemos fazer o passo a passo…

— Espere um instante. Estou confuso. O que, exatamente, faremos em dez horas?

Kate se voltou para ele e disse:

— Um assassinato.

O estacionamento dos visitantes estava quase vazio quando David entrou com seu BMW no estacionamento do hospital às dez horas. Ele estacionou em uma vaga perto da entrada do saguão, desligou o motor e olhou para Kate.

— Não vai provar coisa alguma. Você sabe disso, não é?

— Quero ver se é possível.

— Possibilidades não contam no tribunal.

— Não me importa o que conta no tribunal, David. Desde que eu saiba que é possível.

Ela olhou a distante placa vermelha da entrada da emergência, brilhando como um farol na escuridão. Havia uma ambulância estacionada no ponto de carga. Em um banco ao lado, o motorista relaxava fumando um cigarro e ouvindo a estática do rádio.

Uma noite de domingo, tranquila como sempre. O horário de visita terminara. E, nos quartos, os pacientes já estariam imersos no abençoado sono dos dopados.

O rosto de David brilhava levemente em meio às sombras.

— Muito bem — suspirou ele, abrindo a porta do seu lado do carro. — Vamos lá.

As portas do saguão estavam trancadas. Foram até a entrada da emergência e atravessaram uma sala de espera onde um bebê berrava no colo de uma mãe de olhos mortiços, um velho tossia ruidosamente em um lenço e um adolescente levava um saco de gelo ao rosto inchado. A enfermeira da triagem falava ao telefone; Kate e David passaram direto por ela e foram até o elevador.

— Entramos assim, sem mais nem menos? — perguntou David.

— A enfermeira da emergência me conhece.

— Mas ela mal olhou para você.

— Por que ela estava muito ocupada olhando para você — disse Kate, em tom seco.

— Você tem uma tremenda imaginação. — Ele fez uma pausa, olhando para o saguão vazio. — Onde está a segurança? Há um guarda por aí?

— Deve estar fazendo a ronda.

— Está me dizendo que só há um guarda?

— Hospitais são lugares muito tediosos, você sabe — respondeu ela, ao apertar o botão do elevador. — Afora isso, é domingo.

Subiram até o quarto andar e saíram em um corredor de um branco antisséptico. O linóleo recentemente encerado brilhava sob as luzes intensas. Havia uma fileira de macas alinhadas junto à parede, como se esperando uma enxurrada de feridos. Kate apontou para as portas duplas com a placa ENTRADA PROIBIDA.

— As salas de cirurgia ficam ali.

— Podemos entrar?

Ela deu alguns passos à frente. As portas se abriram automaticamente.

— Sem problemas.

Lá dentro, uma única luz mortiça brilhava sobre a recepção. Havia uma xícara de café morno, abandonada na escrivaninha, esperando a volta de seu dono. Kate apontou para um imenso quadro de avisos no qual estavam enumeradas as cirurgias do dia seguinte.

— Todos os casos de amanhã estão enumerados ali — explicou. — Basta uma olhada para saber em qual sala de cirurgia o paciente estará, o procedimento, o nome do cirurgião e o do anestesista.

— Onde estava Ellen?

— Na sala mais adiante.

Ela o guiou por um corredor escuro e abriu a porta da sala de cirurgia. Através das sombras, viram o brilho tênue do aço inoxidável. Ela ligou o interruptor na parede; a súbita inundação de luz foi quase dolorosa.

— O carrinho da anestesia fica logo ali.

Ele foi até o carrinho e abriu uma das gavetas de ferro. Pequenos frascos de vidro tilintaram nos compartimentos.

— Esses medicamentos sempre ficam destrancados?

— Nada valem nas ruas. Ninguém se daria ao trabalho de roubá-los. Já os narcóticos... — Ela apontou para um gabinete de parede. — ...Ficam trancados ali.

O olhar dele vagou lentamente pela sala.

— Então é aqui que trabalha. Impressionante. Parece um cenário de filme de ficção científica.

Ela riu.

— Engraçado. Sempre me senti em casa aqui. — Ela fez a volta na sala, dando tapinhas carinhosos no equipamento enquanto caminhava. — Acho que é porque sou filha de um faz-tudo. Máquinas não me assustam. Na verdade, gosto de brincar com todos esses botões e mostradores. Mas creio que muita gente os deva achar intimidadores.

— E você nunca se sentiu intimidada?

Kate se voltou e viu que ele a observava. Algo em seu olhar, na intensidade daqueles olhos azuis, a fez ficar imóvel.

— Não pela sala de cirurgia... — murmurou.

O lugar estava tão silencioso que ela quase ouvia o próprio coração batendo naquela câmara austera. Olharam-se por um longo tempo, como se separados por uma ampla e intransponível fenda na terra. Então, abruptamente, ela mudou sua atenção para o carrinho de anestesia.

— Quanto tempo demoraria para adulterar uma dessas ampolas? — indagou David.

Ela admirou o controle dele. Ao menos ele podia falar; ela estava com dificuldade de recuperar a voz.

— Ele... teria de esvaziar os frascos de suxametônio. Levaria menos de um minuto.

— Assim tão fácil?

— Exato. — O olhar dela voltou-se com relutância para a mesa de operação. — Nossos pacientes são muito indefesos. Temos absoluto controle sobre suas vidas. Nunca tinha pensado dessa forma. É realmente assustador.

— Então, um assassinato na sala de cirurgia não é assim tão difícil.

— Não — concordou ela. — Acho que não.

— E quanto a mudar um eletrocardiograma? Como o assassino faria isso?

— Ele teria de se apoderar da ficha do paciente, que fica nas alas.

— Isso parece complicado. As alas estão repletas de enfermeiras.

— Verdade. Mas, mesmo em nossa época, as enfermeiras ainda se sentem intimidadas por um jaleco branco. Acredito que, caso vestisse o uniforme, você seria capaz de passar em frente ao posto de enfermagem sem ser questionado.

Ele inclinou a cabeça.

— Quer tentar?

— Agora?

— Claro. Encontre-me um jaleco. Sempre quis brincar de médico.

Demorou apenas um minuto para encontrar um jaleco perdurado no vestiário dos cirurgiões. Ela sabia que era de Guy Santini apenas pelas manchas de café à altura do peito. A etiqueta número 46 o confirmava.

— Não sabia que King Kong trabalhava na sua equipe — resmungou David, enfiando os braços pelas mangas enormes. Ele abotoou o jaleco e se aprumou. — Que tal? Vão cair de tanto rir?

Dando um passo atrás, ela lançou um olhar crítico a ele. O jaleco estava frouxo nos ombros. Um lado do colarinho estava dobrado para cima. Mas a verdade é que ele estava absolutamente irresistível. E perversamente intocável. Ela lhe ajeitou o colarinho. Aquele breve contato, aquele roçar de seus dedos contra o pescoço de David, por si só, pareceu encher-lhe o braço de calor.

— Está aceitável — disse ela.

— Pareço assim tão mal? — Ele olhou para as manchas de café. — Estou me sentindo um porco.

Ela riu.

— O dono desse jaleco em particular é um porco. Portanto, não se preocupe. Você está bem no papel. — Ao caminharem para os elevadores, ela acrescentou: — Apenas lembre-se de pensar como um médico. Entre no papel. Você sabe: brilhante, dedicado, compassivo.

— Não esqueça a *modéstia*.

Ela deu um tapinha nas costas dele.

— Vamos lá, dr. Kildare.

Ele entrou no elevador.

— Veja, não me deixe sozinho, certo? Se elas suspeitarem, precisarei de você para me ajudar.

— Estarei esperando na sala de cirurgia. Ah, David... Um último conselho.

— Qual?

— Não cometa nenhuma imperícia, doutor, ou terá de processar a si mesmo.

Ele resmungou quando as portas do elevador se fecharam entre eles. O elevador sibilava baixinho enquanto descia ao terceiro andar. Então, sobreveio o silêncio.

Era um teste simples. Mesmo se David fosse parado pela segurança, bastaria uma palavra de Kate para liberá-lo. Nada podia dar errado. Mas, ao caminhar pelo corredor, sua inquietação aumentou.

De volta às salas de cirurgia, acomodou-se no lugar de sempre, à cabeceira da mesa, e pensou em todas as horas que passou ancorada àquele lugar. Um mundo muito pequeno. Um mundo muito seguro.

O som de uma porta batendo a fez erguer a cabeça. Teria David voltado tão depressa? Teria havido algum problema? Ela saltou do tamborete e foi até o corredor. E ali parou.

Ao fim do corredor, uma tênue réstia de luz brilhava através da porta da sala de cirurgia número sete. Ela ouviu o remexer de gabinetes e o ranger de uma gaveta se abrindo.

Alguém mexia nos suprimentos. Uma enfermeira? Ou alguém mais, algum estranho?

Ela olhou para o outro extremo do corredor, sua única rota de fuga. A mesa da recepção ficava logo adiante. Se ela conseguisse passar em segurança diante da porta da sala de cirurgia número sete, poderia sair e chamar a segurança. Ela teria de se decidir; quem quer que estivesse na sala de cirurgia número sete podia também vasculhar as outras salas. Se ela não se mexesse, ficaria encurralada.

Em silêncio, começou a atravessar o corredor. A batida de um gabinete se fechando indicou-lhe que não conseguiria passar a tempo. A porta da sala de cirurgia número sete se abriu de repente. Em pânico, ela deu um passo atrás e viu o dr. Clarence Avery paralisado à porta. Algo escorregou da mão dele e o ruído de vidro quebrado reverberou indefinidamente pelo corredor. Ela olhou para o rosto pálido do médico e seu medo, no mesmo instante, se transformou em preocupação. Por um momento aterrorizante, ela achou que o velho cairia ali mesmo, vítima de um ataque cardíaco.

— Dra… Dra. Chesne! — gaguejou com um fio de voz. — Eu… não esperava… quer dizer, eu… — Devagar, ele olhou para os próprios pés. Foi quando notou, através da escuridão, os cacos de vidro brilhando no chão. Ele balançou a cabeça, desolado. — Que… que bagunça que eu fiz…

— Nada de mais — respondeu ela, de pronto. — Vou ajudá-lo a limpar.

Kate ligou as luzes do corredor. Ele não se moveu. Apenas ficou ali, em pé, piscando, ofuscado pela luz. Nunca parecera tão velho, tão frágil; o cabelo branco parecia tremer na cabeça. Ela pegou um punhado de papel-toalha no armário da pia e ofereceu-lhe algumas folhas, mas ainda assim Avery não se mexeu. Então, ela se agachou junto aos pés dele e começou a recolher o vidro quebrado. Ele usava uma meia azul, a outra branca. Ao pegar um dos cacos, Kate percebeu que o rótulo ainda estava grudado ali.

— É para minha cadela — disse ele, com a voz débil.

— Perdão?

— O cloreto de potássio. É para minha cadela. Ela está muito doente.

Kate olhou para ele, sem expressão.

— Lamento — disse, apenas.

Avery baixou a cabeça.

— Ela precisa ser sacrificada. Esteve ganindo a manhã inteira. Não consigo mais ouvir aquilo. E está velha, sabe. Mais de noventa anos em idade canina. Mas… me parece cruel levá-la ao veterinário para isso. Um estranho. Ela ficaria aterrorizada.

Kate levantou-se. Avery continuava ali em pé, segurando o papel-toalha como se não soubesse o que fazer com aquilo.

— Estou certa de que o veterinário seria cuidadoso — respondeu Kate. — Você não precisa fazer isso.

— Mas seria tão melhor se eu mesmo fizesse, não acha? Ser eu a pessoa a se despedir dela?

Kate assentiu. Então, voltou-se para o carrinho de anestesia e pegou um frasco de cloreto de potássio.

— Aqui está — disse ela, pousando-o na mão de Avery. — Isso deve bastar, não acha?

Ele assentiu.

— Ela não é uma cadela... muito grande. — Ele emitiu um suspiro trêmulo e fez menção de ir embora. Então, Avery parou e voltou-se para ela. — Sempre gostei de você, Kate. Você parece ser a única que não ri de mim pelas costas nem lança indiretas de que estou muito velho e devo me aposentar. — Ele suspirou e balançou a cabeça. — Mas talvez estejam certos, afinal de contas.

Ele se virou para ir embora e Kate ouviu-o dizer:

— Farei o que puder em sua audiência.

Os passos dele ecoaram pelo corredor. À medida que ele se afastava, o olhar de Kate voltou-se para os cacos de vidro na lata de lixo. O rótulo com as letras KCl estava virado em sua direção. *Cloreto de potássio*, pensou com um franzir de sobrancelhas. Quando introduzido por via intravenosa, é um veneno mortal que causa súbita parada cardíaca. E ocorreu-lhe que o mesmo veneno que podia matar um cão podia ser facilmente usado para matar um ser humano.

A atendente na ala 3B estava curvada sobre a escrivaninha, agarrada a um livro de bolso. Na capa, um casal seminu se agarrava sob um título em letras escarlates: *A noiva promíscua*. Ela virou uma página. Seus olhos se arregalaram. Ela nem mesmo notou a passagem de David. Apenas quando o advogado parou ao seu lado no posto de enfermagem foi que ela se incomodou em erguer os olhos. Imediatamente ruborizada, fechou o livro.

— Ah! Posso ajudá-lo, doutor... Ahn...?

— Smith — disse David, lançando-lhe um olhar tão encantador que ela afundou como gelatina derretida na cadeira.

Uau, pensou ele ao olhar para aquele apaixonado par de olhos violetas. *Este jaleco branco realmente funciona.*

— Preciso consultar um de seus arquivos — disse ele.

— Qual? — perguntou ela, ofegante.

— Quarto... Ahn... — Ele olhou para o gabinete de arquivos. — Oito.

— A ou B?

— B.

— Sra. Loomis?

— Sim, é esse o nome. Loomis.

Ela pareceu flutuar da cadeira. Voltando-se para o gabinete de arquivos, assumiu uma pose de falsa indiferença. Demorou um tempo excessivamente longo para localizar a pasta do quarto 8B, apesar de estar bem à frente. David olhou a capa do livro e, de repente, teve vontade de rir.

— Aqui está — cantarolou ela, estendendo-lhe a pasta com ambas as mãos, como se fosse algum tipo de oferenda sagrada.

— Obrigado, senhora…?

— Mann. Janet. Senhorita.

— Sim.

Ele pigarreou. Então, procurou a cadeira mais afastada da srta. Janet Mann. David quase pôde ouvir-lhe o suspiro decepcionado quando ela se voltou para atender a um telefone que tocava.

— Ah, tudo bem — suspirou. — Vou levá-los agora mesmo.

Ela pegou um punhado de tubos de amostras de sangue com tampas vermelhas de uma bandeja de coleta e saiu correndo, deixando David sozinho no posto de enfermagem.

Então basta isso, pensou, abrindo a capa de metal do arquivo. A infeliz sra. Loomis no quarto 8B obviamente era um caso complicado, a julgar pela grossura de seu histórico e pela lista interminável de médicos que cuidavam dela. Ela não apenas tinha um cirurgião e um anestesista como diversas anotações de consultas realizadas por um residente, um psiquiatra, um dermatologista e um ginecologista. Aquela pobre senhora não tinha a menor chance.

Uma enfermeira passou, empurrando um carrinho de remédios. Outra enfermeira entrou para atender a um telefone que tocava e então voltou a sair, apressada. Nenhuma delas prestou a menor atenção nele.

David foi até a página do ECG, anexada ao fim do arquivo. Demoraria no máximo dez segundos para tirar aquela página e substituí-la por outra. E com tantos médicos frequentando aquela ala — seis, apenas para a sra. Loomis — ninguém notaria.

Não podia ser mais fácil matar alguém, concluiu. Bastava vestir um jaleco branco.

9

— Creio que você provou sua tese hoje à noite — disse David, ao pousar dois copos de leite quente na mesa da cozinha. — Sobre assassinato na sala de cirurgia.

— Não, não provamos. — Kate olhou desesperançada para o copo fumegante. — Não provamos nada, David. Exceto que o chefe da anestesia tem uma cadela doente. — Ela suspirou. — Pobre e velho Avery. Devo tê-lo apavorado.

— Parece que os dois assustaram um ao outro. A propósito, ele tem mesmo uma cadela?

— Ele não mentiria para mim.

— Só estou perguntando. Não conheço o sujeito.

David tomou um gole de leite e ficou com um bigode branco sobre o lábio. Ele parecia deslocado naquela cozinha brilhante. Uma barba rala cobria o queixo, e sua camisa, que começara tão impecável pela manhã, estava toda amarrotada. Abrira o botão de cima e Kate sentiu uma peculiar sensação de falta de peso ao ver um relance de pelos no peito dele.

Kate voltou o olhar para o leite.

— Estou certa de que ele tem uma cadela — prosseguiu. — Na verdade, eu me lembro de ter visto uma fotografia na escrivaninha dele.

— Ele tem uma fotografia da cadela na escrivaninha?

— Na verdade, a fotografia é da mulher. Ela abraçava uma *terrier* marrom ou algo parecido. Era muito bonita.

— Está falando da mulher?

— Sim. Ela teve um derrame há alguns meses. Ter de interná-la em um asilo arrasou o pobre sujeito. Desde esse fato, ele tem se arrastado no trabalho. — Entristecida, ela tomou um gole de leite. — Aposto que não vai conseguir.

— O quê?

— Matar a cadela. Algumas pessoas são incapazes de matar uma mosca.

— Enquanto outros são perfeitamente capazes de cometer um homicídio.

Kate olhou para ele.

— Ainda acha que foi assassinato?

Ele ficou em silêncio um instante, o que a assustou. Seu único aliado estaria tirando o corpo fora?

— Não sei o que pensar — suspirou David. — Até agora, tenho seguido meus instintos, não os fatos. E isso não cola no tribunal.

— Nem em uma audiência de comitê — acrescentou ela, melancólica.

— Sua audiência será na terça-feira?

— E ainda não tenho ideia do que dizer a eles.

— Não consegue um adiamento? Vou cancelar meus compromissos de amanhã. Talvez possamos reunir algumas provas.

— Já pedi um adiamento. Foi rejeitado. De qualquer modo, não parece *haver* nenhuma prova. Tudo o que temos são dois homicídios, sem ligações óbvias com a morte de Ellen.

David se recostou à cadeira e franziu as sobrancelhas olhando para a mesa.

— E se a polícia estiver enganada? E se Charlie Decker não for o assassino?

— Eles encontraram as digitais dele, David. E eu o vi ali.

— Mas não o viu matar ninguém.

— Não. Mas quem mais teria um motivo?

— Pensemos um instante. — David pegou o saleiro e posicionou-o no centro da mesa. — Sabemos que Henry Tanaka era um homem muito ocupado. E não falo de sua profissão. Ele estava tendo um caso. — David moveu o pimenteiro para perto do saleiro. — Provavelmente com Ann Richter.

— Muito bem. Mas onde Ellen entra na história?

— Essa é a pergunta de um milhão de dólares. — Ele estendeu a mão e deu um tapinha no açucareiro. — Onde Ellen O'Brien se encaixa?

Kate franziu as sobrancelhas.

— Um triângulo amoroso?

— É possível. Um homem não precisa ter só uma amante. Pode ter uma dúzia. E cada uma delas pode ter sua cota de amantes ciumentos.

— Triângulos dentro de triângulos? Isso está ficando pior a cada minuto. Todo esse vai e vem entre quartos! Médicos tendo casos a torto e a direito! Não consigo imaginar.

— Acontece. E não apenas em hospitais.

— Em escritórios de advocacia também, hum?

— Não estou dizendo que *tenha* feito isso. Mas somos todos humanos.

Kate não conseguiu evitar a risada.

— Engraçado. Quando nos conhecemos, você não me pareceu particularmente humano.

— Não?

— Você era uma ameaça. O inimigo. Apenas outro maldito advogado.

— Ah. A escória do mundo, você quer dizer.

— Você representou bem o papel.

Ele fez uma careta.

— Muito obrigado.

— Mas não é mais assim — acrescentou ela, sem demora. — Não consigo mais pensar em você apenas como outro advogado. Não desde que...

Ela parou de falar quando seus olhos se cruzaram.

— Não desde que eu a beijei... — murmurou ele.

O calor tomou conta do rosto de Kate. Ela se levantou de repente e levou o copo até a pia, o tempo todo ciente do olhar dele às suas costas.

— Tudo ficou tão complicado — disse ela, em meio a um suspiro.

— O quê? O fato de eu ser humano?

— O fato de *ambos* sermos humanos

Mesmo sem olhar para ele, Kate podia sentir a atração, a eletricidade estalando entre os dois. Ela lavou o copo. Duas vezes. Então, calma e deliberadamente, sentou-se à mesa. Ele a observava com uma expressão divertida e sarcástica.

— Sou o primeiro a admitir — disse ele, olhos brilhando. — É um tremendo inconveniente ser humano. Um escravo de todas essas irritantes necessidades biológicas.

Necessidades biológicas. Que pobre descrição da tempestade hormonal que se agitava dentro dela! Evitando seu olhar, Kate se concentrou no saleiro no centro da mesa. De repente, ela pensou em Henry Tanaka. Em triângulos dentro de triângulos. Teriam todas essas mortes sido consequências apenas de luxúria e ciúme descontrolado?

— Você está certo — concordou ela, pensativa, tocando o saleiro. — O fato de sermos humanos leva a todo tipo de complicação. Até mesmo homicídio.

Ela sentiu que David estava tenso antes mesmo de ele pronunciar uma palavra. Voltando o olhar para a mesa, ele ficou imóvel.

— Não acredito como não pensamos nisso.

— Em quê?

Ele empurrou o copo vazio em direção ao açucareiro, que deu ao diagrama um quarto ângulo.

— Não estamos lidando com um triângulo. É um *quadrado*.

Houve uma pausa.

— Seus conhecimentos de geometria são realmente impressionantes — disse ela.

— E se Tanaka *tivesse* uma segunda namorada? Ellen O'Brien?

— Esse é o nosso antigo triângulo.

— Mas deixamos alguém de fora. Alguém muito importante. — Ele deu um tapinha no copo vazio.

Kate franziu as sobrancelhas para os quatro objetos na mesa.

— Meu Deus… — murmurou ela. — A sra. Tanaka.

— Exato.

— Nunca pensei na mulher dele.

Ele ergueu a cabeça.

— Talvez seja a hora de pensar.

A japonesa que abriu a porta da clínica usava um batom vermelho da cor de carro de bombeiro e pó de arroz bem mais claro que a cor de sua pele. Parecia uma fugitiva de uma casa de gueixas.

— Então vocês não são da polícia? — perguntou ela.

— Não exatamente — respondeu David. — Mas temos algumas perguntas…

— Não falo mais com repórteres. — Ela começou a fechar a porta.

— Não somos repórteres, sra. Tanaka. Eu sou advogado. E esta é a dra. Kate Chesne.

— Bem, então o que querem?

— Estamos procurando informações sobre outro homicídio. Está relacionado com a morte de seu marido.

Um súbito interesse rebrilhou nos olhos da mulher.

— Estão falando daquela enfermeira, certo? A tal da Richter.

— Sim.

— O que sabem sobre ela?

— Ficaríamos felizes em lhe contar tudo o que sabemos, se nos deixar entrar.

Ela hesitou, a curiosidade e a precaução lutando em seus olhos. A curiosidade venceu. Ela abriu a porta e acenou para que entrassem no vestíbulo. Era alta para uma japonesa; mais alta, até, que Kate. Usava um vestido azul simples, sapatos altos e brincos de ouro em forma de conchas marinhas. Seu cabelo era tão preto que pareceria artificial, não fosse um único fio branco sobre a têmpora direita. Mari Tanaka era notavelmente bela.

— Terão de perdoar a bagunça — desculpou-se, fazendo uma pausa no vestíbulo impecavelmente arrumado. — Mas houve muita confusão. Tantas coisas para cuidar…

Ela olhou em torno para os sofás vazios, como se perguntando aonde haviam ido os pacientes. Ainda havia pilhas de revistas na mesa de centro e uma caixa de brinquedos infantis em um canto, esperando para serem usados. A única pista de que uma tragédia atingira aquele consultório era o cartão de condolências e um vaso de lírios brancos, enviados por uma paciente. Através de uma divisória de vidro da recepção, viam-se duas mulheres no escritório anexo, cercadas de pilhas de arquivos.

— Há tantos pacientes a indicar — disse a sra. Tanaka, com um sorriso. — E todas aquelas contas altíssimas. Não tinha ideia de que as coisas ficariam tão caóticas. Sempre deixei Henry cuidar de tudo. E agora que ele se foi… — Cansada, ela afundou no sofá. — Creio que sabem de meu marido e aquela… mulher.

David assentiu e perguntou:

— Você sabia?

— Sim. Quer dizer, não sabia o nome dela. Mas sabia que tinha de haver alguém. Engraçado, não é mesmo? A esposa é sempre a última a saber. — Ela olhou para as duas mulheres atrás da divisória de vidro. — Estou certa de que elas sabiam. E as pessoas no hospital também deviam saber. Eu era a única que não sabia. A esposa *idiota*. — Ela ergueu a cabeça. — Vocês disseram que falariam dessa mulher. Ann Richter. O que sabem sobre ela?

— Eu trabalhei com ela — disse Kate.

— É mesmo? — A sra. Tanaka voltou o olhar para Kate. — Eu não a conheci. Como ela era? Bonita?

Kate hesitou, sabendo instintivamente que a mulher só estava procurando mais informações com as quais se torturar. Mari Tanaka parecia consumida por alguma necessidade bizarra de autopunição.

— Ann era… atraente, eu acho — disse ela.

— Inteligente?

Kate assentiu.

— Era uma boa enfermeira.

— Eu também era. — A sra. Tanaka mordeu o lábio inferior e desviou o olhar. — Ela era loura, ouvi dizer. Henry gostava de louras. Não é irônico? Ele gostava de algo que eu não podia ser. — Ela olhou para David com súbita hostilidade feminina. — E eu suponho que *você* goste de orientais.

— Uma bela mulher é uma bela mulher — respondeu ele, inabalável. — Não faço distinção.

Ela afastou as lágrimas.

— Henry, sim.

— Houve outras? — perguntou Kate.

— Creio que sim. — Ela deu de ombros. — Ele era homem, não era?

— Alguma vez ouviu o nome Ellen O'Brien?

— Ela teria alguma… conexão com meu marido?

— Esperávamos que pudesse nos dizer.

A sra. Tanaka balançou a cabeça.

— Ele nunca mencionou nomes. Mas, afinal, eu nunca perguntei.

Kate franziu as sobrancelhas.

— Por que não?

— Não queria que ele mentisse para mim. — De algum modo, pela maneira como ela disse aquilo, fazia perfeito sentido.

— A polícia já lhe falou que há um suspeito? — perguntou David.

— Refere-se a Charles Decker? — O olhar da sra. Tanaka voltou a David. — O sargento Brophy veio me ver ontem à tarde. Ele me mostrou uma fotografia dele.

— Você reconheceu o rosto?

— Nunca vi aquele homem, sr. Ransom. Nem mesmo sabia o nome dele. Tudo o que sabia era que meu marido fora atacado por um psicótico cinco anos atrás. E que a polícia idiota o liberou no mesmo dia.

— Mas seu marido se recusou a prestar queixa — disse David.

— Ele o quê?

— Por isso Decker foi liberado tão rápido. Parece que seu marido queria abafar o caso.

— Ele nunca me disse isso.

— O que ele disse?

— Quase nada. Mas havia muitas coisas sobre as quais não conversávamos. Foi assim que conseguimos ficar juntos todos esses anos. Não falando sobre certas coisas. Era quase um acordo. Ele não perguntava como eu gastava o dinheiro. Eu não perguntava sobre as mulheres dele.

— Então não sabe mais nada sobre Decker?

— Não. Mas talvez Peggy possa ajudá-la.

— Peggy?

Ela meneou a cabeça em direção ao escritório.

— A recepcionista. Ela estava aqui quando aconteceu.

Peggy era uma amazona loura de quarenta anos, vestindo calças de elastano brancas. Embora convidada a sentar, preferiu ficar de pé. Ou talvez não quisesse compartilhar o mesmo sofá que Mari Tanaka.

— Se me lembro do sujeito? — repetiu Peggy. — Nunca vou esquecê-lo. Eu estava arrumando uma das salas de exame quando ouvi a gritaria. Saí da sala e aquele psicótico estava aqui, na sala de espera. Ele estava com as mãos no pescoço de Henry… do médico… e gritava com ele.

— Ele o xingava?

— Não. Dizia algo do tipo: "O que você fez com ela?".

— Foram essas as palavras dele? Tem certeza?

— Absoluta.

— E quem era essa "ela" a quem ele se referia? Uma das pacientes?

— Sim. E o doutor se sentia muito mal por causa daquele caso. Era uma mulher tão boa. Ela e o bebê terem morrido... Bem...

— Qual era o nome dela?

— Jenny... Deixe-me pensar. Jenny alguma coisa. Brook. Acho que era isso. Jennifer Brook.

— O que você fez ao ver o doutor sendo atacado?

— Bem, é claro que afastei o sujeito. O que mais eu podia fazer? Ele estava segurando firme, mas consegui afastá-lo. As mulheres não são completamente indefesas, você sabe.

— Sim, estou ciente disso.

— De qualquer modo, ele meio que desabou.

— O doutor?

— Não, o sujeito. Ele se encolheu perto da mesa de centro e começou a chorar. Ainda estava ali quando a polícia chegou. Alguns dias depois, soubemos que atirou em si mesmo. Na boca. — Ela fez uma pausa e olhou para o chão, como se visse algum espectro do sujeito ainda sentado ali. — É estranho, mas não consigo deixar de sentir pena dele. Chorava como um bebê. Acho que até Henry tinha pena...

— Sra. Tanaka? — A outra secretária enfiou a cabeça no vão da porta da sala. — Uma ligação do contador. Vou transferir para o escritório dos fundos.

A sra. Tanaka se levantou.

— Realmente não há nada mais que possamos dizer — disse ela. — E precisamos voltar ao trabalho.

Ela lançou um olhar severo para Peggy. Então, com um ligeiro menear de cabeça de despedida, saiu da sala de espera.

— Duas semanas de aviso prévio... — murmurou Peggy, taciturna. — Foi o que ela nos deu. E agora espera que deixemos o maldito escritório em ordem. Não me admira que Henry não quisesse essa bruxa por perto. — Ela se voltou para retornar à escrivaninha.

— Peggy? — chamou Kate. — Só mais uma pergunta, se não se importa. Quando seus pacientes morrem, durante quanto tempo vocês guardam os arquivos?

— Cinco anos. Mais ainda, se for uma morte por obstetrícia. Você sabe, no caso de haver algum processo por imperícia.

— Então ainda têm o arquivo de Jenny Brook?

— Claro. — Ela foi até o escritório e abriu um gabinete de arquivos. Verificou a gaveta *B* duas vezes. Então procurou na *J*. Frustrada, fechou a gaveta com estrondo. — Não entendo. Devia estar aqui.

David e Kate se entreolharam.

— Está faltando? — perguntou Kate.

— Bem, não está aqui. E eu sou muito cuidadosa com essas coisas. Saibam que não administro um escritório desleixado. — Ela se voltou e olhou feio para as outras secretárias como se esperasse ouvir alguma opinião contrária. Não houve nenhuma.

— O que está dizendo? — disse David. — Que alguém tirou o arquivo daí?

— Ele deve ter tirado — respondeu Peggy. — Mas não entendo por que faria isso. Mal se passaram cinco anos.

— *Quem*?

Peggy olhou-o como se ele fosse um idiota.

— O dr. Tanaka, é claro.

— Jennifer Brook — disse a arquivista do hospital em uma voz neutra enquanto digitava o nome no computador. — Tem um "e" no fim?

— Não sei — respondeu Kate.

— Inicial do nome do meio?

— Não sei.

— Data de nascimento?

Kate e David se entreolharam.

— Não sabemos — respondeu Kate.

A arquivista voltou-se e olhou para os dois por sobre a armação dos óculos.

— Suponho que saibam o número da ficha médica? — inquiriu com uma voz cansada e monótona.

Ambos balançaram a cabeça.

— Era o que eu temia. — A arquivista voltou a cadeira para o terminal e digitou outro comando. Após alguns segundos, dois nomes apareceram na tela, uma Brooke e outra Brook, ambas com Jennifer como primeiro nome. — É uma dessas? — perguntou.

Uma olhada nas datas de nascimento informou que uma tinha 57; a outra, 15 anos de idade.

— Não — disse Kate.

— Imaginei. — A arquivista suspirou e limpou a tela. — Dra. Chesne — continuou com desesperadora paciência —, para que, exatamente, precisa desse arquivo em particular?

— É um projeto de pesquisa — respondeu Kate. — O dr. Jones e eu…

— Dr. Jones? — A arquivista olhou para David. — Não me lembro de nenhum dr. Jones em nossa equipe.

— Ele é da universidade… — acrescentou Kate de pronto.

— Do Arizona — completou David, com um sorriso.

— Foi encaminhado pelo consultório de Avery. É um documento de morte durante o parto…

— Morte? — A arquivista piscou. — Está me dizendo que esta paciente é falecida?

— Sim.

— Bem, não me admira. Guardamos esses arquivos em outro lugar. — Pelo seu tom de voz, a outra sala de arquivos devia ficar em Marte. Ela se levantou com relutância. — Vai demorar um pouco. Terão de esperar.

Voltando-se, dirigiu-se em passo de lesma a uma porta nos fundos e desapareceu naquilo que, sem dúvida, seria a sala de arquivos de pacientes falecidos.

— Por que tenho a impressão de que jamais voltaremos a vê-la? — murmurou David.

Kate recostou-se contra o balcão.

— Dê-se por satisfeito por ela não ter lhe pedido suas credenciais. Posso me meter em uma enrascada por causa disso, você sabe. Mostrar arquivos hospitalares para o inimigo.

— Quem? Eu?

— Você é um advogado, não é?

— Sou apenas o pobre e velho dr. Jones, do Arizona.

Ele se voltou e olhou ao redor da sala. Em uma mesa de canto, um médico bocejava enquanto virava uma página. Um arquivista obviamente entediado empurrava um carrinho pelo corredor, recolhendo arquivos e amontoando-os em uma pilha instável.

— Lugar animado — observou David. — Quando começa a dança?

Ambos se voltaram ao ouvirem o som de passos. A arquivista voltava com as mãos vazias.

— O arquivo não está lá — anunciou.

Kate e David se entreolharam em um silêncio atônito.

— Como assim? — perguntou Kate.

— Devia estar. Mas não está.

— Foi retirado do hospital? — indagou David.

A arquivista olhou por cima dos óculos.

— Não liberamos originais, dr. Jones. As pessoas sempre os perdem.

— Ah… Bem, é claro.

A arquivista afundou diante do computador e digitou um comando.

— Vê? Aqui está a listagem. Devia estar na sala de arquivos. Só posso imaginar que está fora de lugar. — E acrescentou: — O que quer dizer que provavelmente jamais voltaremos a encontrá-lo. — Ela estava a ponto de limpar a tela quando David a deteve.

— Espere. Há uma anotação ali? — inquiriu, apontando para um código.

— É um pedido de cópia.

— Quer dizer que alguém pediu uma cópia?

— Sim — suspirou a arquivista, desanimada. — Foi o que eu quis dizer, doutor.

— Quem a pediu?

Ela moveu o cursor e apertou outro botão. Um nome e um endereço apareceram magicamente na tela.

— Joseph Kahanu, advogado, rua Alakea. Data de pedido: dois de março.

David franziu as sobrancelhas.

— Isso faz apenas um mês.

— Sim, doutor, creio que sim.

— Um advogado. Por que diabos ele estaria interessado em uma morte que aconteceu há cinco anos?

A arquivista voltou-se e olhou-o com frieza por sobre a armação de seus óculos.

— Vá lá saber.

* * *

A tinta na parede estava descascando e milhares de passos haviam aberto uma trilha no centro do tapete surrado. Do lado de fora do escritório, a placa anunciava:

Joseph Kahanu, Advogado
Especialista em Divórcio, Custódia de Filhos, Testamentos, Acidentes, Seguros, Embriaguez ao Volante e Agressão

— Ótima localização… — murmurou David. — Deve haver mais ratos do que clientes. — Ele bateu à porta.

Quem atendeu foi um imenso havaiano vestindo um terno fora de medida.

— Você é David Ransom? — perguntou, rabugento.

David assentiu.

— E essa é a dra. Chesne.

O olhar silencioso do sujeito voltou-se um instante para o rosto de Kate. Então, deu um passo para o lado e apontou, mal-humorado, para um par de cadeiras de vime.

— Está bem, entrem.

O escritório era sufocante. Um ventilador de mesa rangia de um lado a outro, revolvendo o calor. Uma janela semiaberta, opaca de tanta sujeira, abria-se para um beco. Em um relance, Kate reconheceu todos os sinais de um escritório de advocacia em dificuldades: a antiga máquina de escrever, as caixas de papelão repletas de arquivos de clientes, a mobília de segunda mão. Mal havia espaço para a mesa solitária. Kahanu parecia estar sentindo um calor insuportável dentro daquele paletó, que provavelmente vestira no último minuto, apenas para receber as visitas.

— Ainda não chamei a polícia — disse Kahanu, acomodando-se em uma instável cadeira giratória.

— Por que não? — perguntou David.

— Não sei como trabalha, mas faço questão de não denunciar meus clientes.

— Você sabe que Decker está sendo procurado por homicídio.

Kahanu balançou a cabeça.

— Isso é um engano.

— Decker lhe disse isso?

— Não consegui encontrá-lo.

— Talvez seja hora de a polícia encontrá-lo para você.

— Veja... — rebateu Kahanu. — Ambos sabemos que não estou à sua altura, Ransom. Soube que você tem um escritório de alto nível na rua Bishop. Dezenas de sócios sob seu controle. Deve passar os fins de semana no campo de golfe, desfrutando da companhia de um ou outro juiz. Mas eu? — Ele apontou para o escritório e riu. — Só tenho alguns clientes que, na maioria das vezes, não se lembram de me pagar. Mas são meus clientes. E não gosto de agir contra eles.

— Você sabe que duas pessoas foram assassinadas.

— Não há provas de que foi ele.

— A polícia diz que sim. Dizem que Charlie Decker é um homem perigoso. Um homem doente. Ele precisa de ajuda.

— É assim que chamam uma cela de cadeia atualmente? Ajuda? — Irritado, ele tirou um lenço do bolso e enxugou a testa, como se estivesse ganhando tempo para pensar. — Acho que agora não tenho escolha... — murmurou. — De um modo ou de outro, a polícia vai bater à minha porta.

Dobrou o lenço devagar e voltou a enfiá-lo no bolso. Então, procurando na gaveta, tirou uma pasta e a atirou sobre a mesa surrada.

— Aí está a cópia que pediu. Parece que você não é o único que a quer.

David franziu as sobrancelhas ao pegar a pasta.

— Alguém mais a requisitou?

— Não. Mas alguém invadiu meu escritório.

David ergueu a cabeça abruptamente.

— Quando?

— Na semana passada. Remexeu todos os meus arquivos. Não roubou nada, e eu tinha cinquenta dólares no caixa! Não me dei conta na hora. Mas, esta manhã, após você me falar de todos esses arquivos desaparecidos, fiquei pensando. Perguntando-me se ele estaria atrás desse arquivo.

— Mas ele não o encontrou.

— Na noite da invasão, esses papéis estavam lá em casa.

— Essa é sua única cópia?

— Não. Fiz mais algumas agora há pouco. Só por segurança.

— Posso ver? — indagou Kate.

David hesitou, então entregou o arquivo.

— Você é a médica. Vá em frente.

Ela olhou um instante para o nome na capa: Jennifer Brook. Então, abrindo o arquivo, começou a ler. Logo nas primeiras páginas havia uma internação de rotina. A paciente, uma jovem saudável de 28 anos com 36 semanas de gravidez, dera entrada no Hospital Mid Pac no início do trabalho de parto. O histórico da paciente e os exames físicos iniciais, administrados pelo dr. Tanaka, nada apontaram de incomum. O batimento cardíaco do feto estava normal e todos os exames de sangue também pareciam normais. Kate virou a página para o registro do ocorrido na sala de parto.

Ali as coisas começaram a dar errado. Terrivelmente errado. A letra caprichosa da enfermeira se transformou em garranchos frenéticos. As anotações tornaram-se lacônicas, erráticas. A morte de uma jovem destilada em algumas frases friamente clínicas.

Convulsões generalizadas… Nenhuma resposta ao Valium e ao Dilantin… Ligar imediatamente para a emergência pedindo auxílio… Respiração agora irregular… Sem respiração… Sem pulso… Início de massagem cardíaca… Coração do feto audível, mas diminuindo… Ainda sem pulso… Dr. Vaughn, da emergência, fazendo cesariana… Bebê vivo…

As anotações se transformaram em uma pequena série de frases borradas, ilegíveis.

Na página seguinte, estava a última anotação, escrita com firmeza:

Ressuscitação interrompida. Paciente declarada morta à 1h30.

— Ela morreu de hemorragia cerebral — disse Kahanu. —Tinha apenas 28 anos.

— E o bebê? — perguntou Kate.

— Uma menina. Morreu uma hora após a mãe.

— Kate… — murmurou David, tocando-lhe o braço. — Veja no fim da página. Os nomes das pessoas na assistência do parto.

O olhar de Kate voltou-se para os três nomes. Ao lê-los, suas mãos ficaram geladas.

Dr. Henry Tanaka
Enf. Ann Richter
Enf. Ellen O'Brien

— Esqueceram um nome — destacou Kate. E ergueu a cabeça. — Havia um certo dr. Vaughn, da emergência. Ele poderia nos dizer...

— Não pode — disse Kahanu. — O dr. Vaughn sofreu um acidente algum tempo depois da morte de Jennifer Brook. O carro dele chocou-se de frente.

— Ele morreu?

Kahanu assentiu.

— Estão todos mortos.

O arquivo escorregou de seus dedos gelados e caiu na mesa. Havia algo perigoso naquele documento, algo maléfico. Ela apenas o olhou, sem vontade de tocá-lo, com medo de se contagiar.

Kahanu voltou os olhos preocupados para a janela.

— Há quatro semanas, Charlie Decker veio ao meu escritório. Quem sabe por que ele me escolheu? Talvez eu fosse conveniente. Talvez ele não pudesse pagar outro advogado. Ele queria uma opinião legal sobre um possível processo de imperícia.

— Deste caso? — perguntou David. — Mas Jenny Brook morreu há cinco anos. E Decker nem mesmo era parente dela. Você sabe tão bem quanto eu que o processo teria de ser iniciado imediatamente.

— Ele pagou pelos meus serviços, sr. Ransom. Em dinheiro.

Em dinheiro. Palavras mágicas para um advogado em dificuldades.

— Fiz o que ele pediu. Consegui um mandado para obter o arquivo. Entrei em contato com o médico e as duas enfermeiras que cuidaram de Jenny Brook. Mas eles nunca responderam às minhas cartas.

— Não viveram tempo suficiente — explicou David. — Decker os pegou primeiro.

— Por que o faria?

— Vingança. Mataram a mulher que ele amava. Então ele os matou.

— Meu cliente não matou ninguém.

— Seu cliente tinha um motivo, Kahanu. E você lhe forneceu seus nomes e endereços.

— Você não conhece Decker. Eu, sim. E ele não é um sujeito violento.

— Você ficaria surpreso ao saber quão comum um assassino pode parecer. Eu costumava confrontá-los no tribunal.

— E eu os *defendo*! Pego a ralé que ninguém mais quer. E *conheço* um assassino quando vejo um. Há algo diferente a respeito deles, em seus olhos. Algo que falta. Não sei o quê. Uma alma, talvez. Eu lhe digo: Charlie Decker não era assim.

Kate inclinou-se para a frente.

— E como ele era, sr. Kahanu? — perguntou ela, com a voz calma.

O havaiano fez uma pausa, o olhar vagando através da janela encardida até o beco lá embaixo.

— Ele era... Ele era real... Comum. Não era alto, mas também não era baixo. Muito magro, como se não se alimentasse direito. Senti pena dele. Parecia um homem atormentado por dentro. Não falava muito. Mas escrevia para mim. Acho que lhe doía usar a voz. Ele tinha algo errado na garganta e não conseguia falar senão em sussurros. Ele estava sentado bem aí, na cadeira onde você está, dra. Chesne. Disse não ter muito dinheiro. Então, pegou a carteira e contou um maço de notas de vinte dólares, uma de cada vez. Pelo modo como as manuseava, muita lenta e cuidadosamente, dava para ver que era tudo o que tinha. — Kahanu balançou a cabeça. — Sabe, não entendo por que ele se incomodava com aquilo. A mulher estava morta. A criança estava morta. Toda essa investigação sobre o passado não as traria de volta.

— Sabe onde encontrá-lo? — perguntou David.

— Ele tem uma caixa postal — disse Kahanu. — Já verifiquei. Faz três dias que não recolhe a correspondência.

— Tem o endereço dele? Número de telefone?

— Ele nunca me deu. Veja, não sei onde ele está. Que a polícia o encontre. É o trabalho deles, certo? — Ele se afastou da escrivaninha. — É tudo o que sei. Se quiser algo mais, terá de falar com Decker.

— Que por acaso está desaparecido — disse David.

Ao que Kahanu acrescentou, sinistro:

— Ou morto.

10

Em seus 48 anos como responsável pela manutenção de cemitérios, Ben Hoomalu já vira um bocado de coisas curiosas. Os amigos gostavam de dizer que isso se devia ao fato de ele viver cercado de gente morta o dia inteiro, mas na verdade não eram os mortos que causavam transtorno e, sim, os vivos: os adolescentes cheios de hormônios se agarrando no escuro entre as tumbas; a viúva escrevendo obscenidades na nova lápide de mármore do marido; o velho flagrado tentando enterrar o amado poodle junto da amada esposa. Viam-se coisas estranhas em um cemitério.

E lá estava aquele carro de novo.

Na última semana, todos os dias Ben viu o mesmo Ford cinza com vidro fumê atravessar o portão. Às vezes, aparecia cedo pela manhã; outras, no fim da tarde. Estacionava junto ao Arco do Eterno Conforto e ali ficava durante uma ou duas horas. O motorista nunca saía do carro; isso também era estranho. Se uma pessoa se dava ao trabalho de visitar um ente querido, não seria de se esperar que ao menos saísse do carro para dar uma olhada no túmulo?

Tem gente que não dá para entender.

Ben pegou a tesoura de poda e começou a aparar os hibiscos. Ele gostava de ouvir o claque-claque das lâminas em meio ao silêncio da tarde. Em dado momento, um velho e batido Chevy atravessou o portão do cemitério e estacionou. Um sujeito magrelo emergiu do carro e acenou para Ben. Sorrindo, Ben acenou de volta. O sujeito carregava um buquê de margaridas enquanto caminhava em direção à tumba da mulher. Ben fez uma pausa para observar o ritual. Primeiro, ele recolheu as flores secas deixadas em sua visita anterior e retirou com cuidado todas as folhas mortas e os gravetos. Então, após deixar a nova oferenda junto à lápide, acomodou-se na grama em postura de reverência. Ben sabia que o sujeito ficaria ali sentado um longo tempo. Ele sempre ficava. Suas visitas eram exatamente idênticas. Fazia parte do conforto.

Quando o sujeito se levantou para ir embora, Ben terminara com os hibiscos e trabalhava na buganvília. Ele observou o sujeito voltar para o carro e sentiu uma pontada de tristeza quando o velho Chevy subiu de volta a estrada sinuosa que levava aos portões do cemitério. Nem sabia o nome dele; só sabia que, quem quer que estivesse enterrada naquela tumba, ainda era muito amada. Ele soltou a tesoura de poda e foi até onde jaziam as margaridas, unidas por uma fita cor-de-rosa. Ainda havia uma mossa na grama no ponto onde o sujeito se ajoelhara.

O ruído de outro carro sendo ligado chamou-lhe a atenção e ele viu o Ford cinza se afastar do meio-fio e seguir o Chevy devagar através do portão do cemitério.

O que *aquilo* queria dizer? Coisas estranhas acontecendo, com certeza.

Ele olhou para o nome na lápide: Jennifer Brook, 28 anos. Uma folha seca já caíra sobre a tumba e tremulava ao vento. Ele balançou a cabeça.

Uma mulher tão jovem… Que pena…

— Aqui está seu presunto no pão de centeio, sem maionese, e uma ligação na linha quatro — disse o sargento Brophy, colocando um saco marrom na escrivaninha.

Diante da opção entre um sanduíche e um telefone piscando, Pokie preferiu o sanduíche. Afinal, é preciso estabelecer prioridades, e ele achava que um estômago roncando ficava perto do topo de qualquer lista de prioridades. Ele meneou a cabeça em direção ao telefone.

— Quem está na linha?

— Ransom.

— De novo, não.

— Ele exige que abramos o caso O'Brien.

— Por que diabos ele fica nos aborrecendo com esse caso?

— Acho que ele tem uma queda por aquela… aquela… — O rosto de Brophy se contorceu e ele conseguiu pegar um lenço bem a tempo de conter a explosão — …aquela doutora. Você sabe. Um namorico.

— David? — Pokie riu e expeliu um pedaço de sanduíche. — Homens como Davy não são de namoricos. Acham que são espertos demais para essa baboseira romântica.

— Nenhum homem é assim tão esperto — disse Brophy, mal-humorado.

Ouviu-se uma batida à porta e um policial uniformizado enfiou a cabeça na sala.

— Tenente? O senhor está sendo convocado pela instância superior.

— O chefe?

— Ele está com o escritório cheio de repórteres. Estão fazendo perguntas sobre aquela garota desaparecida, a Sasaki. Quer você lá ontem.

Pokie olhou com tristeza para o sanduíche. Infelizmente, naquela lista de prioridades cósmicas, uma chamada do chefe disputava com a necessidade de respirar. Suspirando, deixou o sanduíche na mesa e vestiu o paletó.

— E quanto a Ransom? — lembrou Brophy, apontando para o telefone que piscava.

— Diga que ligo de volta para ele.

— Quando?

— Ano que vem — resmungou Pokie, a caminho da porta. E acrescentou: — Se ele tiver sorte.

David murmurou um palavrão ao sentar-se ao volante e fechar a porta do carro.

— Fomos esnobados.

Kate olhou para ele.

— Mas eles viram o arquivo de Jenny Brook. Falaram com Kahanu…

— Dizem que não há provas suficientes para dar início a uma investigação de homicídio. Ao que lhes concerne, Ellen O'Brien morreu por imperícia. Fim de papo.

— Então, estamos por conta própria.

— Errado. Estamos saindo fora. — Agitado de súbito, ele ligou o motor e afastou-se do meio-fio. — As coisas estão ficando muito perigosas.

— Estavam perigosas desde o início. Por que está com medo agora?

— Tudo bem, admito. Até agora, eu não sabia se acreditava em você…

— Achou que eu estava *mentindo*?

— No fundo, ainda tinha uma dúvida incômoda. Mas agora estamos ouvindo falar de arquivos hospitalares roubados. Gente invadindo escritórios de advogados. Há algo estranho acontecendo aqui, Kate. Isso não é trabalho de um psicopata enraivecido. É muito racional. Muito metódico. — Ele franziu as sobrancelhas para a estrada adiante. — E tudo tem a ver com Jenny Brook. Há algo perigoso relacionado àquele arquivo hospitalar, algo que nosso assassino quer manter oculto.

— Mas já o analisamos diversas vezes, David! É apenas um arquivo médico.

— Então estamos esquecendo algo. E eu estou contando com Charlie Decker para nos dizer o quê. Acho que devemos ficar quietos e esperar a polícia encontrá-lo.

Charlie Decker, pensou ela. Sua ruína ou sua salvação? Ela olhou para o tráfego de fim da tarde e tentou se lembrar do rosto dele. Até então, a imagem fora moldada pelo medo. Toda vez que se lembrava do rosto dele no espelho, sentia medo. Agora, tentava ignorar o suor se formando nas palmas das mãos, o pulso acelerado. Forçava-se a pensar naquele rosto com olhos cansados e fundos. Olhos de assassino? Ela já não tinha certeza. Olhou para o arquivo de Jenny Brook no colo. Conteria alguma pista vital para a loucura de Decker?

— Vou encurralar Pokie amanhã — disse David, dirigindo impacientemente em meio ao tráfego. — Ver se consigo fazê-lo mudar de ideia quanto ao caso O'Brien.

— E se não conseguir convencê-lo?

— Sou muito convincente.

— Ele vai querer mais provas.

— Então, deixe que *ele* as encontre. Acho que fomos tão longe quanto podíamos. É hora de recuar.

— Não posso, David. Tenho uma carreira em jogo…

— E quanto à sua vida?

— Minha carreira é minha vida.

— Há uma enorme diferença.

Ela desviou o olhar.

— Não espero que entenda. Essa briga não é sua.

Mas ele entendeu. E ficou preocupado com aquele tom de teimosia na voz dela. Kate lembrava um daqueles antigos guerreiros que preferiam se jogar contra as próprias espadas a aceitar a derrota.

— Você está errada — disse ele. — Quanto a essa briga não ser minha.

— Você não tem nada em jogo.

— Não esqueça que abri mão do caso. Um caso potencialmente muito lucrativo, devo acrescentar.

— Ah… Bem, lamento tê-lo feito perder a excelente comissão.

— Acha que me importo com o dinheiro? Estou me lixando para o dinheiro. É minha reputação que está em jogo. E tudo por acreditar nessa sua história maluca. Assassinato na mesa de operação! Vou parecer louco se não conseguir prová-lo. Portanto, não me diga que nada tenho a perder!

A essa altura, ele estava gritando. Não conseguiu evitar. Ela podia acusá-lo de diversas coisas e ele não se importaria. Mas acusá-lo de não se importar era algo que não podia tolerar.

Agarrando o volante, ele voltou o olhar para a estrada.

— A pior parte é que não sei mentir… — murmurou. — E acho que os O'Brien perceberam.

— Quer dizer que não contou a verdade para eles?

— Que acho que a filha deles foi assassinada? Claro que não. Escolhi o caminho mais fácil. Disse que tinha um conflito de interesses. Uma bela desculpa, sem implicações. Achei que não ficariam muito aborrecidos se eu os indicasse para uma boa firma de advocacia.

— Você fez o *quê*? — Ela olhou para ele.

— Eu era advogado deles, Kate. Tenho de proteger seus interesses.

— Claro.

— Não foi fácil — prosseguiu David. — Não gosto de deixar meus clientes na mão. Nenhum deles. Eles já estão lidando com a tragédia em suas vidas. O mínimo que posso fazer é garantir-lhes uma chance decente na justiça. E fico muito mal quando não consigo fazer o que prometo. Você compreende isso, não é?

— Sim. Compreendo perfeitamente.

Pelo tom magoado em sua voz, David sabia que Kate não compreendia. E aquilo o aborreceu porque ele achava que ela tinha de entender.

Kate ficou sentada, imóvel, enquanto ele entrava no acesso de veículos. David estacionou o carro e desligou o motor, mas ela não fez menção de sair. Detiveram-se no calor penumbroso da garagem, em silêncio, durante alguns minutos. Quando ela enfim voltou a falar, foi no tom monótono de uma desconhecida:

— Eu o coloquei em uma situação constrangedora, não foi?

Ele respondeu com um breve menear de cabeça.

— Desculpe.

— Olhe, esqueça isso, está bem?

Ele saiu e abriu a porta do lado dela. Mas Kate continuou ali sentada, rígida como uma estátua.

— E então? — disse ele. — Não vai entrar?

— Só para recolher minhas coisas.

David sentiu no peito uma estranha sensação de angústia, que tentou ignorar.

— Vai embora?

— Agradeço o que fez por mim — respondeu ela. — Você se meteu onde não devia. Talvez, no início, precisássemos um do outro. Mas é óbvio que esse… Esse arranjo não vai mais ao encontro de seus interesses. Nem dos meus.

— Entendo — disse ele, embora não entendesse. Na verdade, achou que ela estava sendo infantil.

— E para onde pretende ir?

— Ficarei com amigos.

— Ah, ótimo. Compartilhará o perigo com eles.

— Então vou para um hotel.

— Sua bolsa foi roubada, lembra? Você não tem dinheiro, cartão de crédito. — Ele fez uma pausa dramática. — Não tem nada.

— Não no momento, mas…

— Ou pretende me pedir um empréstimo?

— Não preciso de sua ajuda — rebateu. — Nunca precisei da ajuda de um homem!

David considerou, por um instante, o antigo método da força bruta, mas, sabendo como ela era orgulhosa, achou que não funcionaria.

— Fique à vontade — respondeu apenas, e caminhou em direção à casa.

Enquanto ela fazia a mala, ele vagou a esmo pela cozinha, tentando ignorar a crescente sensação de desconforto. David pegou uma caixa de leite na geladeira e bebeu diretamente da embalagem. *Devo ordenar que ela fique*, pensou. *Sim, é isso que devo fazer.* Ele guardou o leite na geladeira, bateu a porta e foi até o quarto.

Mas, assim que chegou, se conteve. Má ideia. Ele sabia exatamente como ela reagiria caso começasse a gritar ordens. Não se força uma mulher como Kate Chesne. Não se você for esperto.

Ele assomou à porta e observou-a dobrando um vestido e guardando-o cuidadosamente na mala. A luz do fim da tarde entrava pela janela atrás dela. Kate afastou um cacho de cabelo e ele sentiu um nó na garganta ao ver o rosto machucado. Aquilo o fez lembrar quão vulnerável ela era. Apesar de seu orgulho e suposta independência, ela era apenas uma mulher. E, como qualquer mulher, podia se ferir.

Kate percebeu que ele estava à porta e fez uma pausa, com a camisola nas mãos.

— Estou quase terminando — disse ela, pragmática, jogando a camisola sobre as outras roupas.

David não conseguiu evitar olhar uma segunda vez para o monte de seda cor de pêssego. E sentiu o nó da garganta descer para a barriga.

— Já chamou um táxi? — perguntou ela, voltando-se para o armário.

— Não, não chamei.

— Bem, não demoro nem um minuto. Podia chamar um?

— Não.

Kate se voltou e franziu as sobrancelhas para ele.

— O quê?

— Eu disse que não vou chamar um táxi.

A afirmação pareceu tê-la deixado atônita por um momento.

— Tudo bem — disse ela, em tom calmo. — Então eu chamo.

Kate caminhou em direção à porta. Mas, ao passar por ele, foi segura pelo braço.

— Kate, não. — Ele a voltou em sua direção. — Acho que deve ficar.

— Por quê?

— Por que não é seguro você ir.

— O mundo nunca foi seguro. E eu me virei.

— Ah, sim. Que mulher valente você é. E o que vai acontecer quando Decker a encontrar?

Ela livrou o braço.

— Não tem mais nada com o que se preocupar?

— Como o quê?

— Seu senso de ética? Afinal, não quero arruinar sua preciosa reputação.

— Posso tomar conta de minha reputação, obrigado.

Ela voltou a cabeça e o encarou.

— Então é hora de eu cuidar melhor da minha!

Estavam tão próximos que ele quase sentia o calor acumulando-se entre os dois. E o que aconteceu em seguida foi um inesperado caso de combustão espontânea. Seus olhares se cruzaram e os olhos dela se arregalaram de surpresa. E desejo. Apesar de toda a falsa valentia, David via o desejo brilhando naquelas piscinas verdes.

— Que diabos! — resmungou ele, a voz rouca de desejo. — Acho que nossa reputação já foi comprometida.

Então David cedeu ao impulso que vinha minando sua força de vontade o dia inteiro. Ele a estreitou em seus braços e a beijou. Foi um beijo longo, selvagem e faminto. Kate emitiu um leve murmúrio de protesto, pouco antes de tombar de costas contra o batente da porta. Quase imediatamente David sentiu-a retribuir, seu corpo se amoldando contra o dele. Era um encaixe perfeito. Absolutamente perfeito. Ela enlaçou seu pescoço, ele forçou os lábios dela a se abrirem e o beijo se tornou desesperado e urgente. O gemido de Kate provocou uma doce agonia de desejo no estômago de David.

O mesmo fogo de prazer tomava conta dela. Kate sentiu-o tatear em busca dos botões de seu vestido, mas os dedos dele pareciam desajeitados como os de um adolescente explorando o desconhecido território do corpo de uma mulher. Com um gemido de frustração, ele afastou o vestido dos ombros dela, que pareceu cair em câmara lenta, escorrendo pelos quadris até o chão. O sutiã de renda desapareceu magicamente, e a mão de David se fechou ao redor do seio, marcando sua pele com os dedos. Reagindo ao estímulo de prazer, os mamilos se enrijeceram de imediato e ambos perceberam que daquela vez não haveria retirada; apenas rendição.

Ela tateava a camisa dele, sua respiração quente e frenética entrecortada por gemidos enquanto tentava abrir os botões. Droga! Droga! Ambos lutavam para se livrar da camisa. Juntos, arrancaram-na por sobre os ombros e Kate logo procurou o peito dele, afundando os dedos nos pelos ásperos e dourados.

Quando cruzaram o corredor e entraram no quarto iluminado pela luz do fim de tarde, atiraram os sapatos e as meias pelos cantos, ele tirou a calça e sua excitação se tornou evidente.

A cama rangeu em protesto quando ele caiu sobre Kate, segurando seu rosto entre as mãos. Não houve prelúdios nem formalidades. Não podiam esperar. Com a boca cobrindo a dela e as mãos afundadas em seu cabelo, David a penetrou, tão profundamente que Kate emitiu um gemido de encontro aos seus lábios.

Ele parou, o corpo subitamente tenso.

— Machuquei você? — murmurou.

— Não... Ah, não...

Bastou um olhar para o rosto de Kate para ter certeza de que ela não gemera de dor e, sim, de prazer. Ela tentou se mover, mas David a imobilizou, o rosto tenso enquanto lutava para manter o controle. De algum modo, sempre soube que ele a possuiria. Mesmo quando a voz da razão lhe dizia que era impossível, ela sabia que seria dele.

Kate não podia esperar e se movia apesar de ele tentar detê-la, combinando agonia com agonia.

Ele a deixou levá-lo ao limiar e então, quando sentiu que era inevitável, se deixou levar. Frenético, ele assumiu o controle e ambos tombaram da beira do penhasco.

A queda foi vertiginosa.

E a aterrissagem os deixou fracos e exauridos. Uma eternidade se passou, preenchida pelo som da respiração. O suor das costas de David escorria sobre a barriga dela. Lá fora, as ondas se chocavam contra o quebra-mar.

— Agora sei como é ser devorada... — murmurou ela, enquanto o brilho do sol esmorecia na janela.

— Foi o que eu fiz?

Ela suspirou.

— Completamente.

Ele riu, e sua boca subiu até o lóbulo da orelha de Kate.

— Não, acho que ainda há algo aqui para ser comido.

Kate fechou os olhos, rendendo-se às ondas de prazer que aquela boca lhe causava.

— Nunca imaginei que você seria assim.

— Assim como?

— Tão… devorador.

— O que esperava?

— Gelo. — Ela riu. — Como eu estava errada!

Ele tomou-lhe um cacho de cabelo e observou-o escorrer como uma nuvem de seda por entre seus dedos.

— Sei que posso parecer muito frio. É de família. Do lado de meu pai, pelo menos. Um tipo velho e austero da Nova Inglaterra. Devia ser terrível enfrentá-lo no tribunal.

— Ele também era advogado?

— Juiz de tribunal de apelação. Ele morreu há quatro anos. Tombou sobre a bancada, no meio do pronunciamento de uma sentença. Bem o jeito como ele gostaria de ir. — Ele sorriu. —Ransom Durão, costumavam chamá-lo.

— Ah… Do tipo "a lei acima de tudo"?

— Exatamente. Ao contrário de minha mãe, que adorava uma anarquia.

Ela riu.

— Deve ter sido uma combinação explosiva.

— E foi. — Ele correu o dedo sobre os lábios dela. — Quase tão explosiva quanto a nossa. Nunca entendi a relação deles. Não fazia sentido para mim. Mas quase dava para ver a química entre os dois. As fagulhas. É o que me lembro de meus pais: todas aquelas fagulhas pela casa.

— Então eles eram felizes?

— Ah, sim. Exaustos, talvez. Um tanto frustrados. Mas definitivamente felizes.

A luz da tarde atravessava fracamente a janela. Em um silêncio admirado, ele passou a mão sobre os picos e vales do corpo da amante, uma lenta e saborosa exploração que deixou sua pele arrepiada.

— Você é linda… — murmurou ele. — Nunca pensei…

— O quê?

— Que acabaria na cama com uma médica que odeia advogados. Uma mistura inusitada na cama.

Ela riu baixinho.

— Já eu me sinto como um rato se engraçando com um gato.

— Quer dizer que ainda tem medo de mim?

— Um pouco. Muito.

— Por quê?

— Não consigo afastar a sensação de que você é o inimigo.

— Se eu sou o inimigo — disse ele, os lábios roçando-lhe o ouvido. Então acho que um de nós acabou se rendendo.

— É só no que pensa, advogado?

— Desde que a conheci, sim.

— E antes?

— A vida era muito, muito chata.

— Acho difícil acreditar.

— Não estou dizendo que eu era celibatário. Mas sou um homem cuidadoso. Talvez cuidadoso demais. Tenho dificuldade para… me aproximar das pessoas.

— Pois está se saindo muito bem hoje.

— Refiro-me à proximidade emocional. Sou assim. Muitas coisas podem dar errado e eu não sou muito bom ao lidar com elas.

Kate estudou o rosto dele pairando sobre o dela, iluminado pela luz da tarde.

— O que deu errado no seu casamento, David?

— Ah… Meu casamento… — Ele se deitou sobre as costas e suspirou. — Nada, em verdade. Nada que eu possa destacar. Acho que isso demonstra o sujeito insensível que sou. Linda costumava reclamar que eu não expressava meus sentimentos. Que eu era frio como meu pai. Eu respondia dizendo que aquilo era uma grande besteira. Agora, acho que ela estava certa.

— Já eu acho que isso é só fachada. Uma máscara de gelo por trás da qual gosta de se esconder. — Ela virou de lado para olhá-lo. — As pessoas demonstram afeto de diversas maneiras.

— Desde quando se tornou psiquiatra?

— Desde que me envolvi com um homem muito complicado.

Com delicadeza, David afastou um cacho de cabelo para trás da orelha dela. Seu olhar voltou-se para o rosto de Kate.

— O machucado já está sumindo. Toda vez que eu o vejo, fico furioso.

— Certa vez você me disse que o excitava.

— Na verdade, me faz sentir protetor. Deve ser algum instinto masculino ancestral. Dos tempos em que tínhamos de evitar que outros homens das cavernas danificassem nossa propriedade.

— Ora, ora. Isso faz um *tempão*, hein?

— Tanto tempo quanto… — a mão dele desceu, possessiva, ao longo da curva do quadril de Kate — …isso.

— Não estou certa se "protetor" é como você está se sentindo agora… — murmurou ela.

— Está certa. Não é mesmo. — Ele riu e deu-lhe um tapinha carinhoso na nádega. — Estou é faminto… por comida. Por que não esquentamos um pouco do molho de espaguete da sra. Feldman? Abrimos uma garrafa de vinho. E então… — Ele a puxou em sua direção, e sua pele pareceu se fundir à dela.

— E então? — murmurou ela.

— E então… — Seus lábios estavam desesperadamente próximos. — Farei com você o que os advogados têm feito com os médicos há décadas.

— David! — gritou ela, em protesto.

— Ei, estou brincando! — Ele ergueu os braços em autodefesa enquanto ela batia nele. — Mas acho que você entendeu a ideia. — Ele a puxou para fora da cama e a abraçou. — Vamos. E pare de parecer tão sensual ou nunca vamos sair deste quarto. Vão nos encontrar tombados sobre a cama, mortos de fome.

Kate lançou-lhe um olhar luxuriante e murmurou:

— Ah, que ótimo jeito de morrer!

Foi o som das ondas se chocando contra o quebra-mar que enfim despertou Kate. Sonolenta, ela procurou David, mas sua mão encontrou apenas um travesseiro vazio, aquecido pelo sol matinal. Ela abriu os olhos e se sentiu profundamente abandonada ao se descobrir sozinha naquela cama enorme coberta de lençóis amarrotados.

— David? — chamou.

Não houve resposta. A casa estava absolutamente silenciosa.

Ela jogou as pernas para fora e sentou-se na beira da cama. Nua e confusa, olhou ao redor do quarto iluminado pelo sol e sentiu-se corar à medida que se lembrava da noite anterior. Da garrafa de vinho. Dos sussurros maliciosos. Dos lençóis irremediavelmente amarrotados. Ela percebeu que as roupas que jogaram no chão haviam sido recolhidas. A calça dele estava pendurada na porta do armário; seu sutiã e sua roupa de baixo estavam pousados com cuidado sobre uma cadeira. Ela sentiu-se enrubescer ainda mais ao pensar nele recolhendo suas roupas íntimas. Rindo, agarrou os lençóis e descobriu que ainda estavam com o cheiro de David. Mas onde ele estava?

— David?

Kate se levantou e foi até o banheiro; estava vazio. Havia uma toalha molhada estendida no toalheiro. Ela foi até a sala de estar e maravilhou-se com a luz da manhã que entrava gloriosamente através da janela. A garrafa de vinho vazia ainda estava na mesa de centro, uma muda evidência da embriaguez noturna. Ela ainda se sentia embriagada. Foi até a cozinha; ele também não estava lá. De volta à sala, fez uma pausa sob aquela brilhante inundação de luz e chamou-o pelo nome. Toda a casa parecia ecoar de solidão.

A sensação de desolação aumentou quando ela atravessou o corredor, procurando, abrindo portas, olhando dentro dos cômodos. Tinha a estranha sensação de estar explorando uma casa abandonada, que aquela não era a casa de um ser humano vivo, mas uma concha, uma caverna. Um impulso inexplicável a fez ir até o armário, onde tocou cada um dos ternos ali pendurados. Aquilo não a fez senti-lo mais próximo. De volta ao corredor, abriu uma porta que dava para o escritório repleto de estantes de livro. A mobília era de carvalho; os abajures, de bronze, e tudo estava impecável. Uma sala sem alma.

Kate foi até o último cômodo, ao fim do corredor. Estava bisbilhotando, ela sabia. Mas sentia falta dele e necessitava de alguma pista palpável de sua personalidade. Ao abrir a porta, sentiu cheiro de ar mofado, trazendo o aroma de um lugar havia muito isolado do resto do mundo. Ela viu que era um quarto de dormir. O quarto de uma criança.

Um móbile de prismas tremulava perto da janela, espalhando pequenos arco-íris pelo quarto. Ali ela ficou, transfixada, observando a luz dançar pelo papel de parede de cavalinhos suíços azuis, a estante de brinquedos tristemente vazia, a cama com colcha florida. Quase contra a vontade, sentiu-se avançar, como se alguma mão pequena, invisível, a estivesse puxando para dentro. A seguir, tão subitamente quanto surgiu, a mão se foi e ela se viu sozinha, muito sozinha, em um quarto que doía de tão vazio.

Durante um longo tempo ela ficou ali, entre os arco-íris, envergonhada por ter perturbado a santidade daquele quarto. Por fim, foi até a cômoda, onde uma pilha de livros esperava a volta do dono. Ela abriu a capa de um volume e olhou o nome escrito na face interna. Noah Ransom.

— Desculpe… — murmurou Kate, os olhos marejados de lágrimas. — Desculpe… — Ela se voltou e saiu do quarto, fechando a porta.

De volta à cozinha, curvou-se sobre a xícara de café e leu e releu o bilhete lacônico que por fim descobriu, junto com um jogo de chaves, no balcão de azulejos brancos.

Peguei uma carona com Glickman. O carro é seu hoje.
Vejo você à noite.

Longe de ser um bilhete de amor, pensou ela. Nenhuma palavra de ternura, nem mesmo uma assinatura. Era frio e pragmático, como aquela cozinha, como tudo o mais naquela casa. Como David. Um homem de gelo, dono de uma casa sem alma. Acabaram de ter uma noite de amor apaixonado. Ela fora levada às alturas. E ele lhe deixou um bilhete impessoal na bancada da cozinha.

Foi obrigada a admirar o modo como ele compartimentava a própria vida. Ele havia emparedado as suas emoções em espaços determinados, do modo como emparedara o quarto do filho. Mas ela não conseguia fazer o mesmo. Já estava sentindo falta dele. Talvez até estivesse apaixonada. Era louco e ilógico; e ela não estava acostumada a fazer loucuras ilógicas.

De repente aborrecida consigo mesma, ela se levantou e lavou furiosamente a xícara de café na pia. Droga! Havia coisas mais importantes com o que se importar. A audiência no comitê seria naquela tarde; sua carreira estava em jogo. Era uma péssima hora para ficar flertando com um homem.

Ela se voltou e pegou o arquivo hospitalar de Jenny Brook, que estava na mesa da cozinha. Aquele documento triste e misterioso. Folheou-o devagar, perguntando-se o que poderia haver de tão perigoso naquelas poucas páginas de anotações médicas. Mas algo terrível aconteceu na noite em que Jenny Brook deu à luz — algo que avançou como uma garra através do tempo para destruir cada nome mencionado naquelas páginas. Mãe e filha. Médicos e enfermeiras. Estavam todos mortos. Apenas Charlie Decker sabia por quê. E ele era um quebra-cabeças em si, um quebra-cabeças cujas peças não se encaixavam.

Um maníaco, foi como a polícia o chamou. Um monstro que cortava gargantas.

Um homem inofensivo, disse Kahanu. Uma alma perdida cujas entranhas foram revolvidas.

Um homem com duas faces.

Ela fechou o arquivo e viu-se olhando para a contracapa. Um arquivo com dois lados.

Um homem com duas faces.

Ela se aprumou, subitamente compreendendo. É claro.

Jekyll e Hyde.

— Personalidade múltipla é um fenômeno raro. Mas é bem descrita na literatura psiquiátrica.

Susan Santini rodou na cadeira e pegou um livro na prateleira atrás dela. Voltando-se para a escrivaninha, procurou páginas relevantes no índice. Seu cabelo ruivo, geralmente tão despenteado, estava amarrado em um rabo de cavalo. Na parede atrás dela, havia uma impressionante coleção de diplomas médicos e psiquiátricos, testemunhos de que Susan Santini era mais do que apenas a mulher de Guy; era uma profissional, e muito respeitada.

— Aqui está — disse ela, inclinando-se para a frente. — "De Eva a Sibila. Uma coleção de casos exemplares". Realmente, é um tópico fascinante.

— Já teve algum caso assim em seu consultório? — perguntou Kate.

— Quem dera. Ah, acho que tive um, quando trabalhava no tribunal. Mas o cretino acabou se revelando apenas um grande ator tentando escapar de uma acusação de homicídio. Vou lhe dizer, ele podia ir de Caspar Milquetoast a Hulk Hogan em um piscar de olhos. Que atuação!

— Mas é possível ter duas personalidades completamente diferentes?

— A psique humana é feita de muitas partes conflitantes. Chame de id *versus* ego, impulso *versus* controle. Veja a violência, por exemplo. A maioria de nós consegue controlar os impulsos selvagens. Mas algumas pessoas, não. Quem sabe o porquê? Abusos na infância? Alguma anormalidade química do cérebro? Seja qual for a razão, essas pessoas são bombas-relógio ambulantes. Se forçadas, elas perdem todo o controle. A parte assustadora é que estão à nossa volta. Mas não as reconhecemos até algo dentro delas, alguma represa interna, se romper. Então, o lado violento aparece.

— Você acha que Charlie Decker pode ser uma dessas bombas-relógio ambulantes?

Susan recostou-se a sua cadeira de couro e considerou a possibilidade.

— É uma pergunta difícil, Kate. Você diz que ele veio de um lar desfeito. E foi preso por ataque e agressão há cinco anos. Mas não há um padrão de violência de uma vida inteira. E a única vez que usou uma arma foi contra si mesmo. — Ela parecia em dúvida. — Suponho que, se ele teve algum estresse, alguma crise…

— Ele teve.

— Refere-se a isso?

Susan apontou a cópia do registro médico de Jenny Brook.

— A morte da noiva. A polícia acredita que precipitou algum tipo de fúria homicida. Que ele está matando as pessoas que acha serem responsáveis.

— Pode parecer estranho, mas a razão mais forte para a violência é o amor. Pense em todos os crimes passionais. Todas as esposas ciumentas. Amantes rejeitados…

— Amor e violência — disse Kate. — Dois lados de uma mesma moeda.

— Exato. — Susan devolveu o arquivo médico a Kate. — Mas estou apenas especulando. Terei de falar com o tal Decker antes de fazer um julgamento. A polícia está perto de capturá-lo?

— Não sei. Não me dizem nada. Um bocado dessa informação tive de cavar eu mesma.

— Está brincando! Esse não é o trabalho deles?

Kate suspirou.

— Esse é o problema. Para eles, isso não passa de mais um trabalho, outro caso a ser fechado.

O interfone tocou.

— Dra. Santini? — disse a recepcionista. — Sua paciente das três está esperando.

Kate olhou o relógio.

— Ah, me desculpe. Eu a estou roubando de seus pacientes.

— Você sabe que estou sempre disposta a ajudá-la. -— Susan levantou-se e caminhou com ela até a porta. Ali, tocou o braço de Kate. — Esse lugar onde está. Tem absoluta certeza de que é seguro?

Kate voltou-se e viu a preocupação no rosto de Susan.

— Acho que sim. Por quê?

Susan hesitou.

— Detesto assustá-la, mas acho que deve saber. Se você está certa, se Decker tem dupla personalidade, então você está lidando com uma mente muito instável. Alguém totalmente imprevisível. Em um piscar de olhos, ele pode mudar de um homem para um monstro. Portanto, por favor, seja muito, muito cuidadosa.

A garganta de Kate secou.

— Você... realmente acha que ele é assim tão perigoso?

Susan assentiu.

— Extremamente perigoso.

11

Parecia um pelotão de fuzilamento. E a ela fora dada a venda.

Kate estava sentada diante de uma longa mesa de reunião. Sentados em uma sinistra fileira à sua frente havia seis homens e uma mulher, todos médicos, nenhum deles sorrindo. Embora tenha prometido comparecer, o dr. Clarence Avery, o chefe da anestesia, não estava presente. O único rosto amistoso na sala era de Guy Santini, mas ele só fora chamado como testemunha. Estava sentado a um canto e parecia tão nervoso quanto ela.

Os membros do comitê fizeram suas perguntas com educação, mas também determinação. E responderam às perguntas dela com olhares impassíveis. Embora a sala fosse refrigerada, o rosto de Kate estava em chamas.

— E você examinou o eletrocardiograma pessoalmente, dra. Chesne?

— Sim, dr. Newhouse.

— Então, você o arquivou na pasta.

— Exato.

— Você mostrou o ECG para algum outro médico?

— Não, senhor.

— Nem mesmo para o dr. Santini?

Ela olhou para Guy, curvado na cadeira, com uma expressão infeliz.

— Analisar o ECG era minha responsabilidade, não do dr. Santini — disse ela, em tom calmo. — Ele confiou no meu julgamento.

Quantas vezes terei de repetir a mesma história?, perguntou a si mesma, desanimada. *Quantas vezes terei de responder às mesmas malditas perguntas?*

— Dr. Santini? Algum comentário?

Guy ergueu a cabeça, relutante.

— O que a dra. Chesne diz é verdade. Confiei no julgamento dela. — Ele fez uma pausa, então acrescentou de maneira enfática: — Ainda confio.

Obrigada, Guy, pensou ela. Seus olhares se encontraram e ela lançou-lhe um leve sorriso.

— Voltemos aos eventos ocorridos durante a cirurgia, dra. Chesne — continuou o dr. Newhouse. — Você disse que procedeu a uma indução intravenosa rotineira de pentotal…

O pesadelo estava sendo revivido. A morte de Ellen O'Brien estava sendo dissecada como um cadáver na mesa de necropsia.

Quando as perguntas terminaram, foi-lhe permitida uma declaração final. Ela a proferiu em voz tranquila:

— Sei que minha história parece bizarra. Também sei que nada posso provar. Pelo menos, ainda não. Mas o que sei é que dei a Ellen O'Brien o melhor tratamento possível. Os arquivos indicam que cometi um erro, um erro terrível. E minha paciente morreu. Mas fui eu quem a matou? Não creio. Realmente não creio… — Ela parou de falar. Nada mais tinha a dizer. Então, murmurou apenas: — Obrigada.

E saiu da sala.

Demoraram vinte minutos para chegarem a uma decisão. Ela foi chamada de volta. Quando seu olhar vagou pela mesa, percebeu com notável desconforto que duas novas pessoas haviam se juntado ao grupo. George Bettencourt e o advogado do hospital estavam sentados a uma extremidade da mesa. Bettencourt parecia friamente satisfeito. Ela sabia, antes mesmo de dizerem uma palavra, qual seria a decisão.

O dr. Newhouse, presidente do comitê, deu o veredicto.

— Sabemos que sua lembrança do caso está em desacordo com os arquivos, dra. Chesne. Mas infelizmente devemos nos ater aos arquivos, que demonstram, de forma inquestionável, que seus cuidados para com a paciente Ellen O'Brien foram abaixo do padrão.

Kate fez uma careta ao ouvir a última frase, como se o pior insulto imaginável tivesse sido jogado contra ela. O dr. Newhouse suspirou e retirou os óculos, um gesto cansado que parecia carregar todo o peso do mundo.

— Você é nova na equipe, dra. Chesne. Está conosco há menos de um ano. Esse tipo de… infortúnio, após tão pouco tempo na equipe, muito nos preocupa. Lamentamos. Realmente lamentamos. Mas, baseados no que ouvimos, somos forçados a recomendar o caso ao Comitê Disciplinar. Eles decidirão que atitude tomar quanto à sua posição aqui no Mid Pac. Até lá — ele olhou para Bettencourt —, não temos objeção à medida já tomada pela administração do hospital quanto à sua suspensão.

Então acabou, pensou ela. *Fui estúpida por esperar algo diferente.*

Deram-lhe a chance de responder, mas ela perdeu a voz; tudo o que conseguiu foi permanecer calma e de olhos secos em frente àquelas sete pessoas que haviam acabado de destruir sua vida.

Quando o comitê se retirou, ela permaneceu sentada, incapaz de se mover ou até mesmo de erguer a cabeça.

— Lamento, Kate… — murmurou Guy.

Ele permaneceu ao lado dela um instante, como se procurando algo a dizer. Então, também saiu da sala.

Kate ouviu chamarem seu nome duas vezes antes de enfim erguer a cabeça para ver Bettencourt e o advogado à sua frente.

— Creio que é hora de conversarmos, dra. Chesne — anunciou o advogado.

Ela franziu as sobrancelhas para eles, confusa.

— Conversar? Sobre o quê?

— Um acordo.

Ela ficou tensa.

— Não é um pouco prematuro?

— Na melhor das hipóteses, é muito tarde.

— Não compreendo.

— Um repórter esteve no meu escritório há algumas horas. Parece que o caso veio a público. Pelo visto, os O'Brien levaram a história aos jornais. Infelizmente, creio que será julgada e condenada pela imprensa.

— Mas o caso só foi aberto na semana passada.

— Precisamos tirar isso das vistas do público. Agora. E a melhor maneira de fazê-lo é através de um acordo rápido e muito discreto. Tudo o que precisamos é de sua aprovação. Planejo começar as negociações por volta de meio milhão, embora tenhamos certeza de que pedirão mais.

Meio milhão de dólares, pensou ela. Pareceu-lhe obsceno estabelecer um valor monetário para uma vida humana.

— Não — disse ela.

O advogado piscou.

— Perdão?

— As provas ainda estão aparecendo. Quando isso for a julgamento, estou certa de que poderei provar…

— Não irá a julgamento. Este caso será arranjado, doutora. Com ou sem sua permissão.

Sua boca se contraiu.

— Então, pagarei pelo meu advogado. Um que representará a mim e não ao hospital.

Os dois homens se entreolharam. Quando o advogado voltou a falar, sua voz assumiu um tom claramente desagradável.

— Não creio que tenha compreendido o que significa ir a julgamento. Muito provavelmente, o dr. Santini será dispensado do caso. O que quer dizer que *você* será o réu principal. Será *você* a suar naquele banco. E será *seu* nome nos jornais. Conheço o advogado deles, David Ransom. Eu o vi destruir um réu no tribunal. Acredite, você não desejará passar por aquilo.

— O sr. Ransom não está mais no caso — disse ela.

— O quê?

— Ele se retirou do caso.

— Onde diabos ouviu tal rumor? — indagou ele, descrente.

— Ele me disse.

— Está dizendo que falou com ele?

Para não mencionar que fui para a cama com ele, pensou Kate, enrubescendo.

— Aconteceu na semana passada. Fui até o escritório dele. Falei sobre o eletrocardiograma…

— Meu Deus. — O advogado voltou-se e jogou o lápis dentro da pasta. — Bem, é isso pessoal. Estamos em grandes apuros.

— Por quê?

— Ele vai usar essa sua história maluca para exigir mais dinheiro no acordo.

— Mas ele acreditou em mim! É por isso que está se retirando do…

— Ele não pode ter acreditado em você. Conheço o sujeito.

Eu também o conheço!, ela quis gritar. Mas não havia por quê. Jamais conseguiria convencê-los. Então, não fez nada além de balançar a cabeça.

— Não farei nenhum acordo.

O advogado fechou a pasta e voltou-se frustrado para Bettencourt.

— George?

Kate voltou a atenção para o administrador-chefe. Bettencourt a observava com uma expressão tranquila. Nenhuma hostilidade. Nenhuma raiva. Apenas aquele olhar impassível de jogador de pôquer.

— Estou preocupado com seu futuro, dra. Chesne — disse ele.

Eu também, ela teve vontade de responder.

— Infelizmente, há uma boa chance de o Comitê Disciplinar ver o seu caso com maus olhos. Se isso acontecer, é provável que recomendem sua demissão. E será uma vergonha ter isso em seu currículo. Vai ser quase impossível encontrar outro emprego. Em qualquer lugar. — Ele fez uma pausa para que suas palavras fossem assimiladas. — Por isso estou lhes oferecendo esta alternativa, doutora. Acho muito preferível a um confronto direto.

Ela olhou para a folha de papel que ele lhe estendia. Era um pedido de demissão, já datado, com um espaço em branco esperando sua assinatura.

— Será tudo o que aparecerá no seu histórico. Um pedido de demissão. Não haverá conclusões arrasadoras do Comitê Disciplinar. Nenhum registro de exoneração. Mesmo com essa ação judicial, você poderá encontrar outro emprego, embora não nesta cidade. — Ele pegou uma caneta e a estendeu para ela. — Por que não assina? Realmente seria melhor.

Kate ficou olhando o papel. Todo o processo era tão limpo, tão eficiente… Ali estava aquele documento pré-fabricado. Tudo o que precisava era a assinatura dela. Sua capitulação.

— Estamos esperando, dra. Chesne — desafiou Bettencourt. — Assine.

Ela se levantou e pegou o pedido de demissão. Olhando-o nos olhos, rasgou o papel em dois.

— Eis minha demissão — declarou.

Então, deu-lhes as costas e saiu porta afora.

Apenas ao passar pela suíte administrativa ocorreu-lhe o que acabara de fazer. Ela queimara suas pontes. Não havia como voltar atrás; a única alternativa seria lutar até o fim.

A meio caminho do corredor, reduziu os passos e enfim parou de andar. Ela queria chorar, mas não conseguia. Ficou ali parada, olhando para o corredor, observando a última secretária caminhar em direção aos elevadores. Eram 17h15 e, no outro extremo do corredor, havia apenas um faxineiro desanimado passando aspirador no tapete. O sujeito dobrou uma esquina e o som da máquina diminuiu, deixando apenas uma pesada tranquilidade. Mais adiante no corredor, uma luz brilhava através da porta entreaberta do consultório de Clarence Avery. Não a surpreendeu saber que ele ainda estava trabalhando; Avery ficava até mais tarde com frequência. Mas se perguntou por que ele não compareceu à audiência, como prometera. Mais do que nunca, ela precisava de seu apoio.

Kate foi até o consultório. Ao olhar para dentro, desapontou-se ao encontrar apenas a secretária, arrumando papéis sobre a escrivaninha.

A mulher ergueu a cabeça.

— Ah, dra. Chesne…

— O dr. Avery ainda está no hospital? — perguntou Kate.

— Você não sabe?

— O quê?

A secretária olhou com tristeza para a fotografia na escrivaninha.

— A mulher dele morreu na noite passada, no asilo. Ele não veio ao hospital hoje.

Kate sentiu-se tombar de encontro à porta.

— A… esposa?

— Sim. Foi muito inesperado. Acham que foi ataque cardíaco, mas… Você está bem?

— O quê?

— Você está bem? Não parece.

— Não, eu estou… estou bem. — Kate recuou no corredor. — Estou bem — repetiu, caminhando atônita para os elevadores. Ao descer até o saguão, uma lembrança veio-lhe à mente: a imagem de vidro quebrado brilhando aos pés de Clarence Avery.

Ele precisa ser sacrificado… Seria muito melhor que eu mesmo o fizesse, que fosse eu a dizer adeus. Não acha?

As portas do elevador se abriram. No instante em que ganhou as luzes claras do saguão, sentiu a súbita necessidade de fugir, de encontrar um lugar seguro. De encontrar David. Ao chegar ao estacionamento, a necessidade se tornou irresistível. Não podia esperar; tinha de vê-lo. Se corresse, talvez ainda o pegasse no escritório.

A ideia de ver o rosto dele, por si só, a preenchia de uma ânsia tão irracional que ela começou a correr até o carro.

O caminho que pegou levou-a até o centro da cidade. O sol do fim da tarde atravessava os vãos entre os prédios de metal e vidro. O tráfego da hora do rush lotava as ruas e ela se sentiu como um peixe forcejando corrente acima. A cada minuto, sua necessidade de vê-lo aumentava. Assim como um pânico crescente de que seria tarde demais, de que encontraria o escritório vazio, a porta trancada. Naquele momento, ao atravessar o tráfego, parecia que nada na sua vida era tão importante quanto alcançar a segurança dos braços dele.

Por favor, esteja lá, ela rezou. *Por favor, esteja lá...*

— Uma explicação, sr. Ransom. É tudo o que lhe peço. Há uma semana você me disse que nossas chances de ganhar eram excelentes. Agora, retira-se do caso. Quero saber por quê.

David olhou com desconforto para os olhos acinzentados de Mary O'Brien e perguntou-se o que responder. Ele não contaria a verdade: que estava tendo um caso amoroso com a ré. Mas lhe devia algum tipo de explicação e sabia, pela expressão nos olhos dela, que era melhor que fosse das boas.

Ele ouviu o ranger agitado de madeira e couro e olhou com irritação para Phil Glickman, que se remexia nervosamente na cadeira. David lançou-lhe um olhar de advertência para que ficasse quieto. Se fosse possível. Glickman já sabia a verdade. E parecia a ponto de revelar tudo.

Mary O'Brien ainda esperava.

A resposta de David foi evasiva, mas não inteiramente desonesta.

— Como disse, sra. O'Brien, descobri um conflito de interesses.

— Não sei o que isso quer dizer — disse Mary O'Brien, com impaciência. — Esse conflito de interesses. Está me dizendo que trabalha para o hospital?

— Não exatamente.

— Então, o que quer dizer?

— É… confidencial. Realmente, não posso discutir isso. — Mudando de assunto com sutileza, ele continuou: — Estou recomendando seu caso para a Sullivan e March. É uma firma excelente. Estão dispostos a assumir o caso, desde que vocês não tenham objeções.

— Você não respondeu à minha pergunta. — Ela se inclinou para a frente, os olhos brilhando, as mãos magras agarradas com força à escrivaninha. Garras vingativas, pensou David.

— Lamento, sra. O'Brien. Não posso respondê-la objetivamente. Não tenho escolha senão me retirar do caso.

Foi uma despedida muito diferente da primeira. Um aperto de mãos frio e comercial, um menear de cabeça. Então, ele e Glickman a acompanharam até a porta do escritório.

— Espero que não haja atrasos por causa disso — disse ela.

— Não deve haver. Todo o trabalho de base já foi feito. — David franziu as sobrancelhas ao ver a expressão desesperada da secretária no outro extremo do corredor.

— Ainda acha que tentarão fazer um acordo?

— É impossível prever… — Ele fez uma pausa, distraído. A secretária parecia estar absolutamente em pânico.

— Você nos disse que eles queriam um acordo.

— Hum? Ah… — De repente ansioso para se livrar dela, ele a conduziu até a recepção. — Veja, não se preocupe com isso, sra. O'Brien — disse David, impaciente. — Posso quase garantir que o outro lado está discutindo um acordo agora…

Seus pés congelaram na metade do caminho. Sentiu como se tivessem virado concreto e nunca mais fossem se mover.

Kate estava bem à sua frente. Lentamente, seu olhar incrédulo voltou-se para Mary O'Brien.

— Ah, meu Deus… — resmungou Glickman. Era uma cena tirada de alguma novela: as partes em litígio, encarando-se.

— Posso explicar tudo — balbuciou David.

— Duvido — rebateu Mary O'Brien.

Sem palavras, Kate deu-lhe as costas e saiu da suíte. O ruído da porta se fechando arrancou David de sua paralisia. Pouco antes de sair no corredor, ele ouviu a voz ultrajada de Mary O'Brien:

— Conflito de interesses? Agora sei o que ele queria dizer com *interesses*!

Kate entrava em um elevador.

Correu atrás dela, mas antes de conseguir puxá-la para fora, a porta se fechou entre os dois.

— Droga! — gritou David, socando a parede.

O elevador seguinte demorou uma eternidade para chegar. Durante toda a descida de vinte andares, ele andou para cima e para baixo como um animal enjaulado, falando palavrões que não proferia havia anos. Ao emergir no térreo, Kate não estava à vista.

Ele saiu do prédio e desceu a escadaria até a calçada. A meia quadra de distância, viu um ônibus junto ao meio-fio. Kate caminhava em direção ao veículo.

Abrindo caminho em meio à multidão, segurou o braço dela e a deteve quando estava a ponto de embarcar.

— Me largue! — reclamou Kate.

— Aonde pensa que vai?

— Ah, desculpe. Quase me esqueci! — Enfiando a mão no bolso da camisa, tirou as chaves do carro e quase as jogou em cima dele. — Não quero ser acusada de ter roubado seu precioso BMW!

Ela olhou em torno, frustrada, quando o ônibus partiu sem ela. Livrando o braço com um safanão, ela se foi. Ele a seguiu.

— Apenas me dê a chance de explicar.

— O que disse para sua cliente, David? Que ela vai conseguir um acordo agora que você tem a doutora idiota comendo na sua mão?

— O que aconteceu entre nós nada tem a ver com o caso.

— Tem tudo a ver com o caso! Você estava esperando todo o tempo que eu aceitasse um acordo.

— Só pedi que você pensasse a respeito.

— Rá! — Kate se voltou para ele. — Eles ensinam isso na faculdade de Direito? Quando tudo o mais falhar, leve o oponente para a cama?

Foi a gota d'água. Ele a agarrou pelo braço e quase a arrastou da calçada para um *pub* ali perto. Lá dentro, atravessou a multidão barulhenta que se reunia ao redor do bar e a arrastou em meio à fumaça de cigarro até um reservado vazio nos fundos do salão. Ali, ele a sentou sem cerimônia em um banco de madeira. Sentando-se à sua frente, lançou-lhe um olhar que dizia que ela o ouviria, quisesse ou não.

— Para começo de conversa… — começou.

— Boa noite — disse uma voz alegre.

— O que foi agora? — estourou ele, com a assustada garçonete que viera atendê-los.

A mulher pareceu encolher dentro do uniforme verde-floresta.

— Vocês… Ahn, querem algo para…

— Traga duas cervejas — rebateu ele.

— Claro, senhor. — Lançando um olhar de piedade para Kate, a garçonete rodou com a saia plissada e se foi.

Durante um minuto inteiro, David e Kate se encararam com declarada hostilidade. Então, David emitiu um suspiro e passou os dedos pelo cabelo despenteado.

— Muito bem, vamos começar de novo.

— Por onde? Antes ou depois de sua cliente sair de seu escritório?

— Alguém já lhe disse que tem um péssimo senso de oportunidade?

— Ah, está enganado a esse respeito. Meu senso de oportunidade me parece muito bom. O que foi que ouvi você dizer para ela? "Não se preocupe, há um acordo em curso."

— Eu estava tentando tirá-la de meu escritório!

— Então, como ela reagiu ao ver que você estava fazendo jogo duplo?

— Eu não estava fazendo jogo duplo — insistiu ele, parecendo angustiado.

— Trabalhando para ela e indo para a cama comigo? Eu chamaria isso de fazer jogo duplo.

— Para uma mulher inteligente, você parece ter alguma dificuldade para compreender um pequeno fato: eu estou fora do caso. Permanentemente. E voluntariamente. Mary O'Brien veio ao meu escritório para saber por que eu me retirei.

— Você… falou para ela a nosso respeito?

— Acha que sou louco? Acha que eu anunciaria que estou transando com a oponente?

As palavras dele soaram-lhe como um tapa na cara. Era isso que ela representava para ele? Kate imaginava que seu ato de amor significara muito mais do que um simples encontro de hormônios. Uma união de almas, talvez. Para David, entretanto, o caso só significara complicações. Uma cliente furiosa, uma retirada forçada do caso. E a humilhação de ter de confessar um romance ilícito. O fato de ter tentado ocultar o caso dava a tudo um tom sombrio. As pessoas só ocultam aquilo de que se envergonham.

— Um caso de fim de semana — disse ela. — É o que fui?

— Não quis dizer isso!

— Bem, não se preocupe, David — assegurou ela com altivez, ao se levantar. — Não vou mais envergonhá-lo. Este é um esqueleto que voltará alegremente para o armário.

— *Sente-se.* — Não passou de um leve rosnado, mas carregava ameaça bastante para fazê-la parar. — Por favor — acrescentou. Então, em um sussurro, repetiu: — Por favor.

Sem pressa, ela voltou a se sentar.

Ficaram em silêncio quando a garçonete voltou com as cervejas. Apenas quando estavam a sós mais uma vez, David disse em tom calmo:

— Você não é apenas um flerte, Kate. E, quanto aos O'Brien, o que faço nos fins de semana não é da conta deles. Ou durante a semana. — Ele balançou a cabeça, atônito. — Sabe, eu já me retirei de outros casos, mas sempre por motivos perfeitamente lógicos. Motivos que eu podia defender sem enrubescer. Mas, desta vez… — Ele emitiu uma risada tensa. — Ficar com o rosto vermelho não é algo que costuma acontecer em minha idade.

Kate baixou os olhos para o copo. Ela odiava cerveja. Odiava discutir. Mais que tudo, odiava aquela distância entre eles.

— Se cheguei a conclusões precipitadas, peço desculpas — admitiu ela, de má vontade. — Acho que nunca confiei em advogados.

— Então estamos quites. Nunca confiei em médicos.

— Então somos um casal incomum. Qual a novidade?

Passaram por outro daqueles silêncios terrivelmente carregados.

— De fato, não nos conhecemos bem, não é mesmo? — disse ela afinal.

— A não ser na cama. Que não é o melhor lugar para se conhecer alguém. — Ele fez uma pausa. — Embora certamente tenhamos tentado.

Ela ergueu a cabeça e viu uma pequena e estranha dobra nos lábios dele, o início de um sorriso. Um cacho de cabelo caíra-lhe sobre as sobrancelhas. O colarinho estava aberto e a gravata, afrouxada em um flácido nó de forca. Ela nunca o vira tão irresistivelmente atraente.

— Vai se meter em confusão, David? E se os O'Brien reclamarem à Ordem dos Advogados? — murmurou ela.

Ele deu de ombros.

— Não estou preocupado. Droga, o pior que podem fazer é caçar minha licença! Ou me prender. Talvez me mandar para a cadeira elétrica.

— David!

— Ah, você está certa, esqueci. Não há cadeiras elétricas no Havaí. — Ele percebeu que Kate não estava rindo. — Tudo bem, foi uma piada ruim.

Ele ergueu a caneca e estava a ponto de tomar um gole quando se deu conta da expressão preocupada de Kate.

— Ah, esqueci completamente. O que houve na sua audiência?

— Nenhuma surpresa.

— Foi negativa para você?

— Para dizer o mínimo. — Sentindo-se péssima, ela olhou para a mesa. — Disseram que meu trabalho está abaixo dos padrões. Acho que é um modo educado de dizer que sou uma má médica.

O silêncio de David, mais do que qualquer coisa que ele pudesse dizer, indicou o quanto a notícia o perturbou. Agradavelmente surpresa, observou a mão dele envolver as suas.

— Engraçado — observou ela, com um sorriso irônico. — Nunca quis ser outra coisa na vida a não ser médica. Agora que perdi o emprego, vejo quão mal preparada estou para fazer qualquer outra coisa. Não sei datilografar. Não sei tomar ditados. Pelo amor de Deus, não sei nem *cozinhar*!

— Opa. Essa é uma séria deficiência. Talvez tenha de pedir esmolas na rua.

Era outra piada ruim, mas dessa vez ele a fez esboçar um leve sorriso.

— Promete jogar algumas moedas no meu chapéu?

— Farei mais do que isso. Vou lhe pagar um jantar.

Ela balançou a cabeça.

— Obrigada. Mas não estou com fome.

— Melhor aceitar — advertiu ele, apertando-lhe a mão. — A gente nunca sabe quando fará a próxima refeição.

Kate ergueu a cabeça e seus olhares se encontraram através da mesa. Olhos que outrora ela achara tão frios tinham agora o calor de um dia de verão.

— Tudo o que quero é ir para casa com você, David. Quero que me abrace. E não necessariamente nessa ordem.

Ele deu a volta na mesa devagar e sentou-se ao lado dela. Então, estreitou-a em seus braços e abraçou-a durante um longo tempo. Era daquilo que ela estava precisando, aquele abraço silencioso. Não um abraço de amante, mas de amigo.

Ambos se sobressaltaram ao ouvirem o pigarrear da garçonete.

— O senso de oportunidade dessa mulher é espantoso… — murmurou David ao se afastar.

— Algo mais? — perguntou a garçonete.

— Sim — respondeu David, sorrindo educadamente entre os dentes trincados. — *Caso não se importe.*

— O que seria, senhor?

— Um pouco de privacidade.

Kate acabou concordando em jantar. Um estômago cheio e alguns copos de vinho a deixaram corada e ligeiramente tonta, enquanto atravessavam as ruas escuras até o estacionamento. Os postes de luz espalhavam um brilho vaporoso sobre os rostos dos dois. Ela enlaçou o braço dele e teve vontade de cantar, de rir.

Ela estava indo para casa com David.

Kate acomodou-se no banco de couro do BMW e a familiar sensação de segurança a envolveu como um cobertor. Ela estava em uma cápsula onde ninguém, nada, poderia feri-la. A sensação durou por todo o trajeto ao longo da autoestrada Pali, enquanto atravessavam o túnel sob as montanhas Koolau, e a manteve aquecida na íngreme e sinuosa descida da serra.

Terminou quando David olhou o espelho retrovisor e xingou baixinho.

Ela olhou para o lado e viu o brilho tênue do farol de um carro refletido no seu rosto.

— David?

Ele não respondeu. Kate sentiu o motor acelerar.

— David, há algo errado?

— Aquele carro atrás de nós.

— O que tem?

Ele franziu as sobrancelhas para o espelho.

— Acho que estamos sendo seguidos.

12

Kate voltou a cabeça e olhou para o par de faróis piscando ao longe.

— Tem certeza?

— Só percebi porque a lanterna esquerda está queimada. Ele saiu atrás de nós quando deixamos o estacionamento. Está atrás de nós desde então. Todo o caminho montanha abaixo.

— Isso não quer dizer que esteja nos seguindo!

— Vamos fazer uma pequena experiência. — Ele tirou o pé do acelerador.

Ela ficou tensa e alarmada.

— Por que está reduzindo?

— Para ver o que ele faz.

Com o coração disparado, Kate sentiu o BMW reduzir para setenta, então 65. Abaixo do limite de velocidade. Ela esperou que os faróis os ultrapassassem, mas pareceram deter-se ao longe, como se alguma força invisível mantivesse os carros afastados.

— Sujeito esperto — disse David. — Mantendo distância para que eu não possa ver a placa.

— Há um desvio mais à frente! Ah, por favor, entre!

Ele saiu da autoestrada e entrou em uma estrada de duas pistas através de uma densa floresta. Árvores cobertas de cipós passavam ao lado, os galhos molhados encharcando o para-brisas. Ela se voltou e viu, através do pano de fundo da selva, o mesmo par de faróis, brilhando na escuridão. Luzes fantasmagóricas que se recusavam a desaparecer.

— É ele... — murmurou Kate. Ela não conseguia dizer o nome, como se, apenas ao pronunciá-lo, fosse liberar alguma força terrível.

— Eu devia saber… — murmurou David. — Droga, eu devia saber!

— O quê?

— Ele estava vigiando o hospital. É o único meio de tê-la seguido…

Devia estar bem atrás de mim, pensou ela, subitamente atemoriza-da com a noção do que poderia ter acontecido. *E eu nem sabia que ele estava lá.*

— Vou despistá-lo. Segure-se.

Ela foi jogada para o lado pela violenta arrancada do carro. Era tudo o que ela podia fazer pela própria vida. A situação estava fora de contro-le. Aquele show era todo de David.

Casas passaram ao largo, uma sucessão de janelas iluminadas inter-caladas pela silhueta de árvores e arbustos. O BMW avançava como um esquiador de *slalom* através da escuridão, fazendo curvas a uma velocidade que a fez se agarrar ao painel, aterrorizada. Sem aviso, ele entrou em um acesso de veículos. O cinto de segurança apertou o peito de Kate quando pararam de repente em uma garagem escura. Imediatamente, David desligou o motor. A seguir, abraçou-a. Ela ficou ali, imprensada entre a alavanca de marcha e o peito de David, ouvindo, esperando. Ela podia sentir o coração dele martelar, ouvir sua respiração áspera, irregu-lar. Ao menos ele conseguia respirar; ela não ousava fazê-lo.

Com terror crescente, ela observou uma luz tênue ficar cada vez mais intensa no espelho retrovisor. Da estrada, ouviram o distante rumor de um motor. Os braços de David se estreitaram ao seu redor. Ele colocou--se sobre ela, protegendo-a com o próprio corpo. Durante uma eterni-dade, ela ficou esmagada sob o peso dele, ouvindo, esperando, à medida que o som do motor desaparecia ao longe. Apenas quando houve silên-cio total, os dois enfim se ergueram para olhar pelo para-brisa traseiro.

A estrada estava escura. O carro desaparecera.

— E agora? — murmurou ela.

— Vamos dar o fora daqui. Enquanto ainda podemos. — Ele girou a chave. O ruído do motor soou-lhe ensurdecedor. Com os faróis apaga-dos, o carro deixou a garagem lentamente.

Enquanto saíam daquela vizinhança, Kate olhou para trás diversas vezes, procurando um par de faróis dançando depois das árvores. So-mente quando chegaram à autoestrada ela se permitiu um suspiro de alí-vio. Mas, para seu alarme, David voltou o carro em direção a Honolulu.

— Aonde vamos?

— Não podemos ir para casa. Não agora.

— Mas nós o despistamos!

— Se ele a espreitava no hospital, então a seguiu até meu escritório. Até mim. Infelizmente, estou na lista telefônica. Endereço e tudo mais.

Ela se recostou, chocada, tentando absorver o último golpe. Entraram no túnel Pali. A sucessão de luzes passando mais acima era tremendamente desorientadora e ofuscante.

Para onde vou agora?, perguntou-se Kate. *Quanto tempo até ele me encontrar? Terei tempo de correr? Tempo de gritar?* Ela estremeceu quando emergiram do túnel e se viram imersos em uma súbita escuridão.

— É meu último recurso — disse David. — O único lugar no qual consigo pensar. Você não estará só. E estará a salvo. — Ele fez uma pausa e acrescentou com humor: — Só não tome café.

Ela se voltou para ele, confusa.

— Para onde vamos?

A resposta dele tinha um claro tom de desculpa.

— Para a casa da minha mãe.

A mulher pequena e grisalha que abriu a porta usava um roupão de banho e chinelos de coelhinho cor-de-rosa. Durante algum tempo ela ficou ali, piscando para as visitas inesperadas como um rato surpreso. Então bateu palmas e exclamou:

— Meu Deus, David! Quem bom que veio nos visitar! Ah, mas foi maldade sua não avisar. Você nos pegou de pijama, como duas ve…

— Você está linda, Gracie — interrompeu David enquanto puxava Kate para dentro de casa.

Sem demora, fechou e trancou a porta. Então, olhando através da janela com a cortina fechada, perguntou:

— Mamãe está acordada?

— Bem, sim, ela… Ahn… — Gracie acenou vagamente para o vestíbulo.

Do outro cômodo, ouviu-se uma voz queixosa:

— Pelo amor de Deus, livre-se de seja lá quem for e volte para cá! É sua vez! E aconselho a vir com algo bom. Acabo de conseguir uma palavra com valor triplicado!

— Ela está ganhando de mim outra vez… — suspirou Gracie.

— Então, ela está de bom humor?

— Não saberia dizer. Eu nunca a vi de bom humor.

— Prepare-se… — murmurou David para Kate ao guiá-la através do vestíbulo. — Mãe? — chamou ele, com ternura. Muita ternura.

Em uma sala de estar violeta e cor de mogno, uma matrona de cabelos azuis agrisalhados estava sentada de costas para a porta. Os pés cruzados estavam apoiados em um tamborete púrpura. Na mesinha ao lado havia um tabuleiro de palavras cruzadas, repleto de peças.

— Não acredito — disse ela, para a parede em frente. — Deve ser uma alucinação auditiva. — Ela se voltou com a expressão incrédula. — Ora, meu filho veio mesmo me visitar! Será o fim do mundo?

— Prazer em vê-la também, mãe — respondeu ele, em tom seco. Em seguida, inspirou fundo, como um homem criando coragem para arrancar o próprio dente. — Precisamos de sua ajuda.

Os olhos da mulher, tão brilhantes e afiados quanto um par de cristais, de súbito voltaram-se para Kate. Então ela notou o braço de David, pousado sobre o ombro de Kate. Dando-se conta, ela sorriu. Com um olhar de gratidão para o céu, ela murmurou fervorosa:

— Glória, aleluia!

— Você nunca me conta nada, David — queixou-se Jinx Ransom uma hora depois, sentada com o filho na cozinha repleta de samambaias.

Estavam curvados sobre xícaras de chocolate, um ritual que não compartilhavam desde que ele era menino. *Como é fácil ser transportado de volta à infância*, refletiu ele. Um gole de chocolate, um olhar de reprovação da mãe, e os surtos de culpa filial retornavam. A boa e velha Jinx; ela realmente sabia como fazer um sujeito se sentir jovem outra vez. Na verdade, ela o fazia se sentir com seis anos de idade.

— Você tem uma mulher em sua vida e a esconde de mim — disse Jinx. — Como se tivesse vergonha dela. Ou vergonha de mim. Ou de nós duas.

— Não há nada a dizer. Eu não a conheço há tanto tempo assim.

— Só está com vergonha de admitir que é humano, certo?

— Não me analise, mãe.

— Eu troquei suas fraldas. Eu o vi ralar os joelhos. Cheguei a vê-
-lo quebrar o braço naquele maldito skate. Você quase nunca chorava,
David. Ainda não chora. Não creio que seja capaz. É algum gene que
herdou de seu pai. Ah, as emoções estão em algum lugar aí dentro, mas
você não as demonstra. Mesmo quando Noah morreu…

— Não quero falar de Noah.

— Viu? O menino morreu há oito anos e você ainda não consegue
ouvir o nome dele sem ficar de cara feia.

— Vá direto ao ponto, mãe.

— Kate.

— O que tem ela?

— Você estava segurando a mão dela.

Ele deu de ombros.

— Ela tem mãos muito bonitas.

— Já foi para a cama com ela?

David cuspiu o chocolate quente na mesa.

— Mãe!

— Não há nada de que se envergonhar. As pessoas fazem isso o tempo todo. É natural, embora eu às vezes pense que você se imagina imune
a todo o maldito processo. Mas, hoje à noite, vi aquela expressão em
seus olhos.

Afastando um ramo de samambaia, ele foi até a pia, pegou uma toalha de papel e começou a limpar o chocolate da camisa.

— Estou certa? — perguntou Jinx.

— Vou precisar de uma camisa limpa amanhã… — murmurou ele.
— Esta está manchada.

— Use uma das camisas de seu pai. Então, estou certa?

Ele ergueu a cabeça.

— Sobre o quê, mãe? — inquiriu David, sem expressão.

Ela ergueu os braços para o céu e exclamou:

— Eu sabia que era um erro ter apenas um filho!

Lá em cima, ouviu-se um estrondo. David olhou para o teto.

— O que diabos Gracie está fazendo lá em cima, afinal?

— Arranjando algumas roupas para Kate.

David estremeceu. Conhecendo o gosto incomparável de Grace para
roupas, Kate desceria embalada da cabeça aos pés em um nauseante tom

de rosa. Com chinelos de coelhinho para combinar. A verdade era que ele não dava a mínima para o que ela estaria vestindo, desde que descesse por aquela escada. Estavam separados havia apenas 15 minutos e ele já estava sentindo sua falta. Aquilo o aborrecia, todas aquelas emoções inconvenientes revolvendo-se dentro de si. Fazia-o se sentir fraco, indefeso e muito... humano.

Ele se voltou ansioso ao ouvir um ranger na escada e viu que era apenas Gracie.

— Isso é chocolate quente, Jinx? — perguntou Gracie. — Você sabe que leite faz mal para o seu estômago. Devia tomar chá.

— Não quero chá.

— Sim, quer.

— Não, não quero.

— Onde está Kate? — indagou David, desalentado.

— Ah, ela está vindo — disse Gracie. — Está lá em cima no seu quarto, admirando seus aeromodelos antigos. — Rindo, ela confidenciou para Jinx: — Eu disse que eram prova de que David já foi criança um dia.

— Ele nunca foi criança — resmungou Jinx. — Já saiu do útero como um adulto completamente maduro. Embora menor, é claro. Talvez ele ande de trás para a frente. Talvez fique mais jovem com o passar dos anos. Então nós o veremos relaxar e se tornar uma criança de verdade.

— Assim como você, mãe?

Gracie pousou a chaleira na mesa e suspirou com alegria.

— É tão bom ter companhia, não é mesmo? — Ela olhou em torno, assustada, quando o telefone tocou. — Meu Deus, já passa das dez! Quem poderia...

David levantou-se de um salto.

— Eu atendo. — Ele agarrou o fone e gritou: — Alô?

A voz de Pokie ecoou em tom triunfante do outro lado da linha.

— Tenho notícias para você.

— Você investigou aquele carro?

— Esqueça o carro. Nós pegamos o sujeito.

— Decker?

— Precisarei da dra. Chesne aqui para identificá-lo. Em meia hora, está bem?

David ergueu a cabeça e viu Kate de pé na porta da cozinha. Os olhos dela estavam repletos de perguntas. Sorrindo, ele ergueu um polegar vitorioso para ela.

— Estamos a caminho. Onde ele está preso? Delegacia central?

Houve uma pausa.

— Não, não na delegacia.

— Onde, então?

— No necrotério.

— Espero que tenham estômago forte.

A legista, uma mulher grotescamente bem-humorada chamada M. J., puxou a gaveta de aço inoxidável, que escorregou sem ruído. Kate agarrou-se a David quando M. J. casualmente abriu o zíper da mortalha de plástico.

Sob as fortes luzes do necrotério, o cadáver parecia artificial. Aquilo não era um homem; era algum tipo de estátua de cera, uma imitação de vida.

— Um iatista o encontrou esta tarde, flutuando de barriga para baixo no porto — explicou Pokie.

Kate sentiu o braço de David se estreitar ao redor de sua cintura enquanto ela se obrigava a estudar o rosto inchado do cadáver. Por mais distorcido que estivesse, os olhos abertos eram reconhecíveis. Mesmo na morte, pareciam assustadores.

Assentindo, Kate murmurou:

— É ele…

Pokie sorriu, uma reação que pareceu surrealista naquela sala de pesadelos.

— Bingo — resmungou.

M. J. correu a mão enluvada sobre o couro cabeludo do cadáver.

— Aparentemente, temos uma fratura de crânio depressiva aqui… — Ela afastou a mortalha, revelando o torso desnudo. — Parece que ficou um bom tempo dentro d'água.

Nauseada de repente, Kate voltou-se e escondeu o rosto no ombro de David. O cheiro de sua colônia pós-barba neutralizou o fedor de formol.

— Pelo amor de Deus, M. J. — murmurou David. — Poderia cobri-lo?

M. J. fechou o zíper e a gaveta.

— Perdeu o estômago de aço, David? Se me lembro bem, você suportava coisa muito pior.

— Ultimamente, não tenho visto muitos cadáveres. — Ele afastou Kate das gavetas de corpos. — Venha. Vamos dar o fora daqui.

Propositalmente, o escritório da legista era uma sala mais alegre, com plantas penduradas e cartazes de filmes antigos, uma decoração bizarra para o assunto lúgubre que ali era tratado. Pokie serviu o café de uma máquina automática e entregou duas xícaras para David e Kate. Então, suspirando de satisfação, acomodou-se em uma cadeira diante deles.

— Então, é assim que termina — disse ele. — Nenhum julgamento. Nenhum aborrecimento. Apenas um conveniente cadáver. Que pena que a justiça nem sempre seja assim tão simples.

Kate olhou para a xícara de café.

— Como ele morreu, tenente? — perguntou ela.

Pokie deu de ombros.

— Acontece de vez em quando. O cara bebe demais, cai do quebra-mar, bate a cabeça nas pedras. Encontramos cadáveres boiando todo o tempo. Vagabundos de barcos, geralmente. — Ele olhou para M. J. — O que acha?

— Nada posso afirmar por enquanto... — murmurou M. J.

Ela estava curvada sobre a escrivaninha, devorando um jantar tardio. Um sanduíche de carne pingando de ketchup, observou Kate, com o estômago a ponto de revirar.

— Quando um corpo fica na água todo esse tempo, a anatomia fica distorcida. Eu lhe direi após a necropsia.

— Por quanto tempo ele ficou na água? — perguntou David.

— Um dia. Mais ou menos.

— *Um dia*? — Ele olhou para Pokie. — Então, quem diabos estava nos seguindo esta noite?

Pokie riu.

— Você tem uma imaginação fértil.

— Eu estou lhe dizendo que havia um carro!

— Há muitos carros na estrada. Muitos faróis semelhantes.

— Bem, estou certa de que não era nosso amigo da gaveta — disse M. J., amassando a embalagem do sanduíche e atacando uma maçã vermelha. — Pelo que eu saiba, mortos não dirigem.

— Quando saberá a causa da morte? — indagou David.

— Ainda preciso de radiografias do crânio. Vou abri-lo esta noite, verificar a água nos pulmões. Isso nos dirá se ele se afogou. — Ela deu outra mordida na maçã. — Mas isso, só depois de eu terminar o jantar. Até lá…

Ela rodou sobre a cadeira e pegou uma caixa de papelão de uma gaveta e a atirou sobre a escrivaninha.

— Os objetos pessoais dele.

Pegou metodicamente os objetos, cada um preservado em um saco plástico.

— Escova de plástico, preta, portátil… Meio maço de cigarros Winston… Caixa de fósforos sem rótulo… Carteira masculina de vinil marrom contendo 14 dólares… Documentos diversos… — Ela pegou o último item. — E isso.

Atirou o jogo de chaves na escrivaninha. No chaveiro, escrito em letras vermelhas, lia-se: Hotel Victory.

Kate pegou o chaveiro.

— Hotel Victory… — murmurou. — Ele estava morando lá?

Pokie assentiu.

— Nós verificamos. Que buraco! Ratos por toda parte. Sabemos que esteve lá na noite de sábado. Foi a última vez que foi visto com vida.

Devagar, Kate pousou as chaves na mesa e olhou para o chaveiro com letras brilhantes. Ela pensou naquele rosto do espelho, no tormento daqueles olhos. E, ao olhar aquela triste e exígua pilha de objetos pessoais, uma inesperada sensação de tristeza se acumulou dentro dela, tristeza pelos sonhos arruinados de um homem. *Quem era você, Charles Decker?*, perguntou-se. *Louco? Assassino?* Ali estavam vestígios e partes de sua vida, e todos eram tão ordinários.

Pokie sorriu para ela.

— Bem, acabou, doutora. Nosso homem está morto. Parece que pode voltar para casa.

Kate olhou para David, mas ele estava olhando em outra direção.

— Sim — disse ela, com a voz cansada. — Agora posso ir para casa.

Quem era você, Charles Decker?

A frase se repetia indefinidamente em sua mente enquanto ela estava sentada no escuro do carro de David observando os postes de luz passando lá fora. *Quem era você?* Ela pensou no quanto ele sofreu, em toda a dor que aquele homem sem voz sentiu. Como todos os demais, ele era uma vítima.

E, agora, um cadáver conveniente.

— Foi fácil demais, David… — murmurou ela.

Ele se voltou em meio à penumbra do interior do carro.

— O quê?

— O modo como tudo se resolveu. Muito simples, muito certinho… — Ela olhou para a escuridão lá fora, lembrando-se do reflexo de Charlie Decker no espelho. — Meu Deus! Eu vi isso nos olhos dele… — murmurou ela. — Estava bem ali, na minha frente, só que eu estava com muito medo para reconhecer.

— O quê?

— O medo. Ele estava apavorado. Ele devia saber de alguma coisa, algo terrível. E isso o matou. Assim como aos outros…

— Está dizendo que ele era uma vítima? Então por que ele a ameaçou? Por que fez aquela ligação para o chalé?

— Talvez não fosse uma ameaça… — Ela ergueu a cabeça, subitamente compreendendo. — Talvez ele estivesse me advertindo a respeito de alguém mais.

— Mas as provas…

— Quais provas? Algumas digitais em uma maçaneta? Um cadáver com um histórico psiquiátrico?

— E uma testemunha. Você o viu no apartamento de Ann.

— E se ele era a verdadeira testemunha? Um sujeito no lugar e na hora errada? — Ela observou os faróis rompendo a escuridão. — Quatro pessoas, David. E tudo o que os une é uma mulher morta. Se ao menos eu soubesse por que Jenny Brook era tão importante…

— Infelizmente, cadáveres não falam.

Talvez falem.

— O Hotel Victory — disse ela, de repente. — Onde fica?

— Kate, o sujeito está morto. As respostas morreram com ele. Vamos esquecer isso.

— Mas ainda há uma chance…

— Você ouviu Pokie. O caso está encerrado.

— Não, para mim não está.

— Ora, pelo amor de Deus, Kate! Não transforme isso em uma obsessão! — Agarrando o volante, ele expirou, agitado. Quando voltou a falar, sua voz estava mais tranquila. — Veja, sei o quanto significa para você limpar seu nome. Mas, a longo prazo, pode não valer a pena. Se estiver procurando retificação, temo que não a obtenha. Não no tribunal, de qualquer modo.

— Você não pode ter certeza sobre o que o júri pensará.

— Antecipar julgamentos faz parte do meu trabalho. Ganhei um bom dinheiro à custa de erros médicos. E fiz isso em uma cidade onde muitos advogados mal conseguem pagar o aluguel. Não sou mais esperto do que os outros, apenas escolho bem meus casos. E, quando o faço, não me importo de ir fundo e jogar sujo. Quando termino, o réu está comprometido pelo resto da vida.

— Adorável profissão essa sua.

— Estou lhe dizendo isso porque não quero que aconteça com você. Por isso, acho que devia fazer um acordo. Deixe o assunto morrer em paz. Discretamente. Antes que seu nome fique sujo.

— É assim que trabalham no escritório da promotoria? "Declare sua culpa e lhe arranjamos um acordo."?

— Não há nada de errado em fazer um acordo.

— Se você fosse eu, faria um acordo?

Houve uma longa pausa.

— Sim, faria.

— Então devemos ser muito diferentes. — Teimosa, ela se concentrou na estrada adiante. — Pois eu não posso deixar isso de lado. Não sem lutar.

— Então vai perder. — Era mais que uma opinião; era um pronunciamento, tão definitivo quanto o bater do martelo de um juiz.

— E suponho que os advogados não aceitem perder batalhas, certo?

— Não este advogado aqui.

— Engraçado. Os médicos vivem aceitando. Tente argumentar com um derrame. Ou com um câncer. Não fazemos barganhas com o inimigo.

— E é exatamente assim que ganho meu sustento — respondeu ele. — Com médicos arrogantes!

Foi um golpe baixo. E ele se arrependeu no instante em que o disse. Mas ela estava procurando problemas, e ele tinha de detê-la antes que se machucasse. Ainda assim, não esperava pronunciar palavras tão grosseiras. Era mais um lembrete da quantidade de barreiras entre eles.

Fizeram o resto do percurso em silêncio. Uma nuvem sombria preenchia os espaços do carro. Ambos pareciam estar chegando ao fim; desde o início, David achava que aquilo era inevitável. Ele já podia senti-la se afastando.

De volta à casa, foram para o quarto como dois estranhos. Quando ela pegou a mala e começou a guardar seus pertences, ele disse apenas:

— Faça isso amanhã de manhã.

E guardou a mala de volta no armário. E foi só. David não conseguia dizer que queria que ela ficasse, que precisava que ela ficasse. Apenas fechou a porta do armário. Então, voltou-se para ela. Devagar, retirou o paletó e jogou-o na cadeira. Ele se aproximou, segurou o rosto de Kate e beijou-a. Os lábios dela estavam gelados. David a abraçou e a aqueceu.

Fizeram amor, é claro. Uma última vez. Ele estava ali, ela estava ali, a cama estava ali. Amor entre ruínas. Não, não era amor. Era desejo. Vontade. Necessidade. Algo inteiramente diferente, consumidor, embora insatisfatório.

Ao fim de tudo, ele ficou deitado ao lado dela no escuro, ouvindo-lhe a respiração. Ela dormia profundamente, o sono inabalável da exaustão. Ele também devia estar dormindo. Mas não podia. Estava ocupado demais pensando nos motivos pelos quais não devia se apaixonar.

David não gostava de se apaixonar. Aquilo o deixava muito vulnerável. Desde a morte de Noah, ele evitava os sentimentos. Às vezes, sentia-se como um robô. David funcionava em piloto automático, respirando e comendo apenas por necessidade, sorrindo apenas quando esperavam que sorrisse. Quando Linda enfim o deixou, ele mal percebeu; seu divórcio foi apenas uma gota em um oceano de dor. Ele achava que a amava, mas não era o mesmo amor completo e incondicional que sentia pelo filho. Para David, o amor era avaliado pela dor que sentiu ao perdê-lo.

E havia aquela mulher, deitada ao lado dele. Ele observou a mancha escura do cabelo dela no travesseiro, o brilho de seu rosto. Tentou se lembrar da última vez que teve uma mulher em sua cama. Fazia muito tempo, era loura. Mas ele nem mesmo se lembrava do nome dela. Nada significou para ele.

Mas Kate? Ele certamente se lembraria do nome dela. Ia se lembrar daquele momento, do modo como ela dormia, enroscada como um gato cansado, do modo como a própria presença dela parecia aquecer a escuridão. Ele se lembraria.

Levantou-se da cama e atravessou o corredor. Alguma estranha vontade o atraía ao quarto de Noah. Entrou e ficou um instante, iluminado pelo luar que atravessava a janela. Durante muito tempo, evitou aquele quarto. Ele odiava a visão daquela cama vazia. Sempre se lembraria de quando entrava ali na ponta dos pés para ver o filho adormecido. Por algum estranho instinto, Noah parecia escolher aquele momento para despertar. E, na escuridão, ambos murmuravam sua conversa ritual.

É você, papai?

Sim, Noah, sou eu. Volte a dormir.

Abraço primeiro. Por favor.

Boa noite. E não caia da cama.

David sentou-se, ouvindo os ecos do passado, lembrando-se de como doera amar.

Por fim, voltou à cama de Kate, encolheu-se ao lado dela e adormeceu.

Despertou antes do amanhecer. No chuveiro, esfregou com determinação todos os vestígios do amor que fizeram. Sentiu-se renovado. Vestiu-se para trabalhar, trajando cada item de vestuário como se fosse uma peça de armadura para protegê-lo do mundo. Sozinho na cozinha, tomou uma xícara de café.

Uma vez que Decker estava morto, não havia motivo para Kate ficar. David cumpriu seu dever moral; fez o papel do cavaleiro no cavalo branco e a manteve em segurança. Estava claro desde o início que nada daquilo era permanente. Ele jamais a enganou. Sua consciência estava limpa. Agora, era hora de ela ir para casa; e ambos sabiam disso. Talvez fosse melhor assim. Alguns dias, algumas semanas separados, talvez lhe fornecessem uma perspectiva mais lúcida. Talvez ele chegasse à conclusão de que tudo aquilo fora um caso de loucura hormonal temporária.

Ou talvez estivesse apenas se divertindo.

David estava preocupado com todas as coisas que poderiam ocorrer com ela caso continuasse a remexer o passado de Charlie Decker. Também sabia que ela continuaria a fazer isso. Na noite anterior, ele não lhe contara a verdade: que achava que ela estava certa, que havia algo mais no caso que a vingança de um louco. Quatro pessoas morreram; David não queria que ela fosse a quinta.

Levantou-se e lavou a xícara. Então, voltou para o quarto. Ali, sentou-se ao pé da cama — uma distância segura — e observou-a dormir. Que mulher bela, teimosa e incrivelmente independente! Ele achava que gostava de mulheres independentes. Agora não estava tão certo. Quase desejou que Decker ainda estivesse vivo, de modo que Kate continuasse a precisar dele. Inacreditavelmente egoísta.

Então David decidiu que ela ainda precisava dele. Haviam compartilhado duas noites de paixão. Por isso, ele lhe devia um último favor.

Ele a tocou com delicadeza.

— Kate?

Ela abriu os olhos devagar e olhou para ele. Aqueles olhos verdes e sonolentos. Ele desejou beijá-la, mas decidiu que era melhor não o fazer.

— O Hotel Victory — disse ele. — Ainda quer ir até lá?

13

A sra. Tubbs, gerente do Hotel Victory, era uma mulher com cara de sapo com duas fendas estreitas no lugar dos olhos. Apesar do calor, vestia um suéter verde imundo sobre um vestido florido. Através de um furo na meia, despontava um dedão bem inchado.

— Charlie? — perguntou ela, avaliando David e Kate atrás da porta entreaberta. — É, ele morava aqui.

Na TV da sala, um sujeito gritava: "Seu retardado! Você podia ter adivinhado essa!".

A mulher se voltou e berrou:

— Ebbie! Desligue esse troço! Não vê que estou falando com uma pessoa? — Ela se voltou para David e Kate. — Charlie não mora mais neste hotel. Morreu. A polícia já passou por aqui.

— Se possível, gostaríamos de ver o quarto dele — disse Kate.

— Para quê?

— Procuramos informação.

— Vocês são da polícia?

— Não, mas…

— Não posso permitir que entrem sem um mandado. A polícia já me deu muito trabalho. Deixou todo mundo nervoso. Além do mais, recebi ordens. Ninguém sabe.

O tom de voz dela dava a entender que alguém muito importante, talvez o próprio Deus, dera aquelas ordens. Para enfatizar o que dizia, ela começou a fechar a porta. E pareceu ofendida quando David a deteve com a mão bem colocada.

— Parece estar precisando de um suéter novo, sra. Tubbs — observou David, com a voz calma.

A porta se abriu alguns centímetros. Os olhos claros da sra. Tubbs o observaram pela fresta.

— Estou precisando de muita coisa nova — resmungou ela.

Do apartamento, ouviu-se um poderoso e entusiasmado arroto.

— Principalmente de um marido novo.

— Infelizmente não posso ajudá-la nesse caso.

— Ninguém pode, exceto, talvez, o bom Deus.

— Que opera Sua mágica de modos inesperados. — O sorriso de David era encantador. A sra. Tubbs olhou-o, esperando que o milagre sugerido acontecesse.

David o realizou sob a forma de uma nota de vinte dólares, que depositou discretamente nas mãos gordas da mulher.

Ela olhou o dinheiro.

— O dono do hotel me mata se descobrir.

— Não descobrirá.

— Não me paga o bastante para administrar este muquifo. Afora isso, tenho de pagar o fiscal municipal. — David deu-lhe outros vinte dólares. — Mas você não é fiscal, certo? — Ela pegou as notas e as escondeu nos escuros e insondáveis recessos de seus seios. — Nunca vi um fiscal vestido como você.

Mancando pelo corredor, ela fechou a porta do cômodo onde estavam Ebbie e a TV e guiou David e Kate até a escada. Era uma subida de apenas um andar, mas para ela cada passo era uma agonia. Quando chegou ao topo, ofegava como um acordeão. Um tapete marrom — ou teria sido amarelo-mostarda algum dia? — estendia-se pelo corredor em penumbras. Ela parou à porta do quarto 203 e procurou a chave no bolso.

— Charlie estava aqui havia um mês — disse ela, ofegante, uma palavra por vez. — Muito tranquilo. Não causava... nenhum problema. Não era como... os outros...

No outro extremo do corredor, uma porta se abriu de repente e dois rostos infantis apareceram.

— Charlie voltou? — perguntou a menina.

— Eu já lhe disse — respondeu a sra. Tubbs. — Charlie foi embora para sempre.

— Mas quando ele volta?

— Você é surda? Por que não estão na escola?

— Gabe está doente — explicou a menina. Como se para confirmar o fato, o pequeno Gabe passou a mão no nariz encatarrado.

— Onde está sua mãe?

A menina deu de ombros.

— Trabalhando.

— É. E deixa vocês dois aqui para incendiar o lugar.

As crianças balançaram as cabeças em negativa.

— Ela levou os fósforos — respondeu Gabe.

A sra. Tubbs destrancou e abriu a porta.

— Aí está.

Quando olharam o quarto, algo pequeno e marrom atravessou o chão e desapareceu nas sombras. Uma mistura de cheiro de cigarro e gordura pairava na penumbra. Pontos de luz brilhavam atrás de uma cortina em farrapos. A sra. Tubbs abriu a cortina. O sol entrou através da janela encardida.

— Vão em frente, deem uma olhada — disse ela, posicionando-se a um canto. — Mas não peguem nada.

Era fácil ver por que a visita de um fiscal a alarmava. Junto a uma lixeira, havia uma ratoeira armada, temporariamente desocupada. Uma única lâmpada pendia do teto, os fios expostos. Em um fogareiro de uma boca, havia uma frigideira recoberta por uma grossa camada de gordura solidificada. Com exceção da única janela, não havia ventilação e o ato de fritar qualquer coisa ali dentro deixaria o ar impregnado de gordura.

Kate correu os olhos pelo quarto miserável: a cama desfeita, o cinzeiro transbordando de guimbas de cigarro, a mesa coberta de pedaços de papel. Ela franziu as sobrancelhas para uma das páginas manuscritas.

Oito foi ótimo
Nove excelente,
E agora você tem dez anos de idade.
Feliz aniversário, Jocelyn,
O melhor ainda está por vir!

— Quem é Jocelyn? — perguntou ela.

— Aquela fedelha do 210. A mãe nunca está por perto para cuidar deles. Está sempre fora, trabalhando. Ou ao menos é o que ela diz. As crianças quase incendiaram o lugar no mês passado. Eu os teria despejado, mas eles sempre me pagam em dinheiro.

— Quanto é o aluguel? — indagou David.

— Quatrocentos dólares.

— Deve estar brincando.

— Ei, estamos em uma boa localização. Perto do ponto de ônibus. Água e energia de graça. — Nesse instante, uma barata atravessou o chão do cômodo. — E aceitamos animais de estimação.

Kate ergueu o olhar da pilha de papel.

— Como ele era, sra. Tubbs?

— Charlie? — Ela deu de ombros. — O que dizer? Fechado. Silencioso. Nunca ouvia o rádio alto como esses outros vagabundos. Pelo que me lembre, nunca se queixou de nada. Para falar a verdade, mal notávamos a presença dele. É, era um ótimo inquilino.

Por esses padrões, o inquilino ideal seria um cadáver.

A sra. Tubbs acomodou-se em uma cadeira e observou-os revistando o quarto. Sua inspeção revelou algumas camisas amarrotadas penduradas no armário, uma dúzia de latas de sopa Campbell's empilhadas com cuidado sob a pia, algumas meias e cuecas lavadas na gaveta da cômoda. Era uma modesta coleção de pertences; revelavam poucas pistas a respeito da personalidade do dono.

Por fim, Kate foi até a janela e olhou a rua repleta de cacos de vidro. Além de uma cerca de arame, havia um edifício condenado com paredes abauladas para fora, como se um gigante tivesse pisado no prédio. Uma visão sombria do mundo, aquele panorama de garrafas quebradas, carros abandonados e bêbados deitados nas calçadas. Aquilo era um beco sem saída, o tipo de lugar em que você acaba quando não tem mais onde cair.

Não, não era bem assim. Havia um lugar mais abaixo onde cair: a sepultura.

— Kate? — disse David, após remexer a mesa de cabeceira. — Pílulas receitadas — observou, erguendo um frasco. — Haldol, prescrito pelo dr. Nemechek. Hospital estadual.

— É o psiquiatra dele.

— E, veja: também encontrei isso. — Ele ergueu uma pequena fotografia emoldurada.

No instante em que viu o rosto, Kate soube quem era a mulher. Pegou o retrato e o estudou à luz que entrava pela janela. Era apenas um instantâneo, uma simples imagem capturada em uma folha de papel fotográfico, mas a jovem que sorria para a lente da câmara tinha o brilho da eternidade nos olhos. Eram olhos castanhos, repletos de alegria, ligeiramente estreitados pelo sol. Atrás dela, um céu cor de bronze se encontrava com um mar azul-turquesa. Um cacho de cabelo castanho--escuro caía-lhe sobre o rosto e acompanhava a curvatura do rosto. Ela usava um maiô branco simples e, embora estivesse em uma pose propositalmente sensual, ajoelhada na areia, havia uma doce deselegância a seu respeito, como uma criança brincando de adulta com as roupas da mãe.

Kate tirou a fotografia da moldura. As bordas estavam gastas por anos de carinhoso manuseio. No verso, uma mensagem escrita à mão: "Até você voltar para mim. Jenny".

— Jenny… — murmurou Kate.

Ela ficou um longo tempo observando aquelas palavras, escritas por uma mulher que morrera havia muito. Pensou no vazio daquele quarto, nas latas de sopa, empilhadas com tanto cuidado, nas pilhas de meias e cuecas na gaveta. Charlie Decker tinha pouquíssimos objetos pessoais. A única coisa que guardou ao longo dos anos, a única coisa que valorizou, fora aquela fotografia desbotada de uma mulher com a eternidade nos olhos. Era difícil crer que tal brilho poderia se extinguir, mesmo nas profundezas de uma sepultura.

Ela se voltou para a sra. Tubbs.

— O que vai acontecer com as coisas dele, agora que está morto?

— Acho que vou ter de vender — respondeu a Sra. Tubbs. — Ele me devia uma semana de aluguel. Preciso recuperar de algum modo, embora não haja nada de muito valor por aqui. Exceto, talvez, isso que você está segurando.

Kate olhou para o rosto sorridente de Jenny Brook.

— Sim. Ela é linda, não é mesmo?

— Não estava me referindo à fotografia.

Kate franziu as sobrancelhas.

— Como?

— A moldura. — A sra. Tubbs foi até a janela e fechou as cortinas. — É de prata.

Jocelyn e o irmão estavam pendurados como macacos na cerca de arame. Quando David e Kate saíram do Hotel Victory, as crianças desceram ao chão e observaram, atentas, como se algo extraordinário estivesse a ponto de acontecer. A menina — se é que tinha mesmo dez anos — era pequena para a idade. Pernas de palito despontavam sob o vestido frouxo. Os pés descalços estavam imundos. O menino, com cerca de seis anos e igualmente imundo, agarrava a barra da saia da irmã.

— Ele morreu, não é?! — exclamou Jocelyn. Ao ver o triste menear de cabeça de Kate, a menina se recostou à cerca e disse para uma das manchas no peito de seu vestido: — Eu sabia. Adultos idiotas. Nunca nos dizem a verdade, nenhum deles.

— O que lhe disseram sobre Charlie? — perguntou Kate.

— Só disseram que ele foi embora. Mas ele não me deu meu presente.

— Presente de aniversário?

Jocelyn olhou para os seios inexistentes.

— Tenho dez anos.

— E eu tenho sete — disse o irmão automaticamente, como se estivesse escrito em algum roteiro.

— Você e Charlie devem ter sido bons amigos — observou David.

A menina ergueu a cabeça e, ao ver o sorriso dele — um sorriso que podia derreter o coração de qualquer mulher, quanto mais o de uma menina de dez anos —, ficou ruborizada na mesma hora. Voltando a olhar para baixo, ela passou timidamente o dedão do pé imundo sobre uma fenda na calçada.

— Charlie não tinha amigos. Eu também não. Exceto o Gabe aqui. Mas ele é meu irmão.

O pequeno Gabe sorriu e esfregou o nariz sujo no vestido da irmã.

— Alguém mais conhecia Charlie muito bem? — indagou David. — Quer dizer, afora você.

Jocelyn mordeu o lábio inferior, pensativa.

— Bem... Você pode tentar o Maloney. Rua acima.

— Quem é o Maloney?

— Ah, ele não é ninguém.

— Se não é ninguém, então como ele conhece o Charles?

— Não é ele. Ele é um *lugar*. Quer dizer, lá é um lugar.

— Ah, claro — disse David, observando os olhos encantados de Jocelyn. — Que idiota eu sou!

— O que estão fazendo aqui outra vez, crianças? Vamos. Saiam antes que eu perca minha licença!

Jocelyn e Gabe atravessaram a penumbra refrigerada, passaram pelas mesas de coquetel, foram até o bar e sentaram-se em dois tamboretes no balcão.

— Há algumas pessoas aqui para vê-lo, Sam — anunciou Jocelyn.

— Há uma placa lá fora que diz que você precisa ter 21 anos para entrar aqui. Vocês já têm 21 anos?

— Eu tenho sete — respondeu Gabe. — Posso comer uma azeitona?

Resmungando, o barman enfiou a mão gordurosa dentro de uma jarra de vidro e jogou meia dúzia de azeitonas verdes no balcão.

— Muito bem, agora vão embora antes que alguém os veja aqui...

Ele ergueu a cabeça e percebeu David e Kate se aproximando em meio à penumbra. Pela sua expressão preocupada, era óbvio que o Maloney's não era frequentado por uma clientela abastada.

— Nao é culpa minha! — exclamou ele. — Esses fedelhos entram correndo da rua. Eu estava a ponto de mandá-los embora.

— Eles não são fiscais de bebida — disse Jocelyn, com óbvio desdém enquanto enfiava uma azeitona na boca.

Ao que parecia, todo mundo naquela parte da cidade vivia com medo de um ou outro fiscal.

— Precisamos de informações — disse David. — Sobre um de seus clientes. Charlie Decker.

Sam examinou as roupas de David, e seu fluxo de raciocínio ficou claramente estampado em seus olhos. *Belo terno. Gravata de seda. Sim, senhor, tudo muito caro.*

— Ele morreu — resmungou o barman.

— Sabemos disso.

— Não falo mal dos mortos. — Houve uma longa pausa, significativa. — Querem pedir algo?

David suspirou e enfim se acomodou em um tamborete do bar.

— Muito bem. Duas cervejas.

— Só isso?

— E dois sucos de abacaxi — acrescentou Jocelyn.

— Vai custar 12 dólares.

— Bebida barata — disse David, pousando uma nota de vinte dólares no balcão.

— Mais impostos.

As crianças jogaram o resto das azeitonas dentro do suco e começaram a beber.

— Fale-nos sobre Charlie — disse Kate.

— Bem, ele costumava sentar logo ali. — Sam esticou o queixo para uma mesa em um canto escuro.

David e Kate inclinaram-se para a frente, esperando a próxima informação preciosa. Silêncio.

— E? — perguntou David.

— Então, ele sentava ali.

— Fazendo o quê?

— Bebendo. Uísque, na maioria das vezes. Ele gostava puro. Então, de vez em quando, eu preparava um Sour Sam para ele. Isso se ele estivesse a fim de algo diferente. O Sour Sam é invenção minha. É, ele bebia um toda semana. Mas, em geral, era uísque. Puro.

Houve outro silêncio. Acabara o dinheiro e a máquina faladeira precisava de recarga.

— Vou experimentar o Sour Sam — disse Kate.

— Não vai querer a cerveja?

— Pode ficar para você.

— Obrigado. Mas nunca bebo. — Ele voltou a atenção para uma mistura bizarra de gim, *club soda* e o sumo de meio limão, o que certamente explicava o nome da bebida. — Cinco dólares — anunciou, passando-o para Kate. — Que tal?

Ela tomou um gole e engasgou.

— Interessante.

— É, todo mundo diz isso.

— Estávamos falando do Charles — lembrou David.

— Ah, sim, Charles. — A máquina faladeira voltou a funcionar. — Vejamos, vinha quase toda noite. Acho que gostava da companhia, embora não conseguisse falar muito com aquela garganta ruim. Ele sentava ali e tomava, bem, um ou dois…

— Uísques. Puros — acrescentou David.

— Sim, é isso. Realmente era moderado. Nunca bebeu demais. Veio com regularidade durante um mês. Então, há alguns dias, não veio mais. Muito ruim, sabe? É ruim perder um frequentador assíduo como ele.

— Tem alguma ideia de por que parou de vir?

— Dizem que a polícia estava atrás dele. Havia um boato de que ele tinha matado umas pessoas.

— E você, o que acha?

— Charlie? — Sam riu. — Sem chance.

Jocelyn estendeu a Sam o copo vazio.

— Posso tomar outro suco de abacaxi?

Sam serviu mais dois sucos para as crianças.

— Oito dólares. — Ele olhou para David, que sacou a carteira, resignado.

— Você esqueceu as azeitonas — disse Gabe.

— Essas são por conta da casa.

O sujeito não era inteiramente desalmado.

— Charlie alguma vez mencionou o nome Jenny Brook? — perguntou Kate.

— Como disse, ele não falava muito. O velho Charlie apenas ficava ali sentado, escrevendo. Ele escrevia e escrevia até terminar um poema. Então, ele se aborrecia e jogava fora. Sempre que ia embora, deixava aqueles papéis amassados no chão.

Kate balançou a cabeça, confusa.

— Jamais imaginaria que ele era um poeta.

— Todo mundo é poeta hoje em dia. Mas Charlie levava aquilo muito a sério. No último dia em que esteve aqui, não tinha dinheiro para pagar a bebida. Então, pegou um daqueles poemas e deu para mim. Disse que valeria algo algum dia. Rá! Sou um idiota.

Ele pegou um pano imundo e começou a esfregar o balcão de um modo quase sensual.

— Ainda tem o poema? — inquiriu Kate.

— Está ali, grudado naquela parede.

O papel barato e pautado estava fixado por algumas tiras de fita adesiva. Iluminado pela luz fraca do bar, as palavras mal eram legíveis.

Foi isso que eu disse para eles:
Que a cura não está no esquecimento
Mas na lembrança
De você.
O cheiro do mar em sua pele.
As pegadas pequenas e perfeitas que você deixa na areia.
Na lembrança, não há finais.
Portanto você continua ali, deitada,
agora e sempre, junto ao mar.
Você abre os olhos. Me toca.
Sinto o sol na ponta de seus dedos.
E estou curado.
Eu estou curado.

— Então, acha que é bom? — disse Sam.

— Tem de ser — disse Jocelyn. — Se foi Charlie quem escreveu.

Sam deu de ombros.

— Isso não quer dizer nada.

— Acho que chegamos a um beco sem saída — comentou David, enquanto caminhavam sob o sol ofuscante.

Ele bem podia dizer o mesmo a respeito de seu relacionamento. Estava de pé com as mãos enfiadas no fundo dos bolsos da calça enquanto olhava para um bêbado esparramado diante de uma porta. Cacos de vidro rebrilhavam na sarjeta. Do outro lado da rua, letras vermelhas espalhafatosas anunciavam o filme *Segredos vitorianos*, sobre a marquise de um cinema de filmes pornográficos.

Se ao menos ele lhe lançasse um sorriso, um olhar, qualquer coisa que indicasse que as coisas entre eles não estavam perto do fim…

Mas não fez isso. Apenas ficou com as mãos enfiadas nos bolsos. E Kate soube, sem que ele dissesse uma palavra, que não fora apenas Charlie Decker quem havia morrido.

Cruzaram um beco com cacos de garrafa de cerveja pelo caminho.

— Tantas pontas sem nó… — observou ela. — Não vejo como a polícia pôde encerrar o caso.

— No que diz respeito ao trabalho da polícia, sempre há pontos sem nó, dúvidas perturbadoras.

— Triste, não é mesmo? — Ela olhou para trás, para o Hotel Victory. — Quando um homem morre e nada deixa para trás. Nenhuma pista de quem era.

— Você pode dizer o mesmo a respeito de todos nós. A não ser que escrevamos grandes livros ou ergamos grandes edifícios, o que resta de nós depois que morremos? Nada.

— Só os filhos.

Por um instante, ele ficou em silêncio. Então disse:

— Isso, se tivermos sorte.

— Sabemos algo sobre ele — concluiu ela. — Ele amava Jenny.

Olhando para a calçada rachada, Kate pensou no rosto da fotografia. Uma mulher inesquecível. Mesmo cinco anos após sua morte, a mágica de Jenny Brook de algum modo afetou a vida de quatro pessoas: aquele que a amou e as três que a viram morrer. Ela era o fio trágico tecido através da tapeçaria de suas mortes.

Como seria, pensou Kate, *ser tão amada quanto Jenny o fora?* Que encanto ela possuiria? *Fosse o que fosse, eu certamente não tenho.*

Sem convicção, ela disse:

— Vai ser bom voltar para casa.

— É mesmo?

— Estou acostumada a ficar só.

Ele deu de ombros.

— Eu também.

Ambos recuaram para seus cantos emocionais individuais. *Tão pouco tempo de sobra*, pensou ela, desolada. E ali estavam eles, conversando como dois estranhos. Naquela manhã, ela despertou e o encontrou de banho tomado, barba feita e vestindo o terno mais elegante. No desjejum, discutiram tudo, menos o assunto mais importante na cabeça dela.

Ele poderia ter tomado a iniciativa. Durante todo o tempo em que Kate fazia as malas, David teve a chance de pedir que ela ficasse. E ela teria ficado.

Mas ele não disse nada.

Graças a Deus ela sempre foi muito boa em manter a própria dignidade. Nunca foi de chorar, nunca foi histérica. Antes de ir embora, Eric lhe dissera: você sempre foi tão sensata…

Bem, ela também seria sensata agora.

O trajeto fora muito breve. Olhando para o perfil de David, ela se lembrou do dia em que se conheceram, havia uma eternidade. Ele parecia tão inacessível, tão intocável…

Estacionaram diante da casa de Kate. David carregou a mala em passo rápido até à porta. Caminhava como um homem apressado.

— Gostaria de entrar para tomar uma xícara de café? — perguntou Kate, já sabendo qual seria a resposta.

— Não posso. Não agora. Mas ligo para você.

As famosas últimas palavras. Ela compreendeu perfeitamente, é claro. Tudo fazia parte do ritual.

David lançou um olhar furtivo para o relógio. *Hora de seguir adiante*, refletiu Kate. *Para nós dois.*

Em um gesto automático, ela enfiou a chave na fechadura e empurrou a porta, que se abriu. Quando olhou para dentro, Kate ficou paralisada, incapaz de crer no que via.

Meu Deus, pensou. *Por que isso está acontecendo? Por que agora?*

Quando recuou, horrorizada, ela sentiu a mão segura de David fechando-se ao redor de seu braço. A sala rodopiou por um instante e então seus olhos se voltaram para a parede oposta.

No papel de parede florido, liam-se as palavras "Não se meta" escritas com spray vermelho. Embaixo, a figura de um crânio sobre ossos cruzados.

14

— Nem pensar, David. O caso está encerrado.

Pokie Ah Ching servia café no copinho de isopor enquanto abria caminho pela delegacia lotada, passando pelo sargento de plantão discutindo ao telefone, por escrivães andando para lá e para cá carregando arquivos, por um bêbado fedorento berrando palavrões para dois policiais de aspecto cansado. Em meio a tudo isso, ele se movia serenamente, como uma nave de guerra atravessando águas tempestuosas.

— Você não vê que foi um aviso?

— Provavelmente deixado por Charlie Decker.

— A vizinha de Kate verificou a casa na terça-feira pela manhã. Aquela mensagem foi deixada depois, quando Decker já estava morto.

— Então é um trote de adolescentes.

— É? E por que um adolescente escreveria esse recado?

— Você compreende os adolescentes? Eu, não. Droga! Não consigo entender nem mesmo meus filhos!

Pokie entrou no escritório e deu a volta na escrivaninha até a cadeira.

— Como eu disse, David, estou ocupado.

David debruçou-se sobre a mesa.

— Na noite passada, eu lhe disse que fomos seguidos. Você disse que era tudo imaginação minha.

— Ainda digo.

— Então Decker aparece no necrotério. Um belo e conveniente acidente.

— Estou começando a farejar uma teoria de conspiração.

— Seu olfato é impressionante.

Pokie baixou o copo, derramando café sobre os papéis.

— Tudo bem — suspirou. — Você tem um minuto para expor sua teoria. Depois, vou mandá-lo embora.

David puxou uma cadeira e se sentou.

— Quatro mortes. Tanaka. Richter. Decker. E Ellen O'Brien…

— Mortes na mesa de operação não são de minha jurisdição.

— Mas homicídio, sim. Há um participante desconhecido nisso tudo, Pokie. Alguém que conseguiu se livrar de quatro pessoas em duas semanas. Alguém esperto, discreto e com conhecimentos médicos. E com muito, muito medo.

— De quê?

— De Kate Chesne. Talvez Kate esteja fazendo perguntas demais. Talvez ela já saiba de algo e não se dê conta disso. Ela deixa nosso assassino nervoso. Nervoso o bastante para rabiscar avisos em sua parede.

— Participante desconhecido, hein? Suponho que já tenha uma lista de suspeitos.

— A começar pelo chefe da anestesia. Já verificou aquela história da mulher dele?

— Ela morreu terça-feira à noite, no asilo, de causas naturais.

— Ah, claro. Na noite seguinte a ele ser visto roubando um bocado de medicamentos letais, ela bate as botas.

— Coincidência.

— O sujeito vive sozinho. Não há ninguém para rastrear as suas idas e vindas…

— Posso imaginar a cena — debochou Pokie. — Um Jack Estripador Geriátrico.

— Não é preciso muita força para se cortar uma garganta.

— Mas qual o motivo do velho? Por que mataria membros da própria equipe?

David emitiu um suspiro frustrado e admitiu:

— Eu não sei. Mas tem algo a ver com Jenny Brook.

Desde que ele a viu na fotografia, foi incapaz de tirá-la da cabeça. Algo a respeito de sua morte, sobre os detalhes frios registrados em seu histórico, insistia em voltar à sua memória, como um trecho de música repetindo-se em sua mente.

Convulsões incontroláveis.

Uma criança, nascida viva.

Mãe e filha, duas tênues fagulhas de humanidade, extintas sob o brilho ofuscante da sala de operação.

Por que, após cinco anos, suas mortes ameaçavam Kate Chesne?

Ouviu-se uma batida à porta. O sargento Brophy, fungando, os olhos vermelhos, entrou e jogou alguns papéis na mesa.

— Aqui o relatório que você estava esperando. Ah! E voltaram a ver a tal da Sasaki.

Pokie sorriu, debochado.

— Outra vez? Já foram quantas? Quarenta e três aparições?

— Quarenta e quatro. Dessa vez no Burger King.

— Ora. Por que sempre a veem em cadeias de lanchonetes?

— Talvez ela esteja lá sentada com Jimmy Hoffa e… — Brophy espirrou. — Elvis. — Ele assoou o nariz três vezes. Três altos grasnidos que, no campo, teriam atraído gansos selvagens. — Alergia — explicou, como se fosse uma desculpa bem mais aceitável do que um resfriado comum. Ele lançou um olhar de ódio para fora da janela, em direção à sua inimiga: uma mangueira repleta de flores. — Muitas malditas árvores por aqui — resmungou ele, retirando-se do escritório.

— A ideia de paraíso de Brophy é uma caixa de concreto refrigerada — disse Pokie, sorrindo. Em seguida, pegou o relatório e suspirou.

— É isso aí, David. Tenho trabalho a fazer.

— Vai reabrir o caso?

— Vou pensar a respeito.

— E quanto ao Avery? Se eu fosse você…

— Eu disse que vou pensar a respeito.

Ele abriu o arquivo, um gesto rude que indicava que a reunião estava terminada.

David viu que nada mais tinha a fazer ali. Ele se levantou para sair. Estava quase à porta quando Pokie subitamente exclamou:

— Espere, David.

David parou, surpreso com a veemência na voz de Pokie.

— O quê?

— Onde está Kate agora?

— Levei-a para a casa de minha mãe. Não queria deixá-la sozinha.

— Então ela está em um lugar seguro.

— Se pode chamar a casa de minha mãe de segura. Por quê?

Pokie balançou o arquivo que procurava.

— Isso acaba de chegar do escritório de M. J. É a necropsia de Decker. Ele não se afogou.

— O quê?

David foi até a escrivaninha e pegou o relatório. Seu olhar foi diretamente às conclusões.

Radiografias do crânio mostram fratura compressiva, provavelmente causada por golpe letal na cabeça. Causa da morte: hematoma epidural.

Pokie afundou na cadeira em um gesto de cansaço e soltou um palavrão.

— O sujeito estava morto horas antes de ser jogado na água.

— Vingança? — disse Jinx Ransom, dando uma dentada em um biscoito recém-saído do forno. — É um motivo perfeitamente razoável para um homicídio. Ou seja, se aceitarmos que existe esse negócio de motivo razoável para um homicídio.

Ela e Kate estavam sentadas na varanda dos fundos, de frente para o cemitério. Era uma tarde sem vento. Nada se movia — nem as folhas das árvores, nem as nuvens baixas, nem mesmo o ar, que pairava, inerte, sobre o vale. A única criatura em movimento era Gracie, que saiu da cozinha com uma bandeja repleta de xícaras e colheres de café. Fazendo uma pausa ao ar livre, Gracie olhou para o céu.

— Vai chover — anunciou ela, com absoluta certeza.

— Charlie Decker era um poeta — disse Kate. — Ele adorava crianças. Ainda mais importante, as crianças o adoravam. Não acha que elas saberiam? Que sentiriam caso ele fosse perigoso?

— Besteira. As crianças são tão tolas quanto o resto de nós. E, quanto a ele ser um poeta gentil, isso não quer dizer nada. Ele teve cinco anos para remoer a perda. É tempo mais que suficiente para transformar uma obsessão em violência.

— Mas as pessoas que o conheciam concordam que ele não era um sujeito violento.

— Todos somos violentos. Especialmente no que diz respeito àqueles que amamos. Amor e ódio estão intimamente relacionados.

— Essa é uma visão muito lúgubre da natureza humana.

— Mas é realista. Meu marido era juiz de tribunal de apelação. Meu filho já foi promotor. Eu ouvia todas as histórias deles e, acredite, a realidade é muito mais macabra do que podemos imaginar.

Kate olhou para o jardim de suave inclinação, para as placas de bronze que marcavam a grama como pegadas.

— Por que David abandonou a promotoria?

— Ele não disse?

— Disse algo sobre salário de fome. Mas tenho a impressão de que dinheiro não é muito importante para ele.

— O dinheiro nada significa para David! — exclamou Gracie. Ela olhava para uma migalha de biscoito, como se não soubesse se a comia ou a atirava aos pássaros.

— Então, por que deixou a promotoria?

Jinx lançou-lhe um de seus olhares de um azul-cristal.

— Você foi uma surpresa para mim, Kate. É muito raro David trazer uma mulher para eu conhecer. E, então, quando soube que você era médica… Bem… — Ela balançou a cabeça, impressionada.

— David não gosta muito de médicos — acrescentou Gracie.

— É um pouco mais do que apenas não gostar, querida.

— Você está certa — concordou Gracie após pensar alguns segundos. — Creio que *odiar* é uma palavra melhor.

Jinx pegou a bengala e se levantou.

— Vamos, Kate — chamou ela. Há algo que você devia ver.

Foi uma caminhada lenta e solene, através da brecha na cerca viva de murta, até uma sombra sob o algarrobo. Insetos vagavam como corpúsculos no ar inerte. A seus pés, um pequeno buquê de flores secas em um túmulo.

Noah Ransom.
Sete anos de idade.

— Meu neto — disse Jinx.

Uma folha caiu da árvore e tombou na grama.

— Deve ter sido terrível para David… — murmurou Kate. — Perder o filho único.

— Terrível para todo mundo. Mas especialmente para David. — Jinx afastou a folha com a bengala. — Deixe-me falar sobre meu filho. Ele é muito parecido com o pai em um aspecto: ele não ama com facilidade. É como um avaro, guardando uma carga de ouro inestimável. Contudo, quando libera essa carga, ele entrega tudo e pronto. Não há retorno. Por isso foi tão duro para David perder Noah. Aquele menino era a coisa mais preciosa na vida dele, e meu filho ainda não consegue aceitar a perda. Talvez seja por isso que ele tenha tantos problemas com você. — Jinx se voltou para Kate. — Sabe como o menino morreu?

— Ele disse que foi um caso de meningite.

— Meningite bacteriana. Doença curável, certo?

— Se for identificada a tempo.

— Se. Essa é a palavra que assombra David. — Ela olhou com tristeza para as flores ressecadas. — Ele estava fora da cidade, em alguma convenção em Chicago, quando Noah adoeceu. A princípio, Linda não se preocupou muito. Você sabe como são as crianças, sempre pegando resfriados. Mas a febre do menino não passava. Então, Noah disse estar com dor de cabeça. O pediatra estava de férias, de modo que Linda levou o menino a outro médico, no mesmo prédio. Esperaram duas horas na sala de espera. Depois de tudo isso, o médico passou apenas cinco minutos com Noah. E o mandou de volta para casa.

Kate olhou para o túmulo, sabendo, temendo o que viria a seguir.

— Linda ligou para o médico três vezes naquela noite. Ela sabia que havia algo errado. Mas tudo o que ouviu do médico foi uma bronca. Ele disse que ela não passava de uma mãe ansiosa. De outro modo, não transformaria um resfriado em uma crise. Quando ela por fim levou Noah para a emergência, ele já estava delirando. Apenas murmurava, chamando pelo pai. Os médicos do hospital fizeram o que puderam, mas… — Jinx esboçou um leve dar de ombros. — Não foi fácil para nenhum dos dois. Linda culpava a si mesma. E David… ele apenas se fechou em sua concha e recusou-se a sair, mesmo por ela. Não estou surpresa que ela o tenha deixado.

Jinx olhou em direção à casa.

— Depois, foi revelado: o médico era alcoólatra. Ele perdera sua licença na Califórnia. Foi quando David transformou aquilo em uma cruzada pessoal. Ah, ele arruinou o sujeito. Fez um trabalho completo. Mas isso acabou com a vida dele, acabou com o casamento. Foi quando David deixou a promotoria. Ele ganhou muito dinheiro a partir daí, destruindo médicos. Mas não faz isso por dinheiro. Em algum lugar do seu subconsciente, ele vai sempre crucificar aquele mesmo médico. O que matou Noah.

Por isso nunca tivemos uma chance, pensou Kate. *Eu sempre fui o inimigo. Aquele que ele deseja destruir.*

Jinx caminhou devagar de volta à casa. Durante um longo tempo, Kate ficou sozinha à sombra da velha árvore, pensando em Noah Ransom, sete anos de idade. Sobre quão poderosa era a força do amor por um filho; tão cruelmente obsessiva quanto qualquer sentimento entre um homem e uma mulher. Conseguiria ela competir com a memória de um filho? Ou ao menos se livrar da culpa por sua morte?

Durante todos aqueles anos, David reprimiu aquela dor. Ele a usou como uma fonte mística de poder para lutar a mesma batalha, indefinidamente. Do mesmo modo como Charlie Decker usou a dor para suportar cinco longos anos em um hospício.

Cinco anos em um hospício.

Ela franziu as sobrancelhas, de repente se lembrando do vidro de pílulas na mesa de cabeceira de Decker. Haldol. Pílulas para psicóticos. Seria realmente louco?

Ao se voltar, viu que a varanda estava vazia. Jinx e Gracie haviam entrado na casa. O ar estava tão pesado que ela podia senti-lo pesar opressivamente sobre os ombros. *Uma tempestade a caminho*, pensou. Se saísse logo, talvez conseguisse chegar ao hospital estadual antes que começasse a chover.

O dr. Nemechek era um homem magro e alquebrado, com olhos cansados e boca enrugada. Sua camisa estava amarrotada e o jaleco caía em dobras flácidas sobre os ombros frágeis. Parecia alguém que dormia vestido.

Caminharam juntos pelo pátio do hospital. Ao redor, pacientes com camisolas brancas vagavam sem rumo, como tufos de dentes-de-leão flutuando pelo jardim. De vez em quando, o dr. Nemechek parava para dar um tapinha em um ombro ou murmurar algumas palavras de saudação. *Como vai, sra. Solti? Muito bem, doutor. Por que não compareceu à terapia de grupo? Ah, é aquele meu velho problema. Todos aqueles vermes nos meus pés. Entendo, entendo. Bem, boa tarde, sra. Solti. Boa tarde, doutor.*

O dr. Nemechek fez uma pausa no gramado e olhou com tristeza para seu reino de mentes arruinadas.

— Charlie Decker nunca deveria ter vindo para cá — disse ele. — Desde o início eu disse que ele não era um louco criminoso. Mas o tribunal tinha um suposto especialista lá do continente. Então, ele foi condenado. — Nemechek balançou a cabeça. — Esse é o problema com os tribunais. Só olham para as evidências, seja lá o que isso signifique. Eu olho para o homem.

— E o que viu ao olhar para Charlie?

— Ele estava fechado em si mesmo. Muito deprimido. Às vezes, talvez, tendo alucinações.

— Então ele era louco.

— Mas não um criminoso. — Nemechek voltou-se para ela como se desejasse estar absolutamente certo de que Kate entenderia seu ponto de vista. — A loucura pode ser perigosa. Ou pode não ser mais do que uma leve aflição. Um escudo misericordioso contra a dor. Era isso que era para Charlie: um escudo. Suas alucinações o mantinham vivo. Por isso nunca tentei mexer nisso. Sentia que, caso eu removesse aquele escudo, ele morreria.

— A polícia diz que ele era um assassino.

— Ridículo.

— Por quê?

— Decker era uma criatura absolutamente benigna. Ele se desviava do caminho para não pisar em um grilo.

— Talvez matar gente fosse mais fácil.

Nemechek fez um gesto de desprezo.

— Ele não tinha motivos para matar alguém.

— E quanto a Jenny Brook? Ela não era o motivo dele?

— As alucinações de Charlie não eram sobre Jenny. Ele aceitou a morte dela.

Kate franziu as sobrancelhas.

— Então, qual era a alucinação dele?

— A filha. Foi algo que os médicos disseram para ele, sobre a criança ter nascido viva. Só que Charlie confundiu tudo em sua mente. Essa era sua obsessão, essa filha desaparecida. Todo mês de agosto, ele celebrava uma pequena festa de aniversário. Ele nos dizia: "Minha menina faz cinco anos hoje". Ele queria encontrá-la. Queria erguê-la como a uma princesinha, dar-lhe vestidos, bonecas e outros mimos. Mas sei que ele jamais tentaria encontrá-la. Ele tinha pavor de descobrir a verdade: que a filha estava morta.

Gotas de chuva fizeram-nos olhar para o céu. O vento empurrava as nuvens e, no jardim, as enfermeiras se apressavam em convencer os pacientes a se proteger da tempestade que se aproximava.

— Há alguma possibilidade de ele estar certo? — perguntou ela. — De a menina ainda estar viva?

— Sem chance. — Uma cortina de chuva fina se interpôs entre eles, embaçando o rosto macilento do médico. — A criança morreu, dra. Chesne. Nos últimos cinco anos, o único lugar onde essa criança existiu foi na mente de Charlie Decker.

A criança morreu.

Enquanto Kate atravessava a estrada coberta de neblina de volta à casa de Jinx, as palavras do dr. Nemechek repetiam-se em sua mente.

A criança morreu. O único lugar onde essa criança existiu foi na mente de Charlie Decker.

Se a menina tivesse sobrevivido, como seria agora?, imaginou Kate. Teria o cabelo escuro do pai? Teria o brilho de eternidade da mãe em seus olhos de cinco anos de idade? O rosto de Jenny Brook se formou em sua mente, um sorriso sensual emoldurado pelo céu de um dia de verão. Nesse instante, a estrada foi tomada de neblina e Kate teve de se esforçar para enxergar adiante. Ao fazê-lo, a imagem de Jenny Brook tremulou, dissolveu-se; em seu lugar, ela viu outro rosto, pequeno, emoldurado por árvores de pau-ferro. As nuvens se abriram; de súbito, a névoa desapareceu da estrada e o sol voltou a brilhar, assim como a revelação. Kate quase pisou no freio.

Como não percebi isso antes?

O filho de Jenny Brook ainda estava vivo.

E ele tinha cinco anos de idade.

— Onde diabos ela está? — murmurou David, batendo o telefone. — Nemechek diz que ela deixou o hospital às cinco. Já devia ter chegado.

Ele olhou com irritação para Phil Glickman, que, no outro lado da escrivaninha, comia uma porção de *chow mein* de uma caixa de papelão usando um par de *hashis*.

— Sabe — disse Glickman enquanto levava o macarrão à boca com habilidade —, essa história está ficando cada vez mais complicada. Você começa com um simples caso de imperícia médica e acaba com homicídios. No plural. Onde vamos parar?

— Queria saber… — suspirou David.

Voltando-se para a janela, tentou ignorar o aroma tentador da comida que Glickman tinha comprado para viagem. Lá fora, as nuvens escureciam em uma tonalidade de cinza-metálico de arma de fogo. Aquilo o fez lembrar quão tarde era. A essa hora, em geral, ele estaria se preparando para ir para casa. Mas David precisava de um tempo para pensar, e ali era o lugar onde sua mente parecia funcionar melhor: junto àquela janela.

— Que maneira de cometer assassinato, cortando a garganta de alguém! — disse Glickman. — Pense em todo aquele sangue! É preciso ter muito sangue-frio.

— Ou desespero.

— E não deve ser assim tão fácil. Você tem de chegar muito perto da pessoa para cortar aquela artéria do pescoço. — Ele imitou o golpe com um dos *hashis*. — Há tantas maneiras mais fáceis de fazer isso…

— Parece que você andou pensando no assunto.

— Todos não pensamos? Todo mundo tem alguma fantasia macabra. Espancar o amante da mulher em um beco. Dar o troco ao assaltante que o roubou. Todos podemos pensar em alguém que desejamos matar. E não é tão difícil, sabe? Homicídio. Se um sujeito for esperto, pode fazer isso de modo bem sutil. — Ele engoliu uma bocada de macarrão. — Veneno, por exemplo. Algo que mate rápido e não possa ser detectado. É o crime perfeito.

— Com exceção de uma coisa.

— Que seria?

— Qual sua satisfação se a vítima não sofrer?

— Isso é um problema — concordou Glickman. -- Então, você os faz sofrer de terror. Avisos. Ameaças.

David ficou incomodado ao se lembrar da caveira vermelha pintada na parede de Kate. Através de olhos ofuscados, observou as nuvens baixas no horizonte. A cada minuto, sua sensação de desastre iminente aumentava.

Ele se levantou e começou a jogar papéis dentro da pasta. Era inútil ficar ali. Podia se preocupar do mesmo jeito na casa de sua mãe.

— Sabe, há algo nesse caso que ainda me incomoda — observou Glickman, engolindo o resto de sua refeição.

— O quê?

— Aquele ECG. Tanaka e Richter foram mortos do modo mais sangrento possível. Por que o assassino sairia de seu caminho para fazer a morte de Ellen O'Brien parecer um ataque cardíaco?

— Uma coisa que aprendi na promotoria é que o homicídio não precisa fazer sentido — disse David, fechando a pasta.

— Bem, me parece que nosso assassino teve muito trabalho para transferir a culpa para Kate Chesne.

David já estava à porta quando parou de repente.

— O que disse?

— Que ele teve muito trabalho para jogar a culpa em...

— Não, a palavra que você usou foi transferir. Ele transferiu a culpa!

— Talvez tenha dito isso mesmo. E daí?

— Quem é processado quando um paciente morre inesperadamente na mesa de operação?

— A culpa, em geral, é compartilhada pelo... — Glickman parou de falar. — Ah, meu Deus! Por que diabos não pensei nisso antes?

David já erguia o fone do gancho. Ao ligar para a polícia, amaldiçoou-se por ter sido tão cego. O assassino estivera ali todo o tempo. Observando. Esperando. Deve saber que Kate estava buscando respostas e que estava chegando perto. Agora, ele estava com medo. Medo suficiente para rabiscar um aviso na parede de Kate. Medo suficiente para seguir um carro em uma rodovia escura.

Talvez, até com medo suficiente para matar mais uma vez.

Eram 17h30 e a maioria do pessoal dos Arquivos Médicos já havia encerrado o expediente. A única e mal-humorada arquivista que ficara pegou o pedido de Kate e foi até o terminal de computador para procurar o arquivo. Quando a informação surgiu na tela, ela franziu as sobrancelhas.

— Essa paciente é falecida — observou, apontando para a tela.

— Eu sei — disse Kate, lembrando-se com pesar da última vez que tentou recuperar um arquivo da sala de Pessoas Falecidas.

— Então, está no arquivo morto.

— Compreendo. Poderia, por favor, pegar o arquivo?

— Pode demorar um pouco para eu achá-lo. Por que não volta amanhã?

Kate resistiu ao impulso de puxar a arquivista pelos babados do vestido.

— Preciso do arquivo agora. — Sentiu vontade de acrescentar: *é uma questão de vida ou morte.*

A arquivista olhou o relógio e bateu com o lápis no tampo da escrivaninha. Com lentidão exasperadora, levantou-se e sumiu na sala de arquivos.

Quinze minutos se passaram antes de ela voltar. Kate sentou-se a uma mesa de canto e olhou para a capa do arquivo: Brook, bebê do sexo feminino.

A criança nunca teve nome.

O arquivo continha poucas páginas, apenas a folha de rosto do hospital, o atestado de óbito, e um resumo manuscrito da curta existência da criança. A morte foi decretada em 17 de agosto, às duas, uma hora após o nascimento. A causa da morte foi hipoxia cerebral: o pequeno cérebro não foi oxigenado. O atestado de óbito foi assinado pelo dr. Henry Tanaka.

A seguir, Kate voltou a atenção para a cópia do arquivo de Jenny Brook que trouxe consigo. Ela leu aquelas páginas várias vezes; depois, a estudou linha a linha, ponderando sobre o significado de cada frase.

"...mulher de 28 anos, primeira gravidez, 36 semanas de gestação, admitida pela emergência no início do trabalho de parto...".

Um relatório de rotina, pensou. Nenhuma surpresa, nenhum aviso do desastre que estava por vir. Mas ao fim da primeira página ela parou, o olhar voltado para uma única frase: "Devido ao histórico familiar maternal de espinha bífida, a amniocentese foi realizada às 18 semanas de gravidez e não revelou anomalias".

Amniocentese. No início da gravidez, extraíram líquido do útero de Jenny Brook para exame, o que teria identificado qualquer malformação fetal. Também teria identificado o sexo da criança.

O resultado da amniocentese não estava anexado ao arquivo hospitalar. Aquilo não a surpreendeu; o resultado devia ter sido arquivado na pasta de Jenny Brook.

Que convenientemente desaparecera do consultório do dr. Tanaka, deu-se conta de repente.

Kate fechou o arquivo. De repente febril, ela se levantou e voltou até a arquivista.

— Preciso de outro arquivo — disse ela.

— Espero que não seja de outro paciente falecido.

— Não, esse ainda está vivo.

— Nome?

— William Santini.

Demorou apenas um minuto para a arquivista encontrar. Quando Kate teve o arquivo em mãos, hesitou em abri-lo, com medo de ver o que ela já sabia que encontraria lá dentro. Ela ficou imóvel junto à escrivaninha da arquivista, perguntando-se se realmente desejava saber.

Kate abriu o arquivo e topou com uma cópia da certidão de nascimento.

Nome: William Santini.
Data de nascimento: 17 de agosto
Hora: três da manhã.

Era 17 de agosto, o mesmo dia. Mas não a mesma hora. Exatamente uma hora depois que Brook, bebê do sexo feminino, faleceu, William Santini nasceu.

Duas crianças, uma viva, outra morta. Haveria melhor motivo para um homicídio?

— Não me diga que ainda tem arquivos a terminar — observou uma voz chocantemente familiar.

Kate voltou a cabeça. Guy Santini acabara de entrar. Ela fechou o arquivo, mas logo se deu conta do nome manuscrito na capa. Em pânico, abraçou o arquivo junto ao peito e um sorriso automático formou-se em seus lábios.

— Só estou… limpando o resto da papelada. — Ela engoliu em seco e acrescentou em tom casual: — Ainda no hospital a essa hora?

— Preso aqui outra vez. O carro está na oficina. Então Susan virá me buscar. — Ele olhou para o outro lado do balcão, procurando a arquivista, que desaparecera temporariamente. — Quem atende aqui?

— Ela, ahn, estava aqui há um minuto — disse Kate, dirigindo-se à saída.

— Acho que ouviu as notícias. Sobre a mulher de Avery. Na verdade, foi uma bênção, considerando sua… — Guy olhou-a, e Kate ficou paralisada, a apenas meio metro da porta.

Guy franziu as sobrancelhas.

— Algo errado?

— Não. Eu apenas… Veja, realmente tenho de ir.

Ela se voltou e estava a ponto de sair quando a arquivista gritou:

— Dra. Chesne!

— O quê?

Kate voltou-se e viu a mulher por trás de uma prateleira, encarando-a com um olhar de reprovação.

— O arquivo. Você não pode tirá-lo do departamento.

Kate olhou para o arquivo que segurava junto ao peito e, desesperada, pensou no que fazer. Não ousaria devolver o arquivo com Guy de pé bem ao lado do balcão. Ele leria o nome. Mas também não podia ficar ali em pé feito uma idiota.

Ambos franziram as sobrancelhas para Kate, esperando que ela dissesse algo.

— Veja, se ainda não acabou, posso guardá-lo para você — sugeriu a arquivista, caminhando em direção ao balcão.

— Não. Quer dizer…

Guy riu.

— Mas, afinal, o que tem aí? Segredos de Estado?

Kate deu-se conta de que agarrava o arquivo como se estivesse morrendo de medo de que ele fosse retirado de suas mãos. Com o coração disparado, ela se forçou a avançar. Suas mãos estavam trêmulas quando pousou o arquivo no balcão com a capa voltada para baixo.

— Ainda não terminei.

— Então vou guardá-lo para você.

A arquivista estendeu a mão e, durante um segundo aterrorizante, pareceu a ponto de expor o nome do paciente. Em vez disso, pegou a lista de pesquisa que Guy acabara de jogar no balcão.

— Por que não se senta, dr. Santini? — sugeriu. — Vou trazer os arquivos.

Então ela deu-lhe as costas e desapareceu na sala de arquivos.

Hora de dar o fora daqui, pensou Kate.

Ela precisou de todo o seu autocontrole para não sair correndo pela porta. Sentia o olhar de Guy em suas costas quando se encaminhou, lenta e deliberadamente, para a saída. Foi somente ao chegar ao corredor, apenas ao ouvir a porta bater, que o impacto do que descobrira a atingiu com toda a força. Guy Santini era seu colega. Seu amigo.

Também era um assassino. E ela era a única que sabia disso.

Guy olhou para a porta através da qual Kate acabara de sair. Ele conhecia Kate Chesne havia quase um ano e nunca a vira tão nervosa. Curioso, dirigiu-se à mesa de canto para esperar seu pedido. Aquele canto era seu lugar favorito. Dava-lhe uma sensação de privacidade naquela sala ampla e impessoal. Obviamente outra pessoa também gostava daquele lugar. Ainda havia dois arquivos na mesa, esperando para serem guardados. Ele pegou uma cadeira e estava a ponto de afastar os arquivos para o lado quando, de repente, seu olhar voltou-se para a capa e ele sentiu as pernas lhe faltarem. Devagar, Guy afundou na cadeira e leu o nome.

Brook, bebê do sexo feminino. Falecida.

Meu Deus, pensou ele. *Não pode ser a mesma Brook*.

Ele abriu o arquivo e procurou o nome da mãe no atestado de óbito. E o que viu deixou-o em pânico.

Mãe: Brook, Jennifer.

A mesma mulher. O mesmo bebê. Ele tinha de pensar; tinha de ficar calmo. Sim, ficaria calmo. Nada havia com o que se preocupar. Ninguém poderia ligá-lo a Jenny Brook ou à criança. As quatro pessoas envolvidas naquela tragédia de cinco anos atrás estavam mortas. Não havia motivo para alguém estar curioso.

Ou haveria?

Ele se levantou e correu até o balcão. O arquivo que Kate tão relutantemente entregara ainda estava ali, com a capa voltada para baixo. Ele o virou. E viu o nome do filho.

Kate Chesne sabia. Só podia saber. E ela precisava ser detida.

— Aqui está — disse a arquivista, emergindo das estantes com uma braçada de arquivos. — Acho que peguei tudo. — Ela parou, atônita. — Aonde vai? Dr. Santini!

Guy não respondeu; estava muito ocupado saindo porta afora.

A iluminação do saguão do hospital era tranquilizadora quando Kate saiu do elevador. Alguns visitantes ainda permaneciam junto à porta de saída, observando a tempestade lá fora. Havia um guarda de segurança no balcão de informações, conversando com uma bela voluntária. Kate foi até os telefones públicos. No primeiro, encontrou um aviso de "Fora de Uso" colado com fita adesiva; um sujeito inseria uma moeda de 25 centavos no segundo. Ela ficou em pé logo atrás dele e esperou. O vento chacoalhava as janelas do saguão; lá fora, o estacionamento era obscurecido por uma pesada cortina d'água. Ela rezou para que o tenente Ah Ching estivesse no escritório.

Mas, naquele momento, não era a voz de Ah Ching que ela mais queria ouvir e, sim, a de David.

O sujeito ainda falava ao telefone. Olhando ao redor, Kate ficou alarmada ao ver que o guarda de segurança havia desaparecido. A voluntária já fechava o balcão de informações. O lugar estava esvaziando sem demora. Ela não queria ser deixada sozinha — não ali, não com o que ela sabia.

Kate saiu do hospital em meio ao temporal.

Ela estacionara o carro de Jinx no outro extremo do estacionamento. A tempestade tropical se transformara em uma luta feroz entre o vento e a chuva. Ao correr em direção ao carro, suas roupas ficaram encharcadas. Demorou algum tempo até ela achar a chave naquele chaveiro estranho, outros segundos para abrir a porta. Estava tão concentrada em fugir da tempestade que não percebeu a sombra movendo-se em sua direção através da chuva. Apenas quando se sentou ao volante, a sombra se aproximou. Uma certa mão segurou seu braço.

Ela ergueu a cabeça e viu Guy Santini em pé ao seu lado.

15

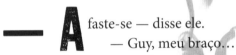

— Afaste-se — disse ele.
— Guy, meu braço...
— Eu disse para se afastar.

Desesperada, ela olhou em torno em busca de algum passante que ouvisse seus gritos. Mas o estacionamento estava vazio e o único som era o ruído da chuva no teto do carro.

Fugir era impossível. Guy estava bloqueando a porta do motorista e ela jamais sairia a tempo pela porta do passageiro.

Antes que ela conseguisse planejar o próximo movimento, Guy a empurrou e sentou-se ao volante. A porta bateu. Através da janela, a luz acinzentada da tarde projetava um brilho aquoso em seu rosto.

— As chaves, Kate — exigiu.

As chaves haviam caído ao lado no banco. Ela não se moveu para pegá-las.

— Me dê as malditas chaves!

Ele subitamente as viu em meio à penumbra. Pegando-as, introduziu a chave na ignição. No momento em que fez aquilo, Kate o atacou. Como um animal acuado, ela arranhou o rosto dele, mas, no último instante, alguma repulsa interior pela violência de seu ataque a fez hesitar. Foi apenas uma fração de segundo, mas tempo bastante para ele reagir.

Esquivando-se para o lado, Guy agarrou o pulso dela e o torceu com tanta força que Kate foi projetada de encontro ao assento.

— Se preciso, juro que quebro seu braço — disse ele, com uma voz mortalmente tranquila.

O FIO DO BISTURI

Ele engatou a ré, recuou, e saiu da vaga. Então acelerou, deixou o estacionamento e ganhou a rua.

— Para onde está me levando? — perguntou ela.

— Algum lugar. Qualquer lugar. Vou falar, e você vai ouvir.

— Sobre... sobre o quê?

— Droga, você sabe sobre o quê!

Kate ergueu a cabeça quando chegaram a um cruzamento. Se ela conseguisse se jogar para fora do carro...

Mas ele já antecipara aquele movimento. Segurando-a pelo braço, ele a puxou em sua direção e acelerou no exato momento em que o sinal fechou.

Era o último semáforo antes da autoestrada. Guy acelerou o carro. Ela observou, desesperada, o velocímetro subir a cem quilômetros por hora. Perdera a chance. Se tentasse pular, certamente quebraria o pescoço.

Ele sabia que Kate jamais seria tão imprudente. Guy soltou-lhe o braço.

— Não era da sua conta, Kate — disse ele, os olhos voltando para a estrada. — Você não tinha o direito de bisbilhotar. Nenhum direito.

— Ellen era minha paciente... *Nossa* paciente...

— Isso não significa que você possa destruir a minha vida!

— E quanto à vida dela? E a de Ann? Eles estão mortos, Guy!

— E o passado morre com eles! Deixemos assim.

— Meu Deus, pensei que eu o conhecia! Achei que fôssemos amigos...

— Tenho de proteger meu filho. E Susan. Acha que deixarei serem destruídos?

— Jamais tirariam o menino de vocês! Não depois de cinco anos! Os tribunais tenderiam a lhe dar a custódia...

— Acha que só estou preocupado com a custódia? Ah, certamente ficaremos com William. Não há juiz na terra capaz de tirá-lo de mim! Nenhum que o entregue para um lunático como Decker! Não. Estou pensando em Susan.

O asfalto estava escorregadio por causa da chuva; a estrada, traiçoeira. As mãos dele estavam ocupadas com o volante. Se ela o atacasse, o carro perderia o controle, matando a ambos. Kate teria de esperar outra hora, outra chance para escapar.

— Não compreendo — insistiu ela, observando a estrada em busca de um carro parado, um engarrafamento, qualquer coisa que os retardasse. — Por que diz que está preocupado com Susan?

— Ela não sabe.

Ao dar com o olhar incrédulo de Kate, ele assentiu.

— Ela acha que William é seu filho.

— Como pode não saber?

— Eu escondi dela. Durante cinco anos, tem sido meu pequeno segredo. Ela estava anestesiada quando nosso bebê nasceu. Foi um pesadelo, toda aquela correria, todo aquele pânico para fazer uma cesariana de emergência. Era nosso terceiro bebê, Kate. Nossa última chance. E ela nasceu morta… — Guy fez uma pausa e pigarreou; ao voltar a falar, sua voz ainda estava repleta de dor. — Eu não sabia o que fazer. O que dizer a Susan. Lá estava ela, dormindo. Tão tranquila, tão feliz. E lá estava eu, segurando nossa filha morta.

— Você pegou o bebê de Jenny Brook como se fosse seu.

Guy passou as costas da mão sobre o rosto.

— Foi um… um ato divino. Não consegue ver? *Um ato de Deus.* Foi assim que me pareceu à época. A mulher acabara de morrer. E havia aquele bebê absolutamente *perfeito*, chorando na sala ao lado. Ninguém para niná-lo. Ou amá-lo. Ninguém sabia coisa alguma sobre o pai. Não parecia haver parentes, alguém que se importasse. E havia Susan, que já começava a despertar. Não compreende? Ela morreria ao saber da verdade. Deus nos *deu* aquele menino! Era como se… como se Ele tivesse planejado assim. Todos sentiram o mesmo. Ann. Ellen. Apenas Tanaka…

— Ele não concordou?

— Não a princípio. Argumentei com ele. Quase implorei. Foi apenas quando Susan abriu os olhos e perguntou pelo bebê que ele enfim cedeu. Então, Ellen trouxe o menino até o quarto. Ela o colocou nos braços de Susan. Minha Susan apenas olhou para ele e então… começou a chorar… — Guy enxugou os olhos com a manga da camisa. — Foi quando vi que fizemos a coisa certa.

Sim, Kate podia imaginar a perfeição daquele momento. Uma decisão tão sábia quanto um veredicto de Salomão. Qual a melhor prova de Sua justiça do que a visão de um bebê recém-nascido aninhado nos braços da mãe?

Mas essa mesma decisão levou ao assassinato de quatro pessoas.

Logo seriam cinco.

De repente, o carro reduziu a velocidade. Com esperança renovada, ela ergueu a cabeça. O tráfego estava ficando mais intenso. Mais adiante, ficava o túnel Pali, obscurecido pela chuva. Ela sabia haver um telefone de emergência em algum lugar perto da entrada. Se ele reduzisse um pouco mais, se ela abrisse a porta do carro, talvez pudesse se jogar para fora antes de ele poder detê-la.

A chance não veio. Em vez de entrar no túnel, Guy entrou em uma estrada secundária margeada de árvores e passou por uma placa que dizia "Mirante Pali". *A última parada*, pensou Kate. Localizada em um penhasco diante do vale, aquela era uma plataforma onde amantes suicidas selavam seus pactos e onde antigos guerreiros eram atirados para a morte. O lugar perfeito para um homicídio.

Um último surto de desespero a fez tentar abrir a porta. Antes que conseguisse, ele a puxou de volta. Ela se voltou e o atacou com os punhos. Guy tentou evitá-la e perdeu controle do volante. O carro saiu da estrada. Através do brilho errático dos faróis, ela viu relances de árvores mais adiante. Galhos chocavam-se contra o para-brisa, mas ela não se importava se iam bater; seu único objetivo era fugir.

Foi a força esmagadora de Guy que decidiu a batalha. Ele lançou todo o seu peso contra ela. Então, praguejando, ele agarrou o volante e puxou-o para esquerda. O para-choque direito raspou nas árvores e o carro voltou à estrada. Esparramada no assento, Kate apenas observou, derrotada, enquanto o carro vencia os últimos cem metros antes de chegar ao mirante.

Guy parou o carro e desligou o motor. Por um longo tempo, ficou ali sentado, em silêncio, como se reunindo coragem. Lá fora, a chuva se transformara em garoa e, depois da borda do penhasco, a neblina obscurecia a visão da queda fatal.

— Que loucura de sua parte... — disse ele, em tom calmo. — Por que diabos fez aquilo?

Ela baixou a cabeça, sentindo uma profunda sensação de cansaço. De impotência.

— Porque você vai me matar... — murmurou. — Do modo como matou os outros.

— Eu vou *o quê*?

Ela ergueu a cabeça, buscando algum sinal de remorso nos olhos de Guy. Se ao menos Kate conseguisse buscar algum resto de humanidade dentro dele!

— Foi fácil? — perguntou ela. — Cortar a garganta de Ann? Vê-la sangrar até a morte?

— Você... Você realmente pensa que eu... Meu Deus!

Ele baixou a cabeça entre as mãos. De súbito, começou a rir. Foi uma risada suave a princípio, que ficou cada vez mais alta e selvagem até que o corpo dele foi sacudido por algo que mais parecia choro do que uma gargalhada. Ele não percebeu os faróis brilhando através da neblina. Ela olhou em torno e viu que outro carro subira a estrada. Era sua chance de abrir a porta e correr em busca de ajuda. Mas ela não o fez. Naquele instante, percebeu que Guy nunca quis feri-la. Que ele era incapaz de matar alguém.

Sem aviso, ele abriu a porta e saiu do carro em meio à neblina. Parou na borda do mirante, cabeça e ombros curvados, como se rezasse.

Kate saiu do carro e o seguiu. Ela não disse uma palavra. Simplesmente estendeu a mão e tocou-lhe o braço. Ela quase podia sentir a dor, a confusão, atravessando o corpo do colega.

— Então você não os matou — disse ela.

Guy ergueu a cabeça e inspirou devagar.

— Faria quase tudo para ficar com meu filho. Mas matar alguém? — Ele balançou a cabeça. — Não. Meu Deus, não. Ah, pensei em matar Decker. Quem sentiria falta dele? Ele era um nada, apenas... um pedaço de lixo humano. E parecia ser um modo fácil de resolver aquilo. Talvez o único modo. Ele não desistiria. Ficava cercando as pessoas com perguntas. Exigindo saber onde estava o bebê.

— Como ele soube que o bebê estava vivo?

— Havia outro médico na sala de parto naquela noite...

— Refere-se ao dr. Vaughn?

— Decker falou com ele. Descobriu o suficiente.

— Então Vaughn morreu em um acidente de carro.

Guy assentiu.

— Na época, achei que estava tudo bem. Mas então Decker saiu do hospital estadual. Mais cedo ou mais tarde, alguém falaria. Tanaka estava prestes a fazê-lo. E Ann estava apavorada. Eu dei algum dinheiro para que deixasse a ilha. Mas ela não conseguiu. Decker a pegou antes disso.

— Isso não faz sentido, Guy. Por que ele mataria as únicas pessoas que poderiam lhe dar a resposta?

— Ele era um psicótico.

— Até mesmo os psicóticos seguem alguma lógica.

— Tem de ter sido ele. Não havia ninguém mais que…

De algum lugar em meio à neblina, ouviu-se um forte clique metálico. Kate e Guy ficaram paralisados ao ouvirem passos atravessando o calçamento devagar. Em meio à escuridão que caía sobre a paisagem, uma figura materializou-se diante deles. Mesmo à luz sombria do entardecer, o cabelo ruivo de Susan Santini parecia estar em chamas. Mas foi o cinza-escuro da arma que atraiu a atenção de Kate.

— Saia da frente, Guy — ordenou Susan.

Guy estava muito atônito para se mover ou falar. A única coisa que conseguia fazer era olhar para a mulher, sem palavras.

— Foi você… — murmurou Kate, atônita. — Todo o tempo foi *você*. Não Decker.

Susan voltou-se lentamente para Kate. Através do véu de neblina que as separava, seu rosto era tão vago e sem forma quanto o de um fantasma.

— Você não compreende, não é mesmo? Mas você nunca teve um filho, Kate. Nunca teve medo que alguém o ferisse ou o levasse embora. É nisso que toda mãe pensa. É com isso que toda mãe se preocupa. É tudo com o que me preocupei.

Guy emitiu um gemido.

— Meu Deus, Susan! Você compreende o que fez?

— Você não o faria. Então, eu tive de fazer. Durante todos esses anos, nunca soube a verdade sobre William. Você devia ter me contado, Guy. Devia ter me contado. Tive de ouvir isso de Tanaka.

— Você matou quatro pessoas, Susan!

— Quatro, não. Apenas três. Eu não matei Ellen. — Ela olhou para Kate. — Ela a matou.

Kate voltou-se para Susan.

— Como assim?

— Não havia suxametônio no frasco. Era cloreto de potássio. Você deu uma dose letal para Ellen. — Seu olhar voltou-se para o marido. — Não queria que você fosse culpado, querido. Não conseguiria vê-lo abatido, do modo como ficou em seu último processo. Então, mudei o eletrocardiograma. E escrevi as iniciais dela.

— E eu fui incriminada — terminou Kate.

Assentindo, Susan ergueu a arma.

— Sim, Kate. Você foi incriminada. Desculpe. Agora, por favor, Guy. Saia da frente. Isso tem de ser feito, para o bem de William.

— Não, Susan.

Ela franziu as sobrancelhas para o marido, incrédula.

— Eles vão tirá-lo de mim. Não vê? Vão levar meu bebê.

— Não deixarei. Eu prometo.

Susan balançou a cabeça.

— Tarde demais, Guy. Matei os outros. Ela é a única que sabe.

— Mas *eu* sei! — exclamou Guy. — Vai me matar também?

— Você não faria isso. Você é meu marido.

— Susan, me dê a arma.

Guy avançou vagarosamente, estendendo a mão para ela. Ele baixou o tom de voz, tornando-a gentil, íntima.

— Por favor, querida. Nada vai acontecer. Tomarei conta de tudo. Apenas me dê a arma.

Ela deu um passo atrás e quase perdeu o equilíbrio no terreno irregular. Guy ficou paralisado quando o cano da arma voltou-se por um momento em sua direção.

— Você não vai atirar em mim, Susan.

— Por favor, Guy…

Ele deu um passo à frente.

— Vai?

— Eu amo você — gemeu Susan.

— Então me dê a arma. Sim, querida. Entregue-a para mim…

A distância entre os dois diminuía aos poucos. Guy estendeu a mão para ela, uma promessa de calor e segurança. Ela olhou-o com tristeza, como se no fundo soubesse que estava para sempre fora de seu alcance. A arma estava a apenas alguns centímetros dos dedos de Guy, e Susan não se moveu; estava paralisada pela derrota inevitável.

Sentindo ter ganhado a parada, Guy se aproximou depressa. Segurando a arma pelo cano, tentou tirá-la das mãos de Susan.

Mas ela não a soltou. Naquele instante, algo dentro dela, alguma última fagulha de resistência, pareceu rebrilhar em seus olhos, impedindo-a de soltar a pistola.

— Largue! — gritou ela.

— Me dê isso — exigiu Guy, lutando para ficar com a arma. — Susan, me dê isso!

O disparo tomou a todos de surpresa. Ambos se olharam, atônitos, nenhum dos dois acreditando no que acabara de acontecer. Então Guy cambaleou para trás, agarrando a própria perna.

— *Não*!

O grito de Susan propagou-se como um fantasma através da neblina. Lentamente, ela se voltou para Kate. Seus olhos brilhavam de desespero. E ela ainda estava de posse da arma.

Foi quando Kate correu, às cegas, desesperada, em meio à neblina. Ela ouviu um tiro da pistola. Uma bala passou ao seu lado e se cravou no chão junto ao seu pé. Não havia tempo de escolher o caminho, de voltar em direção à estrada. Apenas continuou a correr e rezou para que a neblina a ocultasse.

De repente o chão ergueu-se em um aclive. Através dos fiapos de neblina, ela viu a face íngreme da encosta, esparsamente recoberta de arbustos. Ela se voltou e logo se deu conta de que o caminho de volta para a estrada estava bloqueado pela aproximação de Susan. Sua única rota de fuga seria à esquerda, descendo até as ruínas da antiga estrada para Pali, a passagem original do penhasco. Aquela estrada havia muito fora abandonada. Ela não fazia ideia de até onde a levaria; algumas partes, ela sabia, haviam desmoronado na encosta íngreme.

O som de passos se aproximando não lhe dava outra escolha. Ela pulou um muro baixo de concreto e logo se viu escorregando na lama. Agarrando-se a galhos e cipós, conseguiu deter a queda até aterrissar, arranhada e ofegante, em um trecho pavimentado. A antiga estrada de Pali.

Em algum lugar mais acima, oculto em meio às nuvens, ouviu um farfalhar de vegetação.

— Não há para onde fugir, Kate! — A voz sem corpo de Susan parecia vir de toda parte ao mesmo tempo. — A antiga estrada não vai muito longe. Um passo em falso e cairá do penhasco. Então, é melhor ser cuidadosa…

Cuidadosa… Cuidadosa… O aviso gritado ecoou pela montanha e estilhaçou-se em aterrorizantes fragmentos sonoros. O farfalhar de vegetação se aproximava. Susan estava perto. Descia com calma, avançando devagar. A vítima estava acuada. E ela sabia disso.

Mas acuada não era o mesmo que indefesa.

Kate levantou-se e começou a correr. A velha estrada estava cheia de rachaduras e buracos. Em alguns lugares, o pavimento cedera, e erguiam-se jovens árvores, raízes tomando o asfalto. Ela tentou ver através da neblina, mas não enxergava mais do que alguns metros adiante. Escurecia rápido. Em breve, já não veria mais nada. Mas a escuridão também poderia ser um manto atrás do qual se esconder.

Mas onde ela poderia se esconder? À direita, subia uma encosta íngreme; à esquerda, a estrada cedia abruptamente à borda do despenhadeiro. Ela não tinha escolha; tinha de continuar a correr.

Kate tropeçou em um pedregulho e caiu no asfalto. Levantou-se na mesma hora, alheia à dor nos joelhos. Enquanto corria, antecipava o que aconteceria. Haveria uma barreira ao fim da estrada? Ou apenas uma queda vertiginosa rumo ao esquecimento? Em ambos os casos, não haveria saída. Apenas uma bala e uma queda pelo despenhadeiro. Quanto tempo demoraria até encontrarem seu corpo?

Uma rajada de vento varreu a estrada. Por um instante, a neblina clareou. Erguendo-se à direita, viu a face da encosta coberta de densa vegetação. A meio caminho, quase oculta pela mata, a entrada de uma caverna. Se a alcançasse, se atravessasse a vegetação antes que Susan passasse por ali, ela poderia se esconder até chegar alguma ajuda. Caso chegasse.

Kate abriu caminho em meio à vegetação e começou a subir. Uma vez que a chuva enlameara a encosta, ela precisava se agarrar a raízes e galhos para conseguir subir. Havia também o perigo de deslocar uma pedra, que cairia sobre a estrada. O barulho certamente alertaria Susan. E ali estaria ela, exposta como uma mosca na parede. Um bom disparo terminaria com tudo.

O som de passos a fez ficar paralisada. Susan se aproximava. Desesperada, Kate agarrou-se à montanha, desejando misturar-se à vegetação.

O FIO DO BISTURI

Os passos reduziram; depois, pararam. Nesse instante, o vento empurrou as nuvens contra a encosta, ocultando Kate em meio a uma neblina prateada. Os passos prosseguiram devagar através da estrada. Apenas quando não mais os ouvia, Kate ousou continuar sua subida.

Quando Kate chegou à entrada da caverna, suas mãos estavam fechadas em garras. Ela usou a última energia que lhe restava a fim de se arrastar para dentro do buraco enlameado. Ali caiu, ofegante. A água escorria pelas raízes das árvores mais acima e escorria pelo seu rosto. No escuro, ouviu um farfalhar e algo roçou seu braço. Um besouro. Não teve forças para afastá-lo. Exausta e trêmula, enrodilhou-se na lama como um cachorrinho cansado. O vento aumentou, afastando as nuvens da estrada. A neblina diminuía de intensidade. Se ela conseguisse aguentar até a noite cair… Era o máximo que podia desejar: a escuridão.

Fechando os olhos, ela conjurou uma imagem mental de David. Se ao menos ele pudesse ouvir seus silenciosos pedidos de ajuda… Mas não podia ajudá-la. Ninguém podia. Como ele reagiria à sua morte? Ficaria triste? Ou apenas consideraria um fim trágico para um caso de amor agonizante? Aquilo era o que mais lhe doía: pensar na indiferença dele.

Ela protegeu o rosto com os braços, e lágrimas quentes misturaram-se com a água gelada em seu rosto. Ela nunca se sentira tão só, tão abandonada. De súbito, não a incomodava saber se viveria ou morreria; apenas que alguém se importasse.

Mas eu sou a única que realmente se importa.

Uma força nova e desesperada acumulou-se dentro dela. Vagorosamente, ela esticou os membros e olhou para os fios de neblina que passavam do lado de fora da entrada da caverna. E, de repente, sentiu-se furiosa por sua vida estar sendo roubada e pelo fato de que o homem que amava não estar ali para ajudá-la.

Se pretendo me salvar, terei de fazê-lo eu mesma.

Os passos que ouviu voltando pela estrada indicaram-lhe que a escuridão não chegaria a tempo. Através do emaranhado de galhos que emoldurava a entrada da caverna, ela viu o verde aveludado de uma distante cadeia de montanhas contra a luz mortiça do céu. A neblina desaparecera, assim como sua invisibilidade.

— Você está aí em cima, não é? — A voz de Susan ergueu-se da estrada, um som tão apavorante que fez Kate estremecer. — Quase não

vi. Mas há uma desvantagem em cavernas. Algo de que estou certa que você já se deu conta. São becos sem saída.

Kate ouviu pedras rolando pela encosta e caindo na estrada, o impacto ecoando como disparos de arma de fogo. *Ela está subindo a encosta*, pensou Kate em desespero. *Está vindo atrás de mim…*

Sua única escapatória seria sair da caverna. E se colocar na linha de fogo de Susan.

Um graveto estalou e mais pedras caíram pela encosta da montanha. Susan se aproximava. Kate não tinha outra escolha; ou saía agora ou se veria encurralada como um rato. Depressa, remexeu a lama e encontrou uma pedra do tamanho de um punho. Não era muito contra uma arma de fogo, mas era tudo o que tinha. Cuidadosa, saiu da caverna e, para seu horror, viu que Susan já estava a meio caminho da encosta.

Seus olhos se encontraram. Naquele instante, ambas reconheceram o desespero da oponente. Uma lutava pela vida; a outra, pelo filho. Não haveria acordo, rendição. Apenas a morte.

Susan apontou o cano da arma para a cabeça de sua presa.

Kate atirou a pedra, que atravessou a vegetação e se chocou contra o ombro de Susan. Gritando, Susan escorregou alguns metros encosta abaixo antes de agarrar um galho. Ali se deteve um momento, atônita.

Kate saiu da caverna e começou a subir a encosta. Enquanto subia, galho por galho, uma parte racional de seu cérebro lhe dizia que a subida era impossível, que a encosta do penhasco era muito íngreme e que a vegetação era muito frágil e esparsa para suportar seu peso. Mas seus braços e pernas pareciam se mover por conta própria, guiados não pela lógica e, sim, pelo instinto de sobrevivência. As mangas de sua camisa estavam em farrapos e as mãos e os braços já estavam esfolados, mas ela estava muito aterrorizada para sentir dor.

Uma bala ricocheteou em uma pedra. Kate trincou os dentes quando estilhaços de pedra e terra atingiram seu rosto. A pontaria de Susan era ruim; ela não conseguia se equilibrar sobre a encosta e atirar com precisão ao mesmo tempo.

Kate ergueu a cabeça e se viu olhando para uma pedra coberta de cipós que se projetava da encosta. Teria força de se arrastar até o topo? Os cipós aguentariam seu peso? A superfície era impossivelmente íngreme e ela estava muito cansada, bem cansada…

Outro tiro ecoou. A bala passou tão perto que ela pôde senti-la sibilar junto ao seu rosto. Desesperada, Kate agarrou um cipó e começou a se erguer ao longo da face da pedra. Seus sapatos escorregaram, inúteis, até encontrarem apoio. Ela conseguiu se erguer alguns centímetros preciosos, a seguir outros mais, os joelhos arranhados pela áspera pedra vulcânica. No céu, as nuvens corriam, enchendo-a de promessas de liberdade. Quantas balas ainda restariam na arma?

E bastava uma…

Cada centímetro se tornou uma agonia. Seus músculos imploravam por repouso. Mesmo que uma bala a atingisse, ela duvidava de que sentiria alguma dor.

Quando por fim chegou ao topo da pedra, estava exausta demais para sentir qualquer sensação de triunfo. Em vez disso, rolou para baixo de uma protuberância rochosa. Não passava de uma pedra chata, escorregadia de chuva e líquen, mas nenhuma cama pareceu-lhe tão maravilhosa. Se ao menos pudesse ficar ali deitada para sempre… Se pudesse fechar os olhos e dormir! Mas não havia tempo para descansar nem para permitir que a agonia abandonasse seu corpo; Susan estava bem atrás dela.

Kate se levantou, cambaleante, as pernas trêmulas de exaustão, o corpo açoitado pelo vento. Ela perdera um dos sapatos durante a escalada e, a cada passo, os espinhos se cravavam em seu pé descalço. Porém, ali a subida era mais fácil e só faltavam alguns metros para chegar ao topo.

Mas não conseguiu.

Um último disparo ecoou. E o que ela sentiu não foi dor, mas surpresa. E o forte impacto da bala que atingiu seu ombro. O céu rodopiou. Por um instante, ela oscilou como um junco ao sabor do vento. Então sentiu que tombava para trás. Ela rolava sem parar, caindo em direção ao esquecimento.

Foi um arbusto de *halekoa* — uma dessas pragas teimosas que cravam as raízes profundamente no solo havaiano — que lhe salvou a vida. Agarrou-a pela perna, detendo a queda de modo a impedi-la de rolar pela borda do despenhadeiro. Ali, deitada, tentando se dar conta de onde estava, percebeu um estranho ruído ao longe. Para sua mente confusa, parecia o choro de uma criança, e tornava-se cada vez mais alto.

A alucinação a trouxe de volta à consciência. Grogue, ela abriu os olhos para um céu nublado, monótono e monocromático. O choro da criança de repente se transformou no som ritmado de sirenes policiais. O som da ajuda. Da salvação.

Então, uma sombra se moveu em seu campo de visão. Ela se esforçou para ver a figura em pé diante dela. À escassa luz do anoitecer, o rosto de Susan Santini não passava de uma silhueta com cabelos açoitados pelo vento.

Susan nada falou ao apontar a arma para a cabeça de Kate. Por um instante se deteve ali, a saia levada pelo vento, agarrando a pistola com as mãos. Uma rajada de vento varreu a estreita protuberância rochosa, fazendo-a oscilar sobre a rocha escorregadia.

As sirenes se calaram de súbito. Ouviram-se gritos masculinos no vale.

Kate esforçou-se para se sentar. O cano da arma estava voltado para seu rosto. Ela conseguiu dizer em tom calmo:

— Não há razão para me matar agora, Susan. Não é mesmo?

— Você sabe sobre William.

— Eles também saberão.

Kate meneou a cabeça sem força em direção às vozes distantes, que já se aproximavam.

— Não saberão. A não ser que você diga para eles.

— Como sabe que eu não disse?

A arma estremeceu.

— Não! — gritou Susan, a voz alterada pelos primeiros sinais de pânico. — Não pode ter contado! Você não estava certa…

— Você precisa de ajuda, Susan. Providenciarei para que receba toda ajuda de que precisar.

O cano da arma ainda pairava sobre a cabeça de Kate. Bastava uma leve pressão de um dedo, o bater do cão da pistola, para que todo o mundo de Kate se desintegrasse. Ela olhou para aquele círculo negro, perguntando-se se sentiria a bala. Que estranho o fato de enfrentar a própria morte com tanta tranquilidade… Ela lutara para sobreviver e perdera. Agora, tudo o que podia fazer era esperar pelo fim.

Então, acima do ruído do vento, ouviu uma voz chamando seu nome. *Outra alucinação*, pensou ela. *Só pode ser…*

Mas ela ouviu outra vez: a voz de David gritando seu nome repetidas vezes.

De repente, ela desejou viver. Queria dizer para ele todas as coisas que seu orgulho a impediu de dizer. Que a vida era muito preciosa para ser desperdiçada com mágoas passadas. Que, se ele lhe desse a chance, ela poderia ajudá-lo a esquecer toda a dor que sofrera.

— Por favor, Susan — gemeu. — Abaixe a arma.

Susan hesitou, mas ainda segurava a pistola com as mãos. Parecia estar ouvindo as vozes que se aproximavam ao longo da velha estrada de Pali.

— Não vê? — gritou Kate. — Se me matar, vai destruir a única chance de ficar com seu filho!

Suas palavras pareceram exaurir toda a força dos braços de Susan. Lenta, quase imperceptivelmente, ela baixou a arma. Por um instante ficou imóvel, a cabeça curvada em um silencioso gesto de pesar. Então ela se voltou e olhou além da protuberância rochosa, para a estrada abaixo.

— É tarde demais — disse ela, com uma voz tão baixa que quase foi abafada pelo vento. — Eu já o perdi.

Um coro de gritos à base da montanha indicou que haviam sido localizadas.

Susan, o cabelo oscilando como labaredas ao vento, olhou para os homens lá embaixo.

— É melhor assim — insistiu. — Ele só terá boas lembranças de mim. É assim que deve ser a infância. Apenas boas lembranças…

Talvez tenha sido uma súbita rajada de vento que desequilibrou Susan; Kate jamais teria certeza. Tudo o que sabia era que, em um instante, Susan estava de pé à borda da pedra e, no seguinte, já não estava mais.

Ela caiu em silêncio, sem gritar.

Foi Kate quem chorou. Ela se deitou de costas contra a pedra fria e implacável. Enquanto o mundo rodava, chorou em silêncio pela mulher que acabara de morrer e pelos quatro outros que haviam perdido a vida. Tantas mortes, tanto sofrimento. Tudo em nome do amor.

16

David foi o primeiro a alcançá-la.

Ele a encontrou 25 metros montanha acima, inconsciente e trêmula, em uma pedra manchada de sangue. O que fez então nada teve a ver com lógica; foi puro pânico. David tirou o paletó e jogou-o sobre o corpo de Kate, com apenas uma ideia em mente: *Você não pode morrer. Não deixarei. Está me ouvindo, Kate? Você não pode morrer!*

Ele a tomou nos braços e, conforme o calor do sangue dela atravessava sua camisa, repetiu o nome dela diversas vezes, como se pudesse de algum modo evitar que sua alma fugisse para sempre de seu alcance. Ele mal ouviu os gritos da equipe de resgate ou as sirenes das ambulâncias; sua atenção se concentrava no ritmo da respiração e no bater do coração dela junto ao seu peito.

Ela estava tão fria, tão inerte... Se ao menos pudesse lhe dar seu calor... Ele só desejou isso uma vez, quando seu único filho morria em seus braços. *Não dessa vez*, rezou, puxando-a com força ao seu encontro. *Não a tire de mim, também...*

O pedido repetia-se em sua mente enquanto a carregavam montanha abaixo. A descida terminou em um tumulto quando a equipe da ambulância aproximou-se para ajudar. David foi afastado para o lado, um observador impotente de uma batalha a qual não estava acostumado a lutar.

Ele observou a ambulância desaparecer na escuridão. Então, imaginou a sala da emergência, as luzes, as pessoas de branco. Ele não suportava imaginar Kate deitada e indefesa em meio àquele caos. Mas logo ela estaria lá. Era sua única chance.

A mão tocou-lhe o ombro com delicadeza.

— Você está bem, David? — perguntou Pokie.

— É. — Ele suspirou fundo. — Estou.

— Ela vai ficar bem. Tenho uma bola de cristal para esse tipo de coisa. Ele se voltou ao ouvir um espirro.

O sargento Brophy se aproximou, o rosto enterrado em um lenço.

— Eles trouxeram o corpo — disse Brophy. — Ficou emaranhado na... vegetação. — Ele assoou o nariz. — Pescoço quebrado. Quer dar uma olhada antes de ela ir para o necrotério?

— Não precisa — resmungou Pokie. — Acredito na sua palavra. — No caminho até o carro, ele perguntou: — Como o dr. Santini recebeu a notícia?

— Essa é a parte estranha — respondeu Brophy. — Quando eu lhe falei sobre a esposa, ele agiu como... Bem, como se estivesse esperando por isso.

Pokie franziu as sobrancelhas para o corpo coberto de Susan Santini, que estava sendo embarcado na ambulância, e suspirou.

— Talvez soubesse mesmo. Talvez soubesse todo o tempo o que estava acontecendo. Mas não queria admitir. Nem para si mesmo.

Brophy abriu a porta do carro.

— Para onde, tenente?

— Para o hospital. E logo. — Pokie meneou a cabeça em direção a David. — Esse sujeito tem uma longa espera pela frente.

Passaram-se quatro horas antes que David pudesse vê-la. Quatro horas caminhando a esmo pela sala de espera do quarto andar. Quatro horas andando para lá e para cá diante da mesma manchete do *National Enquirer* na mesa de centro: "Cabeça de mulher implantada em corpo de babuíno".

Havia apenas outra pessoa na sala, um sujeito com cara de asno refestelado sob uma placa de "Proibido fumar" tirando baforadas desesperadas. Ele apagou uma guimba e acendeu outro cigarro.

— Está ficando tarde — comentou o tal sujeito. E essa foi toda a conversa que tiveram. Duas palavras pronunciadas em tom monocórdio. O homem não disse a quem esperava. Não falou do medo. Mas o medo estava ali, estampado em seus olhos.

Às onze, o homem com cara de asno foi chamado à sala de recuperação e David ficou sozinho. Ele deteve-se junto à janela, ouvindo a sirene de uma ambulância que se aproximava. Pela centésima vez, olhou o relógio. Kate estava na cirurgia havia três horas. Quanto tempo demoraria para retirarem uma bala? Algo teria dado errado?

À meia-noite, uma enfermeira apareceu à porta da sala de espera.

— É o sr. Ransom?

Ele se voltou, o coração instantaneamente disparado.

— Sim!

— Achei que gostaria de saber. A cirurgia da dra. Chesne terminou.

— Então... Ela está bem?

— Tudo correu muito bem.

David emitiu um suspiro tão pesado que, logo após, sentiu-se flutuar. *Obrigado*, pensou. *Obrigado*.

— Se quiser ir para casa, ligaremos quando ela...

— Preciso vê-la.

— Ela ainda está inconsciente.

— Preciso vê-la.

— Lamento, mas só admitimos parentes próximos na... — Ela parou de falar ao topar com o olhar ameaçador de David. — Cinco minutos, sr. Ransom. E só. Compreendeu?

Ah, ele compreendeu. E não deu a mínima. David passou pela enfermeira e atravessou as portas da sala de recuperação.

Encontrou-a deitada na última maca, sua forma pálida e diminuta afogada sob luzes intensas e tubos de plástico. Havia apenas uma cortina branca e flácida separando-a do paciente ao lado. David ficou junto ao pé da maca, com medo de se aproximar, com medo de tocá-la e quebrar um daqueles membros frágeis. Ela lembrava uma princesa em uma redoma de vidro no meio de uma floresta: intocável, inatingível. Um monitor cardíaco pulsava, marcando o ritmo cardíaco da paciente. Bela música. Boa, forte e contínua. O coração de Kate. Ele ficou ali, imóvel, enquanto as enfermeiras mexiam com tubos, ajustavam os fluxos das intravenosas e do oxigênio. Um médico veio examinar os pulmões de Kate. David sentiu-se inútil. Era como um pedregulho no caminho dos outros. Ele sabia que tinha de sair e deixá-los fazer o trabalho, mas algo o mantinha enraizado naquele lugar. Uma das enfermeiras apontou para o relógio e disse com severidade:

— Realmente não podemos trabalhar com você aqui. Terá de ir embora.

Mas ele não foi. Jamais iria. Não até saber que tudo estava bem.

— Ela está despertando.

A luz de uma dúzia de sóis parecia atravessar suas pálpebras. Ela ouviu vozes, um pouco familiares, murmurando no vazio mais acima. Lenta, dolorosamente, ela abriu os olhos.

O que Kate viu primeiro foram as luzes, fortes e inevitáveis, brilhando. Pouco a pouco, identificou o rosto sorridente de uma mulher, alguém que ela conhecia de um passado distante e sombrio, embora não conseguisse se lembrar por quê. Concentrou-se no nome do crachá: Julie Sanders, enfermeira. Julie. Lembrou-se, então.

— Consegue me ouvir, dra. Chesne? — perguntou Julie.

Kate meneou a cabeça devagar.

— Você está na sala de recuperação. Sente dor?

Kate não sabia. Seus sentidos voltavam pouco a pouco, e a dor ainda não despertara. Demorou um instante para registrar todos os sinais que seu cérebro recebia. Sentiu o sibilar do oxigênio em suas narinas e ouviu o bipe de um monitor cardíaco em algum lugar sobre a cama. Mas dor? Não. Sentia apenas um terrível vazio. E exaustão. Ela queria dormir…

Mais rostos se reuniram ao redor da cama. Outra enfermeira, com um estetoscópio ao redor do pescoço. O dr. Tam, mal-humorado como sempre. Então ouviu uma voz chamando-a baixinho.

— Kate?

Ela se voltou. Emoldurado sob o brilho das luzes, o rosto de David parecia exausto. Maravilhada, ela estendeu a mão para tocá-lo, mas descobriu que seu pulso estava irremediavelmente preso por um emaranhado de tubos de plástico. Muito fraca para lutar, deixou a mão cair de volta sobre a cama.

Foi quando ele a tomou. Com gentileza, como se com medo de quebrá-la.

— Você está bem… — murmurou David, beijando-lhe a palma da mão. — Graças a Deus, você está bem…

— Não me lembro…

— Você passou por uma cirurgia. — Ele sorriu por um instante, tenso. — Três horas. Pareceu durar uma eternidade. Mas a bala foi retirada.

Então ela se lembrou. O vento. O despenhadeiro. E Susan, caindo em silêncio como um fantasma.

— Ela morreu?

Ele assentiu.

— Não havia nada a fazer.

— E Guy?

— Ele não poderá andar durante algum tempo. Não sei como conseguiu chegar àquele telefone. Mas chegou.

Ela ficou em silêncio um instante, pensando em Guy, cuja vida estava tão arruinada quanto sua perna.

— Ele salvou minha vida. E agora perdeu tudo…

— Tudo, não. Ele ainda tem o filho.

Sim, pensou ela. *William sempre seria filho de Guy.* Não pelo sangue, mas por algo muito mais forte: pelo amor. De toda aquela tragédia, ao menos uma coisa permaneceria boa e intacta.

— Sr. Ransom, realmente terá de sair — insistiu o dr. Tam.

David assentiu. Então se curvou e deu um beijo desajeitado em Kate. Se ele tivesse dito que a amava, se tivesse dito qualquer coisa, ela talvez encontrasse alguma alegria naquele seco roçar de lábios. Mas a mão dele logo se separou da dela.

As coisas pareciam se mover em um borrão. O dr. Tam começou a fazer perguntas, mas ela estava muito tonta para responder. As enfermeiras estavam agitadas ao redor da cama, trocando frascos de intravenosas, desconectando fios, ajeitando lençóis. Deram-lhe uma injeção analgésica. Em alguns minutos, ela se sentiu irresistivelmente arrastada para o sono.

Ao ser retirada da sala de recuperação, Kate lutou para permanecer desperta. Havia algo importante que devia dizer a David, algo que não podia esperar. Mas havia muita gente ao redor e ela não mais o ouvia em meio ao confuso burburinho de vozes. Em pânico, sentiu como se aquela fosse a última chance que teria para dizer que o amava. Mas, mesmo no limiar da consciência, um último resquício de orgulho a fez ficar calada. E assim, em silêncio, ela se deixou arrastar mais uma vez para a escuridão.

David ficou ao seu lado no quarto quase até o amanhecer. Ficou sentado junto à cama, segurando-lhe a mão, afastando o cabelo de seu rosto. De vez em quando, dizia-lhe o nome, com uma leve esperança de que ela despertasse. Mas, seja qual injeção analgésica haviam lhe dado, tinha potência industrial; ela mal se moveu durante toda a noite. Se ao menos Kate o tivesse chamado durante o sono, se ao menos pronunciasse a primeira sílaba de seu nome, teria sido bastante. David saberia que Kate precisava dele e diria que também precisava dela. Não era o tipo de coisa que um homem dizia para qualquer uma. Pelo menos, ele não conseguia fazê-lo. Na verdade, era ainda pior do que o pobre e mudo Charlie Decker. Ao menos Decker podia se expressar através de alguns versos de poesia ruim.

Foi um longo trajeto de volta para casa.

Assim que entrou pela porta, ligou para o hospital em busca de notícias. "Estável." Foi tudo o que lhe disseram, mas era suficiente. Ele ligou para uma floricultura e encomendou flores para serem entregues no quarto de Kate. Rosas. Como não conseguiu pensar em nada, disse para o atendente escrever "David" no cartão. Preparou café e torradas e comeu como um homem faminto, o que ele de fato estava, uma vez que não jantara na noite anterior. Então, sujo, sem se barbear, exausto, foi até a sala de estar e se jogou no sofá.

Pensou em todas as razões para não se apaixonar. Ele construíra uma agradável e confortável existência para si. Olhou para o chão encerado, as cortinas, os livros alinhados no gabinete de vidro. Então se deu conta de quão estéril era tudo aquilo. Aquela não era a casa de uma pessoa viva. Era uma concha, assim como ele também era uma concha.

Que diabos, pensou. Kate provavelmente não o desejava. Seu caso fora baseado na necessidade. Ela estava aterrorizada, e ele, convenientemente, estava ao seu lado. Logo ela se recuperaria e voltaria ao trabalho. Não se mantém uma mulher como Kate fora do páreo por muito tempo.

Ele a admirava e a desejava. Mas será que a amava? Esperava que não.

Porque ele, melhor do que ninguém, sabia que o amor não passava de uma antessala da dor.

O dr. Clarence Avery deteve-se, desajeitado, à porta do quarto de Kate e perguntou se podia entrar. Trazia meia dúzia de cravos horrorosamente pintados de verde, que estendeu a ela como se não tivesse a menor ideia do que fazer com flores. Ao menos com cravos pintados de verde. Os caules ainda estavam embrulhados em celofane de supermercado, etiqueta de preço e tudo o mais.

— São para você — disse ele, para o caso de ela não estar certa quanto àquilo. — Espero... espero que não seja alérgica a cravos. Nem a nada.

— Não sou. Obrigada, dr. Avery.

— Não é nada de mais. Eu só... — O olhar dele voltou-se para a dúzia de rosas em um vaso de porcelana na mesa de cabeceira. — Ah... Mas vejo que já recebeu flores. Rosas.

Triste, ele olhou para os cravos verdes como se analisasse um animal morto.

— Prefiro cravos — respondeu ela. — Poderia colocá-los na água para mim? Acho que vi um vaso sob a pia.

— Claro.

Ele levou as flores até a pia e, ao se agachar, ela viu que, como sempre, suas calças estavam amarrotadas e suas meias não combinavam. Os cravos ficaram um tanto frouxos no vaso imenso. Mas o que importava era que ele os entregara em mãos, o que não foi o caso das rosas.

Chegaram enquanto ela dormia. O cartão dizia apenas: "David". Ele não ligara nem viera visitá-la. Kate achou que ele estava pensando em dar um tempo. A manhã inteira ela se dividira entre a vontade de destruir as flores em pedaços ou abraçá-las. Eis aí uma boa analogia: apertar espinhos contra o peito.

— Aqui — disse ela. — Ponha os cravos perto de mim. Onde eu possa sentir o cheiro.

Ela empurrou as rosas de uma vez e fez uma careta de dor. A incisão cirúrgica deixara-lhe dezenas de pontos no ombro e foi necessária uma dose poderosa de analgésico apenas para amenizar a dor. Cuidadosa, ela se acomodou no travesseiro.

Orgulhoso com o lugar de honra que seu presente ocupara, o dr. Avery ficou em silêncio um instante para admirar as flores murchas. Então, pigarreou e disse:

— Dra. Chesne, devo lhe dizer que essa não é apenas… uma visita social.

— Não é?

— Não. Tem a ver com sua posição aqui no Mid Pac.

— Então, tomaram uma decisão… — murmurou ela.

— Com todas as provas reveladas, bem… — Ele deu de ombros. — Eu devia tê-la apoiado antes. Desculpe por não o ter feito. Acho que eu estava… Desculpe. — Inquieto, ele olhou para o jaleco manchado de tinta. — Não sei por que insisto nessa droga de chefia. Nunca me trouxe mais do que úlceras. De qualquer modo, estou aqui para lhe dizer que estamos lhe oferecendo seu antigo trabalho de volta. Nada constará de seu histórico. Apenas uma anotação de que foi instaurado um processo contra você, que acabou retirado. Ao menos, foi o que ouvi dizer.

— Meu antigo trabalho… — murmurou ela. — Não sei. — Suspirando, olhou pela janela. — Não sei se o quero de volta. Sabe, dr. Avery, andei pensando em outros lugares.

— Refere-se a outro hospital?

— Outra cidade. — Kate sorriu para ele. — Não é de surpreender, certo? Nos últimos dias, tive um bocado de tempo para pensar. Fiquei me perguntando se não pertenço a algum outro lugar. Longe de todo esse… oceano.

Longe de David.

— Ora, ora.

— Você encontrará um substituto. Deve haver centenas de médicos implorando para viver no paraíso.

— Não, não é isso. Só estou surpreso. Depois de todo o trabalho que o sr. Ransom teve, tinha certeza de que você…

— Sr. Ransom? Como assim?

— Todos aqueles telefonemas que ele fez. Para cada membro do conselho do hospital.

Um gesto de despedida, pensou ela. *Ao menos eu devia lhe ser grata por isso.*

— Foi uma reviravolta e tanto, devo dizer. Um advogado de acusação exigindo que um médico fosse readmitido! Mas esta manhã, quando ele apresentou as provas reunidas pela polícia e ouvimos o depoimento do dr. Santini, bem, o conselho demorou cinco minutos para tomar a decisão. — Ele franziu as sobrancelhas. — O sr. Ransom nos deu a entender que você queria o trabalho de volta.

— Talvez eu quisesse antes — respondeu ela, olhando para as rosas e perguntando-se por que não se sentia triunfante. — Mas as coisas mudam, não é mesmo?

— Suponho que sim. — Avery pigarreou e se remexeu mais um pouco. — Você pode voltar ao trabalho se quiser. E certamente precisaremos de você na equipe. Ainda mais com minha aposentadoria a caminho.

Surpresa, ela ergueu a cabeça.

— Você está se aposentando?

— Tenho 64 anos, você sabe. Está chegando a hora. Nunca viajei muito pelo país. Nunca tive tempo. Minha mulher e eu costumávamos falar em viajar após minha aposentadoria. Barb gostaria que eu me divertisse. Não acha?

Kate sorriu.

— Estou certa de que ela gostaria.

— De qualquer modo... — Ele lançou outro olhar para os cravos murchos. — São bonitos, não é mesmo? — Ele saiu do quarto, rindo consigo mesmo. — Sim. Sim, muito melhores que rosas, eu creio. Muito melhores.

Kate voltou-se mais uma vez para as flores. Rosas vermelhas. Cravos verdes. Que combinação absurda! Exatamente como ela e David.

Chovia forte quando David veio vê-la no fim daquela tarde. Ela estava sozinha no solário, olhando através da janela para o pátio abaixo. A enfermeira acabara de lavar e pentear seu cabelo, que, ao secar, assumira as ondas crespas e infantis que ela sempre odiou. Kate não o ouviu entrando na sala. Apenas quando ele a chamou pelo nome ela se voltou e viu-o ali, em pé, o cabelo úmido soprado pelo vento, o terno respingado de chuva. Parecia cansado. Quase tão cansado quanto ela. Kate queria que ele a abraçasse, que a tomasse nos braços, mas ele não o fez. Apenas se curvou e deu-lhe um beijo automático na testa. Então, voltou a se aprumar.

— Vejo que já não está mais de cama. Deve estar se sentindo melhor — observou.

Ela sorriu, desanimada.

— Nunca fui de ficar deitada o dia inteiro.

— Ah! Trouxe isso para você. — E entregou-lhe uma caixa de bombons. — Não sabia se você pode comê-los. Talvez depois.

Ela olhou para a caixa que ele pousara em seu colo.

— Obrigada… — murmurou. — E obrigada pelas rosas.

Então, ela se voltou e olhou para a chuva.

Houve um longo silêncio, como se ambos não tivessem mais o que dizer. A chuva escorria pelas janelas do solário, projetando um arco-íris de luz bruxuleante sobre suas mãos fechadas.

— Acabei de falar com Avery — disse ele, afinal. — Ouvi dizer que você foi readmitida.

— É. Ele me disse. Acho que é outra coisa pela qual devo agradecê-lo.

— O quê?

— Meu trabalho. Avery disse que você fez um bocado de telefonemas.

— Apenas alguns. Não foi nada de mais. — Ele inspirou fundo e continuou com alegria forçada: — Então. Logo você estará de volta à sala de cirurgia. Com um belo aumento de salário, espero. Parece bom.

— Não estou certa de que vou aceitar… o trabalho.

— Como? Por que não aceitaria?

Kate deu de ombros.

— Sabe, andei pensando em outras possibilidades. Outros lugares.

— Além do Mid Pac?

— Quer dizer… além do Havaí.

David não disse nada. Então, ela acrescentou:

— Nada me prende aqui.

Houve outro longo silêncio. Então, ele murmurou:

— Nada?

Kate não respondeu. Ele a observou, tão tranquila e imóvel na cadeira. E deu-se conta de que podia ficar esperando até o Juízo Final que ela continuaria ali sentada. *Que belo par formamos*, pensou ele com desagrado. Duas pessoas supostamente inteligentes que não conseguem trocar uma única palavra.

— Dra. Chesne? — chamou uma enfermeira à porta. — Está pronta para voltar para o quarto?

— Sim — respondeu Kate. — Acho que gostaria de dormir.

— Você parece cansada. — A enfermeira olhou para David. — Talvez seja hora de o senhor ir embora.

— Não — disse David, aprumando-se de repente.

— Perdão?

— Não vou embora. Ainda não. — Ele olhou para Kate. — Não até eu terminar de me fazer de idiota. Podia nos deixar a sós?

— Mas, senhor...

— Por favor.

A enfermeira hesitou. Então, dando-se conta de que havia algo importante em jogo, deixou o solário.

Kate o observava, os olhos verdes repletos de incerteza. E, talvez, de medo. David estendeu a mão e tocou-lhe o rosto.

— Repita o que acabou de dizer... — murmurou ele. — Que nada a prende aqui.

— Não. O que eu quis dizer foi...

— Agora diga o real motivo de desejar partir.

Ela ficou em silêncio. Mas David viu a resposta nos olhos dela, aqueles olhos suaves e carentes. O que ele leu ali o fez balançar a cabeça, assombrado.

— Meu Deus... — murmurou. — Você é mais covarde do que eu.

— Covarde?

— Isso mesmo. Eu também sou.

Ele se voltou e começou a caminhar a esmo pela sala com as mãos nos bolsos.

— Não planejei dizer isso. Até agora, pelo menos. Mas aí está você falando em ir embora. E parece que não tenho outra escolha.

Ele parou e olhou pela janela. Lá fora, o mundo se tornara prateado.

— Muito bem. — David suspirou. — Uma vez que você não vai dizer isso, direi eu. Não é fácil para mim. Nunca foi. Depois que Noah morreu, achei ter aprendido a não sentir. Consegui isso até agora. Então a conheci e… — Ele balançou a cabeça e riu. — Meu Deus, quisera eu ter um dos poemas de Charlie Decker à mão. Talvez eu pudesse citar alguns versos. Qualquer coisa que soasse mais ou menos inteligível. O pobre e velho Charlie tinha essa vantagem sobre mim: a eloquência. Por isso eu o invejo. — Ele olhou-a com um meio sorriso nos lábios. — Eu ainda não disse, não é mesmo? Mas você pode ter uma ideia geral.

— Covarde… — murmurou Kate.

Rindo, David foi até ela e ergueu-lhe o rosto em sua direção.

— Tudo bem, então. Eu a amo. Amo sua teimosia e seu orgulho. E sua independência. Eu não queria isso. Achava estar indo muito bem sozinho. Mas, agora que aconteceu, não posso imaginar o que seria não amar você.

Ele se afastou, dando-lhe a chance de recuar.

Kate não recuou. Permaneceu imóvel. Sentia um nó na garganta. Ainda segurava a caixa de bombons, tentando se convencer de que aquilo era real. De que ele era real.

— Não vai ser fácil, você sabe — disse ele.

— O quê?

— Viver comigo. Vai ter dias em que desejará torcer meu pescoço e gritar comigo, fazer qualquer coisa para eu lhe dizer: "Eu amo você.". Mas só o fato de eu não o dizer não quer dizer que não o sinta. Porque sinto. — Ele deu um longo suspiro. — Então… Acho que é isso. Espero que esteja ouvindo. Porque não sei se seria capaz de repetir. E pena que dessa vez esqueci de trazer o gravador.

— Eu estava ouvindo… — murmurou ela.

— E? — perguntou ele, sem ousar desviar o olhar do rosto de Kate. — Posso ouvir o veredicto? Ou o júri ainda está ausente?

— O júri… — murmurou ela. Está em estado de choque. E muito necessitado de uma respiração boca a boca…

Se ele pretendia ressuscitá-la, seu beijo fez exatamente o contrário. David baixou o rosto em direção ao dela e Kate sentiu a sala rodar. Cada músculo de seu pescoço pareceu relaxar na mesma hora, e sua cabeça tombou contra a cadeira.

— Agora, minha covarde colega… — murmurou David, os lábios muito próximos aos dela. — Sua vez.

— Eu amo você… — murmurou ela.

— Esse era o veredicto que eu esperava.

Kate achou que ele a beijaria outra vez, mas David de repente se afastou e franziu as sobrancelhas.

— Você está muito pálida. Acho que devo chamar a enfermeira. Talvez um pouco de oxigênio.

Ela estendeu as mãos para cima e enlaçou o pescoço de David.

— Quem precisa de oxigênio? — murmurou ela, pouco antes da boca dele se acomodar calidamente sobre a dela.

EPÍLOGO

Havia um bebê novinho em folha visitando a casa, fato evidenciado pelos berros indignados que vinham do quarto no andar de cima.

Jinx enfiou a cabeça no vão da porta.

— Pelo amor de Deus, o que há de errado com Emma agora?

Com um alfinete de segurança cor-de-rosa preso entre os lábios, Gracie desviou o olhar do bebê que berrava e ergueu a cabeça.

— Tudo é tão novo para mim, Jinx. Acho que perdi a mão.

— Perdeu a mão? Quando na sua vida você cuidou de bebês?

— Ah, você está certa. — Gracie suspirou, tirando o alfinete da boca. — Acho que nunca tive jeito para essas coisas. Isso explica por que estou fazendo um trabalho tão ruim.

— Ora, querida. Bebês exigem prática, só isso. É como o piano. Todas aquelas escalas, para cima e para baixo, o dia inteiro.

Gracie balançou a cabeça.

— O piano é muito mais fácil. — Resignada, ela voltou a prender o alfinete de segurança entre os lábios. — E veja essas fraldas impossíveis! Não vejo como alguém pode passar um alfinete por uma camada tão grossa de papel e plástico.

Jinx irrompeu em uma gargalhada tão alta que Gracie ficou vermelha de indignação.

— E o que falei de tão engraçado? — indagou Gracie.

— Querida, você não percebeu? — Jinx aproximou-se e tirou a fita do adesivo. — Não se usam alfinetes. Essa é a vantagem das fraldas descartáveis.

* * *

Uma folha caiu do algarrobo e acomodou-se ao lado de um buquê fresco de margaridas. Feixes de luz do sol mosqueavam a grama e dançavam sobre o cabelo louro de David. Quantas vezes esteve ali sozinho, à sombra daquela árvore? Quantas vezes ficou ali, em silenciosa comunhão com o filho? Todas as outras visitas pareceram se unir em uma única e lúgubre lembrança de pesar.

Hoje, porém, ele estava sorrindo. E, em sua mente, também podia ouvir o sorriso na voz de Noah.

É você, papai?

Sim, Noah. Sou eu. Você tem uma irmã.

Sempre quis ter uma irmã.

Ela chupa os mesmos dois dedos que você...

É mesmo?

E sempre sorri quando entro no quarto.

Eu também. Lembra?

Sim, eu me lembro.

Você nunca vai me esquecer, não é, papai? Prometa, você nunca vai me esquecer.

Não, nunca esquecerei. Juro, Noah, nunca, jamais esquecerei...

David se voltou e, através das lágrimas, viu Kate a alguns metros dali. Não foi necessário trocarem palavras. Apenas um olhar. E o estender de uma mão.

Juntos, afastaram-se daquele triste pedaço de grama. Ao emergirem da sombra da árvore, David de repente parou e a abraçou.

Kate tocou-lhe o rosto. David sentiu o calor do sol nas pontas dos dedos dela. E estava curado.

Ele estava curado.

Este livro foi impresso no Rio de Janeiro, em 2022,
pela Vozes, para a HarperCollins Brasil.
A fonte usada no miolo é Minion Pro, corpo 11,5/15.
O papel do miolo é Pólen Natural 80g/m^2 e o da capa é cartão 250g/m^2.